# EL SOLDADO

## SERIE CHICAGO BRATVA
### LIBRO SEIS

## RENEE ROSE

Traducido por
**M ZACHS**

 Formateado con Vellum

# LIBRO GRATIS DE RENEE ROSE

Quiere un libro gratis de Renee Rose? Suscríbete a mi newsletter para recibir *Padre de la mafia* y otro contenido especialmente bonificado y noticias de nuevos. https://Book Hip.com/NCVKLK

# POSEÍDA

# CAPÍTULO 1

*P* *avel*

Son los tatuajes.

Un billete de avión en primera clase no garantiza un trato especial cuando tienes mi aspecto. Ni siquiera la camisa de Tom Ford ni los pulidos zapatos Berluti compensan las marcas de tinta que cruzan mis nudillos y se extienden por mi cuello.

La azafata, una preciosa afroamericana con un halo esponjoso de rizos, proyecta su sonrisa por toda la cabina de primera clase. Cuando su mirada se desplaza hacia mi garganta donde se muestra la tinta, vuelve rápidamente a mi cara con sorpresa. Se da cuenta de que la estoy observando y rápidamente pasa de largo, solo para ver a Maxim, al otro lado del pasillo, también muy tatuado. Por supuesto, la hermosa pelirroja a su izquierda le hace parecer menos amenazante.

Estiro las piernas y cruzo la mirada con Sasha. —¿Por qué no nos compras un jet privado, bolsa de dinero?

Sasha (la esposa de Maxim por matrimonio concertado y princesa de la bratva) vino con una dote de sesenta millones.

Todo lo que Maxim tiene que hacer es mantenerla con vida, lo que no ha estado exento de desafíos.

Interesada, levanta su brillante mirada azul hacia el rostro de Maxim. —¿Deberíamos?

Sé perfectamente que Maxim proporcionará a Sasha lo que coño decida que quiere. Solo necesito tentarla para que desee algo que yo también quiero.

—¿No preferirías estar ahora mismo en tu propio avión, con tu propio horario? ¿Bebiendo un Cosmo antes del despegue?

—¿Cuánto costaría eso? —le pregunta a su marido.

Maxim, el solucionador de problemas de nuestra célula de la bratva, calcula rápidamente. —Probablemente podríamos conseguir uno usado por un millón. Luego tendríamos que contratar un piloto y pagar por un hangar. —Se encoge de hombros—. Quizás deberíamos. Haría que los viajes a Rusia fueran más cómodos.

—Haría que todo fuera más cómodo —coincido.

Estoy siendo un aprovechado, pero al menos soy obvio al respecto. No es que provenga de una familia de dinero, como Sasha. Soy exactamente lo que parezco. Un matón ruso exmilitar que gana su dinero de la manera incorrecta y ahora quiere usarlo para comprar respeto.

Lo cual, por supuesto, no funcionará. Como para demostrar mi punto, el *mudak* con un billete para el asiento a mi lado se detiene en el pasillo y me mira con desprecio. —Ese es mi asiento.

Espero tres tiempos completos antes de moverme. Después de levantarme y dejarle pasar para que tome el asiento de la ventanilla, hago crujir mis nudillos tatuados y lo miro fijamente hasta que empieza a sudar. Todo su dinero y arrogancia no evitarían que se quebrara si lo tuviera a solas en un almacén.

Pero mis días de tortura son menos frecuentes de lo que

solían ser. No he dado una paliza a nadie en meses. No, he estado guardando todo ese sadismo para la encantadora masoquista que la ruleta seleccione para mí esta noche.

Solo desearía que Maxim y Sasha no vinieran. Supongo que no me importa tanto lo de Maxim. Él conoce la oscuridad dentro de mí. Me ha visto matar antes. Pero no es algo que me guste que Sasha vea. El sadismo, no el asesinato. Bueno, ninguno de los dos.

He estado masturbándome durante un año pensando en este evento. Desde que Ravil fue a la Ruleta de Black Light en Washington D.C. el año pasado, ha estado en mis fantasías. Me gustaba el anonimato de la cosa: nombres falsos y emparejamientos al azar.

Mujeres que anhelan lo que quiero dar: dolor.

Sin emociones. Sin relaciones. Un poco de negociación. Muchas reglas que evitan que las cosas se vuelvan raras.

Para un hombre como yo que prefiere a sus mujeres sin nombre (o incluso sin rostro), para un hombre que quiere oírlas gritar de dolor y suplicar por más, es el paraíso.

La verdad es que no sabía una mierda sobre BDSM y clubes como Black Light antes del año pasado. Ravil fue despectivo al respecto cuando se marchaba para ir allí. —¿Por qué alguien pagaría para azotar a una mujer? —se había burlado. Tenía que ir como acompañante de Valdemar, el diplomático ruso cuya ayuda necesitamos para introducir importaciones ilegales en el país.

Fue lo de *azotar a una mujer* lo que me atrapó. Había tenido tantas jodidas fantasías exactamente sobre eso pasando por mi cabeza desde que era joven, y hasta entonces, no sabía que era algo real.

Nunca me había permitido complacerme, pensando que era un cabrón enfermo que merecía la vida de mierda que me habían dado por tener tales pensamientos.

Así que busqué en internet. Encontré el porno. Y las

reglas. Y el estilo de vida. Incluso tuve algunos encuentros negociados.

Así que cuando Valdemar llamó a Ravil este año, sin saber que Ravil había dejado embarazada a su compañera del año pasado y ahora tiene un recién nacido, me ofrecí a ir.

Y todo habría sido perfecto si Sasha no lo hubiera escuchado y decidido que también quería ir.

Maxim, por supuesto, le prohibió entrar al evento, pero decidió que si ella quería asistir, comprarían entradas y mirarían.

Como si eso no fuera raro.

¿A quién le gusta ver a su compañero de casa teniendo puto sexo depravado?

Aparentemente, a mis amigos depravados.

*Blyat.*

~

*KAYLA*

Doy tres vueltas a la manzana para encontrar un lugar donde aparcar y luego salto de mi Toyota Camry de diez años y corro hacia la puerta de mi apartamento.

El anuncio que estaba rodando me llevó todo el día. Once horas de pie, bailando con tacones mientras filmaban toma tras toma de la actriz principal moviendo su cabello, bebiendo la bebida energética y luciendo fresca mientras yo seguía de fiesta en el fondo.

No me malinterpretes, estoy encantada de tener trabajo, cualquier crédito pagado ayuda a entrar en el sindicato, pero ahora tengo que darme prisa para prepararme para esta noche.

La noche por la que he estado angustiada durante el último mes. La Ruleta de Black Light.

Paso volando por el apartamento, saludando a mis compañeras sin aliento. —Hola, ya estoy aquí. Tengo que ducharme. Si viene Sasha, decidle que saldré en dos segundos.

—¡Sasha está aquíííí! —llama nuestra antigua compañera de piso desde la cocina. Sale levantando los brazos en una "V" de victoria.

—¡Sasha! —Rodeo con mis brazos a nuestra ex compañera, la chica rusa fiestera que se especializó en teatro conmigo en la USC—. Siento llegar tan tarde. Estaba grabando un anuncio y tardó una eternidad.

—Hay tiempo de sobra —me dice—. Vamos a prepararnos. Déjame ver qué vas a ponerte. Quiero maquillarte. —Me sigue hasta mi dormitorio arrastrando su maleta Louis Vuitton a su lado. Ella es la razón por la que voy a la Ruleta de San Valentín de Black Light.

Hace seis semanas, me dijo que venía a la ciudad con su atractivo marido de la *mafiya* rusa para asistir a algún evento exclusivo de un club privado de BDSM. En el momento en que me lo dijo, fue como si un interruptor se encendiera dentro de mí.

El pulso se me aceleró. No podía dejar de presionarla para obtener información sobre el evento.

Me contó sobre el evento de ruleta de Black Light en el que las personas se emparejan mediante el giro de una rueda. Sus actividades (actividades BDSM) se determinan por el giro de una rueda.

Siempre me había aterrorizado el BDSM, el anhelo de desear, de someterme a un hombre. Era como algo acechando en las sombras que temía mirar por miedo a que me destruyera. Como la adoración a Satanás. O un culto suicida. Era un libro que me negaba a abrir. ¡Ni siquiera leería la contraportada!

Pero de repente, una de mis mejores amigas hablaba de

ello con naturalidad, como si fuera un evento más, y eso lo cambió todo.

No podía dejar de pensar en ello. Me llevó diez días reunir el valor, aunque supe desde el momento en que oí hablar de ello que quería participar, pero llamé a Sasha y le dije que quería ir.

—No voy a participar —me advirtió—. Maxim dijo que sobre su cadáver. No me compartiría. Pero vamos a mirar. ¿Quieres venir a mirar con nosotros?

—No. —No podía creer que estuviera diciéndolo—. Quiero, em, jugar... p-participar. Como se llame.

Sasha se rio.

—Creo que *jugar* está bien. Vale, averiguaré cómo meterte. Nuestro compañero de piso Pavel va a participar. Él sabrá.

Recordaba a Pavel de la boda de Sasha en Ibiza. No era encantador como Maxim. Era taciturno y peligroso. Atractivo de un modo letal.

Así que ella me consiguió una solicitud, y creo que quizás Maxim movió algunos hilos con alguien que conoce que es miembro del club exclusivo, y fui seleccionada.

Estoy más nerviosa y emocionada que para la noche de estreno de una obra.

Me doy una ducha rápida para quitarme el sudor y el maquillaje rancio. Cuando salgo, Sasha tiene su maleta abierta sobre mi cama y está de pie en tanga y sujetador push-up maquillándose frente al espejo de mi tocador.

Sonrío porque se siente como en los viejos tiempos. Cuando Sasha regresó a Rusia, encontramos una nueva compañera de piso, Kimberly, y es genial, pero Sasha verdaderamente era el corazón de la casa.

Es intrépida y divertida; ser la hija rica de un jefe de la mafia controlador le enseñó cómo aprovechar una situación a su favor. Cuando las cuatro salíamos juntas, entrábamos en los clubs, nos servían bebidas gratis y generalmente nos sentíamos invencibles. Seguíamos nuestros sueños sin tomarnos demasiado en serio. Incluso ahora, cada vez que voy a una audición para un papel, canalizo intencionadamente la confianza de Sasha. Es otro papel que interpreto, uno que abre puertas.

No habría forma de que fuera a este evento sin ella, y tenerla aquí me hace valiente.

Me pongo el atuendo que había planeado, una especie de variación de una conejita de Playboy. Medias de red hasta el muslo. Unas bragas de satén negro con un recorte en la parte trasera para mostrar la parte superior de mis nalgas. Un corsé de rayas rosa pálido y negro.

—Oh, vaya, chica. Estás *buenísima* —ronronea Sasha.

Me muerdo la parte interior de la mejilla, insegura.

Sasha me da un codazo.

—Deja de hacer eso. Recuerda, no es la ropa, es cómo la llevas. Puedes lucir cualquier cosa si la haces tuya.

Respiro hondo, esperando que con algo de ese oxígeno, reciba una infusión de la confianza de Sasha. Me miro en el espejo y levanto la barbilla, fingiendo hasta lograrlo.

—Olvídate del público o de tu misterioso compañero, ¿te gusta cómo luces? —pregunta Sasha.

¿Me gusta? Me miro críticamente en el espejo. Aunque no lo llevo puesto para mí. Lo llevo puesto para él. Sea quien sea él. Porque eso es lo que me excita: complacer a un hombre. Siempre he sido del tipo que se derrite por los profesores, directores, jefes. Los hombres con autoridad hacen flaquear mis rodillas.

—¿Te sientes sexy? Eso es lo único que importa.

Me imagino a un hombre así cogiéndome por el codo y dándome una orden contundente. Yo obedeciendo. Su satisfacción mientras me recorre con la mirada. Se me endurecen los pezones.

Asiento.

—Sí. Me siento sexy.

—Bien. ¿Qué vas a hacer con tu pelo?

—No sé. ¿Coletas?

Sasha niega con la cabeza.

—No. Rizos. Para que pueda tirarte del pelo. —Me guiña un ojo y enciende mi rizador.

Mi mente da una voltereta con esa imagen.

—¡Dios mío! ¿Maxim te tira del pelo?

La sonrisa de Sasha es traviesa.

—Como un *jefe*.

—¿Y te gusta? Quiero decir, ¿no te enfada?

—Me enfada, pero me excita. Siempre. Me tira de la cabeza hacia atrás, y luego me recorre el cuello con besos suaves. Placer con el dolor.

Mis entrañas se vuelven incandescentes. Temblorosas.

Dios mío, estoy tan emocionada por mi iniciación en este mundo.

Quiero preguntarle más, pero me da vergüenza.

—Así que, em… ¿qué más hace?

Me lanza una mirada bajo sus pestañas.

—De todo. Es un diablo. —Pienso en todo lo embriagador de su marido. Es aterrador, cubierto de tatuajes que evidencian su participación en la mafia rusa, y es posesivo con Sasha pero también muy indulgente. Su rostro se suaviza cuando la mira.

Mi corazón late más rápido. Yo también quiero un diablo ruso.

Sasha termina su maquillaje y se recoge el frente de su largo pelo rojo en un moño al estilo de Ariana Grande en la parte superior de su cabeza, con la cola cayendo por la espalda junto con el resto de su pelo largo y espeso.

Señala la silla frente a mi tocador.

—Siéntate.

Me dejo caer y dejo que me rice el pelo mientras me pongo la base de maquillaje. Cuando termina con mi pelo, me aplica el resto del maquillaje, haciendo que mis ojos parezcan el doble de grandes sin que parezca muy maquillada.

—¿Tienes hambre? Deberíamos comer algo antes de irnos. —Sasha se mete en un vestido-corsé negro.

—Sí, definitivamente deberíamos ir a por tacos vestidas así.

Se ríe.

—Podríamos pedir algo. ¿Qué hora es? —Mira su móvil —. ¡Mierda! No creo que tengamos tiempo. Tenemos que salir de aquí ahora en caso de que haya tráfico. —Se pone unas botas de cuero hasta el muslo con tacones de siete centímetros.

Meto los pies en unos stilettos negros, mis pobres arcos gritan después de haber llevado tacones todo el día.

—¿Cómo has llegado hasta aquí? ¿Quieres que conduzca yo?

—Debería haber un coche esperando fuera. Maxim estaba enfadado por que fuéramos solas, pero supongo que tuvo que ir a aceitar a algún diplomático ruso que también va esta noche. El coche y el conductor fueron su solución.

Sasha cierra su maleta, y ambas nos ponemos abrigos largos para esconder nuestros atuendos cuando salgamos.

Nos despedimos de mis compañeras de piso y salimos pavoneándonos para encontrar el Lincoln Towncar esperando en la acera.

—No puedo creer que realmente vaya a hacer esto —murmuro.

—Kayla —dice Sasha después de que ambas nos hemos subido al asiento trasero—. Esto es para ti, no para nadie más. No vayas a actuar. Haz que él actúe para ti.

—Pero yo soy la sumisa.

—Sí, y tu trabajo es fácil. Tú recibes, él entrega. Pero no estás allí por él. Estás allí por ti. Recuerda eso. En última instancia, todo se trata de tu satisfacción. No vas a volver a ver a este tío. Ve con la intención de conseguir lo que quieres de esto.

Apoyo la cabeza en el asiento, mis párpados revoloteando con deseo y confusión.

No suelo ser una chica de aventuras de una noche. Soy del tipo que se encariña. Inmediatamente. Es un problema. Probablemente por eso no tengo novio. Los asusto.

Pero puedo hacer esto.

Como dijo Sasha, es para mí, no para ellos.

Solo tengo que seguir recordándomelo.

# CAPÍTULO 2

*P*avel

Valdemar insiste en que lleguemos al exclusivo club BDSM de Beverly Hills en cuanto abra. Es miembro de Black Light East, el club hermano en D.C., pero por alguna razón quería asistir al evento de la Costa Oeste este año. Ya he firmado un acuerdo de confidencialidad y un contrato para participar, pero Maxim completa su papeleo, y se nos indica que dejemos todos los dispositivos digitales en el vestuario.

Traigo conmigo la bolsa de lona con los juguetes e implementos que planeo usar con mi sumisa. Hacemos un recorrido para orientarnos. Estamos en una mansión multimillonaria, bajo un elegante club nocturno llamado Runway. Todo está bellamente equipado y diseñado con esmero tanto para la comodidad como para las actividades sexuales. Asientos de salón confortables, mesas, reservados y un bar. Un pequeño escenario se eleva en la esquina izquierda y, lo más sorprendente, una piscina, jacuzzi y sauna a la derecha. A lo largo de un lado del club, hay salas privadas para enfriarse, y al fondo, veo una habitación tipo guardería para juegos de edad, un consultorio médico para jugar al doctor y (mi favorita en particular) una cámara de tortura.

En el bar, me apoyo sobre mis codos y evalúo a la gente. Valdemar nos compra a Maxim y a mí una ronda de vodka Beluga Noble, y nos acomodamos en un par de sofás.

—¿Así que un brigadier sabe lo que hace en un lugar tan distinguido como este? —pregunta. Es otra queja no tan sutil de que Maxim no esté participando con él en mi lugar. No tengo suficiente rango en nuestra organización para aplacar el ego de Valdemar.

Asiento en silencio, tratando de reprimir mi irritación. Valdemar es un charlatán. Maxim lo ha manejado la mayor parte de la noche, y preferiría que continuara haciéndolo. Congraciarse con imbéciles de la embajada no es lo mío. Soy más bien el tipo que envías para amenazar a alguien.

—¿Has azotado a una mujer antes?

Resisto el impulso de hundir la cabeza entre las manos y gemir. ¿De verdad tenemos que sentarnos con él y discutir esto? ¿Cuánto tiempo hasta que pueda deshacerme de su pomposo trasero obeso y hacer gritar a una mujer?

No tengo claro por qué a Valdemar le gusta tener a un hermano de la bratva a su lado para estos eventos. Supongo que necesita un asociado de aspecto rudo para que se le ponga dura. Quizás está tomando prestado su estatus de macho alfa de nosotros. Una parte de mí piensa que en secreto tal vez quiera ser un sumiso pero aún no se lo ha admitido a sí mismo.

Todos esos son términos que ahora conozco bien después de investigar a fondo este estilo de vida. *Activo. Pasivo.* Diferentes matices que *dominante* y *sumiso*.

Maxim se mantiene sereno y cumple con su parte de llevar la conversación trivial con Valdemar, pero noto que sigue mirando hacia la entrada, esperando a que llegue su encantadora esposa. Que Dios nos ayude a todos si Valdemar dice algo irrespetuoso o intenta tocar a Sasha esta noche. Nuestro *pakhan* me advirtió que no dejara que eso sucediera.

—¿Lo has hecho, Pavel? —insiste Valdemar cuando ignoro su pregunta.

—La tortura es mi especialidad —le digo. He tenido media docena de escenas durante el último año, pero seguro que no voy a sacarlas a relucir para que él las examine.

—No es lo mismo —insiste Valdemar, y aunque sé que tiene razón, quiero partirle los dientes. Como si necesitara que este pavo real me instruyera esta noche. Por Dios santo, si se queda a mi lado para darme consejos esta noche, estrangularé al hombre.

Afortunadamente, me salvo de una lección cuando Maxim se pone de pie de golpe. Sasha se dirige hacia nosotros con una pequeña rubia a su lado que parece venir directamente de la Mansión Playboy. La reconozco de la boda en Ibiza, pero la ignoré entonces y planeo hacerlo de nuevo esta noche.

Si fuera del tipo que pone los ojos en blanco, definitivamente lo haría ahora. La amiguita de Sasha parece pensar que está asistiendo a algún tipo de fiesta universitaria. Me voy a reír a carcajadas la primera vez que una vara le cruce el trasero esta noche y grite por su mamá.

Decir que no es mi tipo sería quedarme corto. Es demasiado inocente. Mona. Y probablemente engreída. Parece problemática.

Maxim agarra la cintura de Sasha posesivamente, agarrándole el pelo cuando la besa para saludarla y tomándose demasiado tiempo con su saludo privado antes de presentarla a Valdemar.

—Esta es mi antigua compañera de piso Kayla —dice Sasha dirigiéndose a mí y a Valdemar—. Pero esta noche usa el nombre de Kiki. Kiki, recuerdas a Pavel, y este es Valdemar.

Al examinarla más de cerca, puedo ver que todo en la compañera de piso representa a Hollywood a la perfección, aparte de su tamaño pequeño. Tiene el pelo rubio ondulado en suaves ondas que le caen por la espalda, grandes ojos azules y un hoyuelo en medio de la barbilla. Es esbelta pero aún tiene tetas, y sus piernas están perfectamente proporcionadas para combinar con la cintura estrecha.

Odio la perfección.

De hecho, la idea de hacer conversación trivial con esta criatura ofensiva además de con Valdemar me enferma.

Me doy la vuelta y me alejo.

Sé que es grosero, pero soy un dominante. No estoy aquí para ser amable. Definitivamente no estoy aquí para entretener a la amiga de la universidad de mi compañera de suite. Insultarla probablemente le está haciendo un favor, porque va a tener un despertar brusco cuando uno de los dominantes aquí ponga sus manos sobre ella.

¿Ser cruel para ser amable, verdad?

Sé sin mirar atrás que la he ofendido.

Posiblemente incluso herido.

Endurezco mi alma contra cualquier remordimiento.

Kayla Pantalones Calientes no es mi problema.

*KAYLA*

¿Qué demonios?

¿He hecho algo mal? Pavel acaba de alejarse después de mirarme con desdén.

Ahuyento mi sofoco de vergüenza mientras observo su espalda. Es sexy de esa manera de chico malo. Hombros anchos, brazos musculosos. Se ve elegante con una camisa de diseñador. Tiene pelo rubio arenoso y ojos grises tormentosos. Los tatuajes se asoman por debajo de sus puños y cuello, como los del marido de Sasha.

—Ignóralo. —Sasha me toca el brazo—. Solo está siendo un imbécil. Probablemente tratando de entrar en modo dominante.

Trago saliva, con mariposas revoloteando en mi vientre al saber que en la próxima hora, algún dominante en este club tomará el control sobre mí. Mis ojos vuelven a la espalda de Pavel. No debería querer que fuera él.

Es el último tipo que debería desear. Obviamente me encontró desagradable. Seríamos una pareja terrible.

Aun así, soy como el gato en la habitación que encuentra a la única persona que odia a los felinos y salta en su regazo. Me siento atraída hacia él como el metal a un imán, el deseo de su aprobación ardiendo ahora en el centro de mi ser.

Quizás es porque quiero lo que tiene Sasha: un marido ruso posesivo y protector que la mira como si fuera el sol mismo. Y no de esa manera en que la glorifica. Algunas personas hacen eso en las relaciones: convierten a su pareja en un símbolo de algo que creen que quieren o necesitan sin ver realmente a la persona.

Exactamente lo que estoy haciendo con Pavel ahora mismo. No conozco al tipo en absoluto, y aquí estoy convirtiéndolo en algo que anhelo.

Agito las manos como si quisiera deshacerme de mis deseos.

—¿Nerviosa? —pregunta Sasha.

—Sí —admito.

—No te preocupes. Estás a salvo aquí. ¿Recuerdas las palabras de seguridad?

—No voy a usar ninguna palabra de seguridad —le digo—. Quiero ganar ese pase mensual gratuito. —Cualquier pareja que aguante toda la noche de juego recibe un pase mensual para Black Light, valorado en dos mil quinientos dólares. Aunque esta sea mi primera incursión aquí, espero armarme de valor y volver, incluso sin Sasha.

—Bueno, no hay vergüenza en ello, ¿sabes? Usa amarillo tan a menudo como lo necesites. Recuerda que estás aquí por ti misma.

Cierto. Aquí por mí misma. No para impresionar a algún chico malo desinteresado que hace que mi corazón palpite simplemente por parecer intimidante.

—Buenas noches y feliz día de San Valentín. ¿Quién está listo para empezar? —Una voz femenina amplificada llena el teatro.

—¡Oh! —aspiro aterrorizada—. Tengo que irme.

—Mucha suerte —susurra Sasha y me aprieta la mano, igual que solía hacer cuando estábamos entre bastidores en la USC.

Camino rápidamente hacia el lateral del escenario donde se han reunido los participantes. Aunque no lo busque, mi brújula corporal sabe exactamente dónde está Pavel, con su desenfadada postura bien vestida que lo hace parecer el hombre más pecaminoso del lugar.

En el escenario, la maestra de ceremonias, Madison, una mujer hermosa con botas sexys, da la bienvenida al público.

—…para todos vosotros, vírgenes de la Ruleta: preparaos. ¡Esta noche será emocionante, entretenida y totalmente CALIENTE!

Me balanceo sobre mis tacones, con el pulso acelerado.

Explica las reglas y luego llama a los dominantes al escenario para que saquen palitos de helado y ver quién lanza primero. Si por casualidad me fijo en el trasero de un dominante ruso en particular, no es culpa mía, ¿verdad? Es decir, están de espaldas a mí. Es natural mirar.

El diplomático, Valdemar, se inclina y murmura algo en su oído, pero Pavel no sonríe ni siquiera reconoce lo que sea que el hombre dijo. Quizás Sasha tenía razón: está entrando en modo dominante. No puede ser normalmente tan frío, o ella habría dicho algo. Parecía perfectamente cómoda y cálida con él.

*Vale, deja de mirar el trasero del ruso.* Hay otros dominantes aquí. Las probabilidades de que me emparejen con el ruso son… em, ¡ay, no lo sé! Me especialicé en teatro, no en matemáticas.

—Nuestro primer dominante lanzará ahora la bola para conocer a su sumisa. —Contengo la respiración y observo cómo un hombre alto de pelo negro lanza su bola a la ruleta giratoria. Le emparejan con una esbelta pelirroja.

—A continuación, tenemos al Amo Pavel.

Oh. Me quedo inmóvil, viendo cómo lanza su bola, que baila y salta en la ruleta giratoria hasta que se asienta.

—Será emparejado con la sumisa, Kiki.

Avanzo tambaleándome, con la cabeza dándome vueltas. Estoy mitad incrédula, mitad satisfecha de haber sido emparejada con el tipo que quería, aunque no tengo claro por qué le quería. Me observa acercarme, con expresión serena e imposible de leer. Los ojos grises me estudian. No está impasible, pero no muestra lo que hay detrás de esa mirada fría.

—Kiki, haz girar la ruleta para tu primera actividad —me indica Madison.

Hago girar la ruleta y lanzo mi bola. Rebota y se asienta en una ranura.

—Ha caído en *humillación.*

Em, vaya. Eso parece a la vez fácil y aterrador.

Pavel no dice nada, pero de algún modo, siento su desaprobación. La complaciente que hay en mí se pone nerviosa, necesitando esforzarse más para demostrar que soy lo bastante buena. Pero las palabras de Sasha vuelven a mí.

*Esto es para ti.*

Cierto. Estoy actuando, pero el objetivo final no es

conquistar a mi compañero o al público. Es conseguir la experiencia que esperaba cuando me inscribí.

Que se cumplan mis fantasías.

Así que levanto la barbilla y lanzo a Pavel una mirada desafiante.

Las comisuras de sus labios se elevan una fracción. Al parecer, le gustan los desafíos.

Una sumisa no sumisa.

Vale, puedo interpretar ese papel.

Pavel me toma del codo de manera autoritaria y me conduce fuera del escenario para colocarnos junto a la primera pareja mientras esperamos a que se formen el resto de las parejas. Me posiciono frente a él, inclinando la cabeza hacia atrás para ofrecer esa mirada desafiante de nuevo.

Sus dedos se cierran inmediatamente alrededor de mi garganta, y aprieta, no lo suficiente para detener mi respiración, pero casi. —No deberías haber venido esta noche, florecilla. —Cierra los dedos por completo durante una fracción de segundo y luego relaja su agarre.

—¿Pensaba que venirse era el objetivo?

Esto me gana una sonrisa real, una sonrisa malvada y salvaje. Tenía razón: le gusta la insolencia.

—*Nyet*. No deberías haber venido. Alguien va a aplastar tus pétalos, florecilla. —Encuentro su acento sexy. Suena como el malo de una película de espías, y siempre me enamoro del malo.

—¿Ese alguien eres tú? —pregunto, mi voz saliendo más ronca de lo que esperaba.

Libera mi cuello y mira hacia otro lado, como si no fuera digna de una respuesta o de su atención continua.

Vaaaale. Tal vez esto sea parte de algún juego mental dominante. Está tratando de desequilibrarme. O quizás, realmente no le gusto.

Excepto que entonces le oigo murmurar: —Vas a salir herida.

Saco mis tetas aunque todavía esté mirando a otro lado. —Para eso estoy aquí. —Si piensa que tengo miedo al dolor, está equivocado.

No me habría vuelto a poner tacones esta noche si no fuera masoquista. No habría pasado las últimas seis semanas leyendo cada libro y blog sobre BDSM si no me encantara la idea de que un hombre me hiciera daño para su placer.

Siempre he sabido que tenía esta veta. Sasha me aconsejó una vez que hiciera una mamada espectacular si me encontraba en un casting sábana en vez de dejar que un director hiciera lo que quisiera conmigo, pero dudaba que, si se presentaba la situación, hiciera algo más que rendirme completamente. La sumisión es parte de mi cableado interno.

Simplemente no he tenido la oportunidad de ofrecerla realmente hasta esta noche.

Pavel se da la vuelta y recorre mi cuerpo con una mirada fría, de arriba a abajo y de vuelta arriba. —Veremos cuánto aguantas —dice.

Coloco una cadera hacia fuera. —¿*Quieres* que diga *rojo*?

Otra mirada insondable.

—No —dice finalmente, pero escupe la palabra como si tuviera mal sabor.

No le gusto.

No pasa nada, le gustaré. Cuando descubra que puedo soportar todo lo que me eche encima, quedará impresionado conmigo.

Y ahí estará mi diversión. La forma en que hago esto para mí, no para él. Es una distinción sutil. Probablemente parezca lo mismo desde fuera, pero la charla de ánimo de Sasha realmente me ha ayudado. Porque sé que mi satisfacción vendrá de mi rendición. Su aprobación no será la recompensa, será la guinda del pastel.

# CAPÍTULO 3

*P avel*

*Blyat.* No puedo creer que me haya tocado la compañera de piso. Esa cosa perfecta, saludable, intacta y delicada que Sasha ha traído consigo.

Esto es una puta mierda.

Yo quería una sumisa en la que pudiera esforzarme por quebrantar. Una mujer con profundas capas de tormento. Dañada, como yo.

No quería estar aquí con la Jodida Niña Buena de Estados Unidos.

Mi labio se curva en una mueca mientras observo a la chica. Mis huellas dactilares destacan en rojo sobre su pálida y delicada garganta. Es pequeña pero bien proporcionada, con una figura esbelta y definida. Adorable, si te va ese tipo de cosas.

A mí no. Prefiero a una mujer con algo más de carne en los huesos. Una que no parezca que podría romperle el brazo sin esfuerzo. Una que no parezca que sería una frígida estirada en la cama.

La miro fijamente mientras todas mis fantasías para la noche se desmoronan y caen al suelo en una pila de polvo.

*Humillación* fue su primer giro. ¿Qué puede ser más básico y aburrido que eso?

Finge no estar nerviosa, dirigiendo su atención a las otras parejas mientras los emparejamientos y actividades se van sucediendo uno a uno. Finalmente, cuando la última pareja está formada, alguien del público grita: —¡Vamos!

—Tenéis razón —dice la maestra de ceremonias—. ¡Es hora de que nuestros participantes vayan a comenzar la Ruleta de San Valentín! ¡Buena suerte!

Tomo a Kayla (no voy a llamarla Kiki, eso es ridículo) bruscamente por el codo y la conduzco hasta donde dejé mi bolsa de juguetes. Miro alrededor, considerando dónde llevarla. Maxim y Sasha nos observan desde sus asientos. Estar cerca de ellos es lo último que quiero, pero a Kayla le tocó humillación. Quizás hacer que su amiga presencie su sometimiento aumentaría la humillación.

Pero no. No quiero a esos dos respirándome en la nuca o juzgándome. Me imaginé estar aquí con público pero no de esa manera.

En su lugar, me abro paso a través de la zona del bar hacia el área principal de juego donde elijo un asiento apartado en la esquina. En cuanto me siento en el sofá, tiro de Kayla sobre mi regazo y empiezo a azotarla con fuerza.

Ella aprieta sus pequeñas y firmes nalgas, pataleando con sus tacones altos.

—Pies abajo —ordeno, sin dejar de azotarla.

Obedece inmediatamente. No puedo decidir si eso me sorprende o no. Tenía ciertos rasgos de ratoncita, pero los tomé más como producto de su buena educación que de su personalidad.

Estira las piernas, cruzándolas y apretándolas como si estuviera excitada mientras rebota y cabalga en mi regazo con cada sonoro azote. Antes de que tenga oportunidad de adaptarse al dolor y acostumbrarse a su nueva realidad, me detengo y la empujo fuera de mi regazo hacia el suelo.

—Arrodíllate.

Adopta la posición de inmediato, arrodillándose a mis pies con la cabeza gacha, una cortina de ondas rubias ocultando su rostro.

Decido que SÍ estoy sorprendido. Supongo que no esperaba una obediencia total de su parte. Pensé que sería más del tipo que se enfurruña y hace pucheros. Desordenada y una molestia para mí.

Hasta ahora, ha demostrado que me equivocaba.

Coloco un nudillo bajo su barbilla y la levanto para examinar su expresión. Su cara está sonrojada, los ojos brillantes con lágrimas contenidas. Hay un temblor en su barbilla.

—¿Por qué fue eso? —Su voz suena entrecortada y herida.

—Eso fue para mí —le informo—. No necesito una razón para azotarte, florecilla. Eres mi sumisa. Si quiero tenerte sobre mi regazo con el culo ardiendo, ahí es donde estarás.

Esa noticia parece calmarla. El brillo en sus ojos desaparece, y sus hombros bajan una fracción.

Interesante.

Así que es una complaciente. No quiero que me guste eso, pero me gusta. Por primera vez desde que nos han emparejado, mi polla se endurece.

—Separa las rodillas.

Mantiene la mirada fija en mi rostro mientras separa los muslos. Es condenadamente difícil no verse afectado. Alargo la mano y deslizo un dedo bajo la tira de sus bragas. Por alguna razón, sigo convencido de que es frígida. Que es el tipo de chica que le dice que no a su novio cada noche porque no quiere despeinarse. Que no es el tipo de chica a la que podrías sujetar y ensuciar con cada deseo básico que se arrastra por tu cabeza.

Joder.

Está húmeda.

*Empapada.*

A la princesa estadounidense le gustaron los azotes. O que le falten el respeto. Le gusta la humillación y el dolor.

Mi polla se sacude contra la cremallera, haciendo que mis pantalones sean demasiado estrechos.

Le desato el corsé y se lo quito, arrojándolo al suelo como si no le hubiera costado al menos cien dólares.

Un temblor la recorre, pero permanece inmóvil. Sus tetas no son diminutas, sino pequeñas y respingonas, con pezones que apuntan hacia el techo. Quizá una copa B, no lo sé. Acaricio el costado de uno, luego le pellizco el pezón. Le doy una palmada. No hay mucha carne que golpear, pero aún así rebota, así que continúo, pequeñas palmadas alrededor del costado y la parte inferior, luego otro pellizco. Le doy el mismo tratamiento a su otro pecho, observando cómo su respiración se vuelve más corta, el subir y bajar de su pecho haciendo que sea fácil seguirla.

Busco en mi bolsa unas pinzas para pezones. Tengo un par de pinzas de cocodrilo, sin cadenas. No me gusta que nada se interponga.

Pellizco y retuerzo su pezón izquierdo hasta que se alarga, luego le coloco la pinza. Sus ojos se abren de par en par, y jadea. Sus rodillas vuelven a juntarse de golpe.

—Pon las manos en la cabeza y abre esos muslos —espeto, como si estuviera disgustado.

Sus manos vuelan a su cabeza, y las rodillas se abren tan ampliamente que pienso que debió haber sido gimnasta.

Le doy una palmada en el coño, un acto que no es tan satisfactorio como lo sería si sus bragas no estuvieran ahí. Pronto rectificaré ese problema. Le doy otra palmada. —No me hagas repetírtelo —le advierto. Cuando deslizo las puntas de mis dedos bajo sus bragas, las encuentro empapadas. Su néctar está por todas partes, resbaladizo y cálido.

Su mirada es frenética, en mi rostro, observando como si su vida dependiera de complacerme.

Joder, ES complaciente. Siento una fuerte oleada de endorfinas por el poder que me ha dado. Más de lo que he tenido con cualquier otra pareja. Mucho más de lo que consigo rompiendo cráneos.

La recompenso con un rápido círculo alrededor de su clítoris, provocando que el botoncito se hinche.

Sus labios se separan.

—Chica mala —murmuro, pero mi voz es de terciopelo, y mi caricia tierna por el momento. Joder, si no me gusta que sea mala. Traviesa y necesitada y tan desesperada por complacer.

—Lo siento —su disculpa es apresurada—…Amo —hay cierta vacilación en la forma en que prueba el título.

Asiento secamente para confirmar. —*Soy* tu amo. — Retiro mis dedos de sus bragas y le doy una palmada en el coño por encima de ellas.

El pequeño gemido que escapa de sus labios suena anhelante.

Le pellizco el pezón y lo estiro, luego coloco la otra pinza sobre él. Ella jadea de dolor y sus muslos se contraen hacia dentro, pero se controla y los vuelve a abrir, jadeando. Sus ojos se humedecen un poco y parpadea rápidamente.

—¿Quieres una pinza también en ese clítoris, florecilla?

Mueve rápidamente la cabeza en señal de negación y clava su mirada azul en la mía. La negación se ralentiza como si no estuviera segura de si debería estar diciendo *no* y estuviera buscando en mi rostro alguna indicación.

—Entonces no me desobedezcas otra vez. Te quedas en la

27

posición en la que te pongo hasta que yo diga que puedes moverte. ¿Entendido?

Un asentimiento rápido.

Joder, es adorable. Sigue sin ser mi tipo, pero definitivamente me está gustando cada vez más.

Le agarro la muñeca que tiene sobre la cabeza y le doy un ligero tirón. —Levántate y bájate las bragas.

Le sujeto el antebrazo para ayudarla mientras se tambalea sobre sus tacones. Empieza a quitarse las bragas.

—Dije *bajar*, no quitar.

Se queda paralizada. Se las sube de nuevo por encima de las rodillas, colocándolas y mirándome en busca de aprobación.

—Exactamente así —digo cuando las coloca a media altura del muslo—. Te tocó humillación, así que bragas bajadas por ahora, aunque pronto se quitarán del todo.

Se tambalea sobre sus tacones. Supongo que le tiemblan las rodillas.

—Ven. —La atraigo sobre mi regazo. Ella contiene la respiración cuando sus pezones con pinzas golpean el sofá, haciendo una mueca y acomodándose.

Está desnuda hasta la parte superior de sus medias. Su piel es pálida, sin marcas de bronceado, sin tatuajes. De nuevo, lo perfecto no es lo mío.

Saco una palmeta de cuero de mi bolsa y le golpeo con ella cada uno de sus muslos. Ella jadea, sacudiéndose sobre mis piernas.

—Lo siento —jadea, lo que es adorable porque no es un castigo—. Quiero decir… —Se calla porque, por supuesto, no hay nada que pueda decir.

Le azoto con la palmeta, apuntando donde se sienta, golpeando ambas nalgas de un solo golpe. Ella aprieta su pequeño culo con fuerza. Acelero, azotando con fuerza y rapidez, sujetándola con un brazo firme alrededor de la cintura mientras ella se retuerce. Deja escapar pequeños gritos pero ninguna protesta. Sé que duele. Este nivel de azotes podría ser solo un calentamiento para una experta masoquista, pero estoy bastante seguro de que el culo de Kayla no ha sido probado. En ningún sentido. Considerando cuánto se retuerce y jadea, tengo la sensación de que está haciendo un gran esfuerzo para no perder el control. Demonios, casi lloró con unas pocas palmadas de mi mano antes.

No pasa nada. Planeo mantenerla boca abajo durante un rato. No tendrá que mantener la compostura para mí ni para nadie más. Creo que la posición de sumisión es perfecta para juegos de humillación. Es una lástima que tuviéramos que dejar los dispositivos electrónicos en el vestuario porque después de los azotes sería el momento perfecto para hacer una llamada telefónica y mantenerla esperando boca abajo como si no fuera más que un juguete.

Que es lo que es.

Me detengo cuando percibo que empieza a entrar en pánico, a juzgar por cómo sigue levantando la cabeza. No quiero que grite rojo o amarillo. Quiero que permanezca entregada a mí.

Deslizo mis dedos entre sus piernas. Está tan húmeda que me hundo directamente en su calor, su carne hinchada, abierta y acogedora. Bombeo un par de veces y luego encuentro su ano con mi pulgar.

Aprieta más el culo, con los muslos rígidos sobre el sofá.

Hago un sonido de reproche. —No, florecilla. Me vas a recibir aquí. Me vas a recibir donde yo exija. Sin fisting, eso sí. Recuerdo tus límites infranqueables.

Jadea y parece esforzarse para convencer a sus músculos de que se relajen. Primero una nalga y luego la otra se ablandan. Le acaricio el clítoris para recompensarla. Ella se frota contra mi regazo con gracia. El aroma de su excitación me golpea como un perfume embriagador.

Joder, esta chica.

No quiero tener la polla tan dura por ella. Es demasiado perfecta e inexperta para las cosas que quiero hacerle. Lo que me irrita aún más.

Juego con ella, entrando y saliendo, frotando su clítoris, masajeando su ano pero sin penetrar todavía. Me tomo mi tiempo. No tengo prisa por hacerla llegar al orgasmo. Aunque no pueda verlo, interpreto mi papel, actuando aburrido y mirando alrededor del salón. Veo a Valdemar desfilando con su sumisa por el club principal vestida con ropa de niña pequeña. Parece absolutamente encantado consigo mismo. Se me ocurre que ser un *daddy* domimamte podría convenirle más que el sadismo.

Alguien grita *rojo* no lejos de nosotros. Hay un pequeño alboroto cuando los monitores de la mazmorra intervienen para liberar a una sumisa en pánico, con los ojos vendados y auriculares, de un envoltorio de plástico sobre una mesa acolchada.

Kayla se mueve en mi regazo, excitándose por las caricias constantes. Deja escapar un gemido lascivo. La comisura de mis labios se levanta a pesar de mí mismo. Ojalá no fuera tan jodidamente adorable.

Lo adorable no es para mí.

Pero es difícil seguir odiándola. Es adorable.

Encuentro a Sasha y Maxim sentados en un sofá en la zona principal de juego. Y, joder, Sasha está de rodillas haciéndole a Maxim lo que parece la mejor mamada del mundo.

*Caliente.*

Estoy a la vez fascinado y repelido al ver a mis compañeros de suite teniendo sexo. Tengo que dar puntos a Sasha, que a menudo parece una niña mimada. Ahora mismo, parece tan sumisa como el resto de las sumisas aquí, y me alegra ver a Maxim tratado como un rey. Quiero decir, él está feliz como la hostia con ella, así que supuse que su relación tenía que estar equilibrada en algún nivel, y ahora veo dónde. Bien, Sasha.

A por ello, Max.

Mi polla se pone más dura. Pronto, pondré a mi sumisa de rodillas y exigiré el mismo trato.

Ella gime de nuevo.

Es hora de darle algo más. Rebusco en mi bolsa de lona los tapones anales. Suponiendo que es virgen anal, desempaqueto el más pequeño para empezar. Le doy unas palmadas en el culo a Kayla para distraerla antes de retirar mi contacto para usar ambas manos y preparar el tapón con abundante lubricante.

—¿Lista para tu follada anal, florecilla?

Su cabeza se levanta de nuevo, sobresaltada. Sus adorables nalgas se aprietan. —Em…

—Era una pregunta retórica. Tu respuesta siempre debe ser *sí*.

*KAYLA*

Me giro para mirar por encima del hombro a Pavel, tratando de no asustarme demasiado.

—Puedes tomarlo. —Me muestra un delgado tapón de acero inoxidable, que está cubriendo con lubricante—. Es pequeño, como tú.

*Puedo soportarlo.*

*Puedo soportarlo.*

*Puedo soportarlo.*

Me obligo a exhalar y vuelvo a bajar la cabeza. Probablemente no sea peor que cuando mi ginecóloga me hizo un rápido examen rectal.

Pavel me da un golpecito en la nalga. —Abre.

¿Eh? No logro entender a qué se refiere hasta que me doy cuenta de que sigo apretando la proverbial moneda entre las nalgas.

Es una expresión de bailarines. Crecí tomando clases de ballet, claqué y jazz para mi carrera teatral, y mi profesora de ballet de la infancia solía decirnos que apretáramos una moneda entre las nalgas. Probablemente tenga el suelo pélvico más fuerte del universo.

Supongo que eso cambia ahora.

Es difícil hacer que los poderosos músculos se relajen, pero finalmente, aflojo ambas nalgas.

—Mejor —observa Pavel. No es exactamente un elogio. Es bastante tacaño con los elogios, si me preguntas.

Haría casi cualquier cosa por un *buena chica* en este momento.

Vuelve a acariciarme entre las piernas, donde estoy hinchada y necesitada como el demonio. Empiezo a sentirme febril y ebria de desesperación.

—Estira los brazos hacia atrás y mantén las nalgas abiertas para mí —ordena.

¡Ay, Señor! ¿En serio? Bueno, supongo que esto se supone que es humillante. Está explotando ese ángulo a tope.

Estiro los brazos hacia atrás, ¡uf! ¡Es vergonzoso como el infierno!, y separo mis nalgas para él, abriéndome para su saqueo.

—Buena chica.

Las palabras me invaden como un bálsamo calmante. Por fin conseguí un *buena chica*. Gracias, niño Jesús. Este tío es difícil de complacer.

Arqueo mi espalda y levanto mi trasero hacia él, aún más ansiosa por su elogio ahora.

—Eso es. —Toca mi ano con el extremo bulboso del tapón. Se siente frío y duro.

Me estremezco y luego me obligo a relajarme de nuevo.

Él aplica presión. Me resisto.

—Abre, Kayla. —Es una severa advertencia, y el hecho de que usara mi nombre real, no *Kiki* o *florecilla*, su apodo para mí, me hace sentir aún más reprendida.

No sé cómo abrir o incluso a qué se refiere, pero solo pensar en ello parece funcionar porque comienzo a relajarme, y en el momento en que lo hago, presiona la punta dentro de mí. Grito de sorpresa. No duele, pero se siente definitivamente incorrecto. Incorrecto de una manera demasiado íntima y sucia. Es decir, no me preparé para esto. ¿Se supone que hay que hacerse una ducha vaginal primero? ¿O qué se usa para anal... un enema?

¡Ay!

Pavel mete el tapón con suavidad, no insistiendo, más bien sugiriendo. El problema es que el tapón se ensancha a medida que avanza, así que comienza a estirarme.

—¡Ooh, ay! —Hago una mueca y me inquieto, cruzando nerviosamente los tobillos.

—*Abre*, Kayla.

—No sé c-*cómo*. —Asienta el tapón completamente, y el dolor de la estirada se alivia. Ahora solo me siento vergonzosamente llena, como si tuviera que defecar.

Gira y bombea el tapón.

Oh.

*Oh.*

Eso es erótico.

Definitivamente hay algo de placer ahí junto con la vergüenza. Pero más placer. Empiezo a jadear, mi coño contrayéndose sobre la nada. Un sonido extremadamente necesitado sale de mis labios, y entonces me corro, el ano apretándose alrededor del tapón, mi canal vacío pulsando y temblando.

Los dedos de Pavel se hunden en mi pelo, y levanta mi

cabeza con él. —¿Acabas de correrte sin permiso? —Suena enfadado.

Mi coño se contrae de nuevo. —¡Dios mío! —jadeo. Mi cerebro está revuelto por el orgasmo. Estoy caliente y nerviosa y... Dios. —Lo siento, yo...

—No dije que pudieras correrte.

—Tampoco dijiste que *no podía* correrme —ofrezco esperanzada.

—Ay, florecilla. Creo que sabes perfectamente que no es así. —Suelta mi pelo. Espero una dura azotaina, pero en su lugar su mano descansa ligeramente sobre mi trasero. Le da un suave apretón—. ¿No es cierto? —Su acento es fuerte, su voz gutural y profunda.

—Sí, Amo —murmuro.

—De vuelta a tus rodillas —ordena—. Y quítate las bragas primero.

—Sí, Amo.

Me ayuda a ponerme de pie. Me quito las bragas deslizándolas por mis piernas y luego me arrodillo sobre la moqueta industrial a sus pies.

Se desabrocha los pantalones y se desliza hacia adelante en su asiento, separando las rodillas. Me relamo los labios. Por fin, algo que sé hacer.

—Demuéstrame que lo sientes, princesa. —Libera su erección y la empuña, luego agarra la parte posterior de mi cabeza y me atrae hacia adelante.

Nunca antes me habían forzado sobre una polla, y me parece impaciente y grosero, pero entonces, eso probablemente es parte del juego. No soy yo quien está al mando, y hacer una felación suele ser uno de esos actos donde quien la da tiene el poder. Él se asegura de que yo no lo tenga.

Introduce su longitud entre mis labios, apartando mi pelo de la cara y agarrándolo detrás de mi cabeza. —Chúpala bien, florecilla.

Hago un sonido, mi versión de "lo haré" con la boca llena. Chupo con la suficiente fuerza como para hundir mis mejillas y paso mi lengua por la parte inferior de su hombría. Su polla es larga, gruesa y pesada de necesidad.

—Da un golpecito en mi pierna para *amarillo*, dos para *rojo* si lo necesitas —instruye.

Parpadeo para mostrar que entiendo.

Así que tal vez no sé qué hacer aparte de dejar que él lo haga todo porque controla el movimiento de mi cabeza, tirando de ella hacia adelante y hacia atrás por el pelo. Me ahoga, la punta de su polla golpeando la parte posterior de mi garganta. Es rudo y dominante, girando mi cabeza hacia un lado para cambiar el ángulo, luego enderezándome de nuevo.

Da un poco de miedo. A veces, cuando me atraganto, me asusta no poder respirar, pero siempre puedo. Después de un rato, empiezo a confiar en que no va a ahogarme hasta la muerte con su miembro, aunque quiera hacerme creer que sí.

—Mete los dedos en tu coño —ordena.

Me lleva unos segundos procesar las palabras. Estoy esforzándome por rendirme a su control, por suprimir mi reflejo nauseoso. Llevo mi mano entre mis piernas. Mi coño está increíblemente mojado, más mojado que nunca. Dos de mis dedos se hunden inmediatamente. Gimo alrededor de su longitud.

—Eso es, florecilla. *Ahora* quiero que te corras. ¿Puedes provocarte un orgasmo con mi polla en la boca? —Lo hace sonar como un desafío. Como algo que duda que pueda lograr, lo que hace que me desespere por demostrarle que se equivoca.

No será difícil. Ya estoy más que excitada. El tapón en mi trasero proporciona una estimulación constante, y el erotismo de mi posición (de toda la escena) ya me está volviendo loca. Meto los dedos dentro de mí, aunque no es lo que suelo hacer cuando me masturbo. Pero claro, normalmente no estoy tan húmeda e hinchada. Uso la palma de la mano para presionar contra mi clítoris, frotando y apretándolo mientras me acaricio con los dedos.

Mis ojos comienzan a ponerse en blanco, mis pestañas revoloteando. Pavel desabrocha una de las pinzas de mi pezón. No puedo concentrarme en nada en absoluto; es suficiente con arrastrar cada respiración entrecortada por la nariz mientras chupo con todas mis fuerzas y me doy placer. Pavel desabrocha la otra pinza.

Me estremezco al correrme, mis músculos tensándose. Creo que podría haber gritado o intentado hacerlo. Mis pezones arden como fuego cuando la sangre vuelve a fluir en ellos. Intensifica mi orgasmo, que continúa y continúa, nuevas oleadas llegando cada vez que froto mi clítoris de nuevo.

Pavel es lo bastante generoso como para hacer una pausa hasta que termino. Me acaricia la mejilla con el pulgar antes de reanudar sus embestidas en mi boca con más rudeza. —Eso es, florecilla. Buena chica —me elogia, aunque sus movimientos no tienen nada de gratificantes. Puedo oír lo áspero de su respiración, y suena ronca y entrecortada. Ahora él también está al límite.

Un nuevo placer me inunda al saber que le he excitado. Que formo parte de su orgasmo. —Voy a correrme ahora, Kayla. ¿Quieres que me corra en tu garganta o sobre esos bonitos pechos tuyos? Da un golpecito para la garganta, dos para los pechos.

Doy un golpecito. Sasha fue quien me enseñó a tragar en la universidad, y estoy bastante orgullosa de mi habilidad. Demándame si quiero lucirme un poco. Dios sabe que no hay mucho que impresione a este tipo.

Murmura algo en ruso que suena como un insulto, golpeando el fondo de mi garganta con embestidas bruscas hasta que agarra mi pelo con fuerza, me sostiene contra él y se corre.

Trago y trago, parpadeando para contener las lágrimas de mis ojos.

—Eso es. Buena chica.

Otro *buena chica*. Estoy volando.

—Límpialo —ordena, lo que ya estoy haciendo. Guarda su miembro y se sube la cremallera del pantalón—. Ven aquí —indica.

¿Quiere que me siente en su regazo? No parece propio de él. ¿Quizás sobre su regazo? Maldita sea, ojalá lo supiera. Me tambaleo hasta ponerme en pie, la sangre volviendo a circular por mis piernas.

Me coge del codo para sostenerme y luego gira mis caderas hasta que quedo de espaldas a él y me sienta en su regazo. —Ven aquí, pequeña muñequita. Eso ha sido muy caliente. —Su aliento es cálido en mi oído. Me regodeo en sus elogios, aunque esta noche se suponía que era sobre complacerme a mí misma.

Pero lo he hecho. Estoy más satisfecha de lo que jamás he estado en mi vida.

Me retuerzo en su regazo, el tapón anal moviéndose dentro de mí.

—Piernas abiertas, princesa. —Coge mis piernas y las echa sobre la parte exterior de sus rodillas, dejándome totalmente expuesta. No llevo nada más que mis medias de rejilla hasta el muslo, tacones y un tapón anal, así que acaba de exponer mi chichi para que toda la sala lo vea, pero no puedo encontrar motivos para que me importe.

Agarra mi pecho derecho, masajeándolo bruscamente. Con posesión. Me muerde el hombro. Su otra mano acaricia entre mis piernas. A pesar de acabar de tener un orgasmo, estoy más que preparada para volver a empezar. De hecho, por cómo me siento ahora, nunca será suficiente. Estoy tan excitada que podría continuar toda la noche y seguir sin estar satisfecha.

Pavel parece saberlo porque me folla con dos dedos, luego tres, mientras mordisquea mi cuello y posee mi pecho y pezón.

Dios mío.

Es increíble. Me siento increíble: sexy y poderosa. Hermosa. Hedonista.

Al parecer, lo único que tengo que hacer es recibir, así que dejo caer la cabeza hacia atrás sobre su hombro, con los pechos orientados hacia el techo mientras él se ocupa de mis necesidades.

Al principio no me doy cuenta de que estoy gimiendo. Gemidos fuertes, lascivos y vergonzosos. —¡Oh Dios! —me tapo la boca con ambas manos para callarme.

—No. —Pavel suena tan frenético como yo me siento—. Déjame oírte.

—Oh —gimo.

Me folla más rápido con sus dedos. Mi trasero se aprieta alrededor del tapón, y cada vez que lo hace me acerca más al clímax.

—Oh Dios. —Recuerdo pedir permiso—. Por favor, Amo, ¿puedo correrme?

—No. —Sigue moviendo sus dedos, volviéndome loca.

Espera... *¿qué?*

Ya estoy prácticamente fuera de mí, y ahora mi cerebro se desordena por completo. NECESITO correrme.

—¿P-por favor? —Me castañetean los dientes. En serio podría morir si no me deja correrme, y sin embargo, desobedecerle no es una opción.

—*Por favor*, Pavel.

—Me gusta cómo suplicas. —Suena tan alterado como yo. Sus dedos vuelan, llevándome al borde de la locura.

—Tengo que hacerlo. Oh, Dios, TENGO que hacerlo. —

Me retuerzo en su regazo, al borde tanto del éxtasis como de la muerte.

No dice nada, solo me muerde el cuello y me folla con un cono formado por sus dedos.

Finalmente, cuando estoy segura de que voy a morir, dice:

—Córrete, florecilla —pronuncia las palabras justo al lado de mi oído. Se saltan mi cerebro y van directamente a mi coño empapado, y me corro con un grito. Me retuerzo y cabalgo sus dedos, sujetando los míos encima de los suyos para empujarlos más profundo.

—Oh —jadeo, abrumada.

Pavel saca suavemente sus dedos y se los lleva a los labios, chupando mis jugos.

Y es entonces cuando me doy cuenta de que tenemos público. Un público bastante numeroso. Están murmurando cosas alentadoras. Me incorporo, poniéndome rígida.

No creo que Pavel se hubiera dado cuenta antes porque maldice en ruso.

# CAPÍTULO 4

*P* *avel*

Quiero arrancarle los dientes a cada hombre que acaba de ver a Kayla correrse. Y hay muchos. Todo un círculo de *pridurki* parados en semicírculo, devorando con la mirada a mi compañera, hermosa como una estrella del porno. Quiero romperles la nariz con mi rodilla. Abofetearles las orejas. Estamparlos contra el suelo agarrándolos por el cuello.

No es propio de mí; no soy posesivo con las mujeres. Soy lo contrario, por eso vine a un evento como este. Prefiero encuentros sin significado y sin posesión.

Pero alguna parte de mí que no reconozco no está de acuerdo con eso.

*Blyat.* Levanto a Kayla para que se ponga en pie.

—Recoge tu top y dámelo —le ordeno.

Se inclina para recoger su corsé. La devuelvo a mi regazo y se lo pongo yo mismo, ajustando los cordones y atándolos. Le dejo el tapón puesto únicamente porque no quiero que todos me vean quitárselo.

Sí, sería humillante para ella, tal como indica el nombre de esta escena.

Pero me importa una mierda.

No pienso hacerlo.

—Ponte las bragas otra vez, florecilla —le murmuro a Kayla. De repente, desde mi punto de vista, estamos en el mismo equipo. La estoy protegiendo de esos imbéciles mirones de ahí fuera.

Una parte de mí quiere detenerse y examinar esto, porque estoy seguro de que lo estoy jodiendo de alguna manera. Olvidándome de cómo dominarla como se supone que debo hacerlo, pero aparto esos pensamientos.

Kayla obedece y se pone las bragas. El tapón no se ve a través del corte en forma de corazón en la parte trasera de sus bragas. Le doy una palmadita para mostrar mi dominio y la guío de vuelta hacia el teatro. Camina con dificultad con sus tacones. La vi manejarlos sin problema cuando llegó, así que supongo que es porque ese orgasmo acaba de volarle la cabeza. Sus piernas probablemente son de goma ahora mismo. Diablos, yo también tengo algo de esa sensación.

La llevo hasta la barra y pido dos botellas de agua y un plato de frutos secos. Supongo que necesita recargarse si vamos a aguantar dos rondas más. Los dos lo necesitamos.

Saco un taburete para ella y la ayudo a subirse, disfrutando de la forma delicada en que se sienta para acomodar el tapón. Se bebe la mitad de su agua de un tirón y toma un buen puñado de frutos secos.

Me lanza una mirada bajo sus pestañas. —¿Se me permite hablar?

—Sí. Si no eres demasiado molesta.

En lugar de ofenderse, veo aparecer un hoyuelo. —Intentaré no serlo. Gracias por los frutos secos. Estaba muerta de hambre. Sasha y yo no tuvimos tiempo de cenar.

Ya es más conversación de la que quería tener con ella, así que simplemente inclino la cabeza.

—¿Ya te estoy molestando?

Mis labios se curvan. Joder, es adorable. —Sí.

Su mirada cae. —Lo siento. —Coge otro puñado de frutos secos y se los mete en la boca. Por alguna razón, me encuentro fascinado por sus labios mientras come. La ligera capa de sal que los cubre me hace querer lamerlos. Pero eso no tiene sentido porque nunca beso a mis compañeras de juego.

Por supuesto, ese pensamiento me lleva a la imagen de empujarla contra una pared y adueñarme de esa boca tan expresiva. Hacerla callar con mi lengua, mordiendo ese labio inferior.

—¿Por qué llegaste tarde? —me sorprendo a mí mismo hablando.

Me lanza una mirada, aparentemente tan sorprendida como yo. —Tuve una grabación todo el día. Les llevó como ciento cuarenta tomas filmar un anuncio de sesenta segundos.

No quiero estar interesado, pero de repente me importa su historia. —¿Eres actriz? ¿Como Sasha?

—Sí. Fuimos juntas a la USC para estudiar teatro. Compartimos habitación durante tres años.

Es casi doloroso pensar en esta delicada y saludable criaturita como una estudiante universitaria despreocupada, esperanzada y ansiosa por encontrar algún papel secundario en la obra escolar. Refuerza mi creencia de que no pertenece a este lugar. Ciertamente no para ser torturada por mí.

Me hace sentir sucio y mezquino.

Excepto que vuelve a mi memoria el recuerdo de ella corriéndose solo por chuparme la polla. El rubor de sus mejillas, el brillo vidriado de sus ojos y cómo se le pusieron en blanco. Estaba ebria de lujuria.

No es tan inocente después de todo.

Joder, sería tan fácil para algún director de Hollywood aprovecharse de ella, descubrir su pequeño corazón pervertido y usarlo para su mezquino placer sin darle el respeto que merece. Aprieto mi botella de agua, haciéndola crujir.

Sus ojos se abren al mirarla.

—Quiero ver tu anuncio —me encuentro diciendo.

—Oh. —Se sonroja—. Yo... no era mi anuncio. Solo estaba bailando en el fondo durante todo el tiempo. Se suponía que era en una discoteca. El anuncio es para una bebida energética.

Ahora estoy cabreado porque no la hicieron la protagonista. ¿Por qué coño no lo harían? Está buenísima. No puedo imaginar que otra actriz lo hiciera mejor.

—Vamos —ladro en cuanto termina los frutos secos y el agua.

Me lanza una mirada nerviosa y prácticamente se lanza del taburete. Tan obediente.

Quiero ponerle un collar y una correa. Mantenerla a mis pies para que me la chupe como lo hizo antes, cada vez que esté cachondo.

Soy un pervertido retorcido.

Volvemos a subir al escenario, y Kayla da un paso adelante para hacer girar la rueda. Me coloco detrás de ella, rodeando su cintura con un brazo para atraer su trasero contra mi entrepierna y hacer presión sobre el tapón. Su vientre se estremece en su siguiente respiración. Lanza la bola a la rueda, y rebota.

—Kiki y Amo Pavel han caído en *anal* —anuncia la maestra de ceremonias.

Aburrido.

Todavía detrás de ella, envuelvo mis dedos alrededor de su garganta, apretando su pecho con mi otra mano. —Mi polla en tu culo esta noche era algo seguro, florecilla.

Veremos si podemos hacerlo más interesante. Creo que primero te marcaré ese culo, ¿hmm? ¿Estás adolorida por tu última azotaina?

—No, Amo. —Su voz es suave y cálida. No es lo que esperaba. Pensé que se quejaría como una niña por recibir más azotes en el culo.

Mi polla se alarga en mis pantalones. —Vamos, *printsessa*. —La guío fuera del escenario y hacia la sala de tortura medieval que está vacía.

La llevo a uno de los potros de azotes de la habitación. —Quítate las bragas —ordeno.

Ella agacha la cabeza y se quita las bragas, arrugándolas en una mano, como si no supiera qué hacer con ellas. Se las quito y las guardo en mi bolsillo. La observo de manera crítica. —Quítate también esas medias —digo—. Quiero azotar también la parte posterior de tus muslos.

Me deleito al ver el escalofrío que la recorre. Se quita los tacones y se despoja de las medias. Cuando lo hace, noto que sus pies tienen marcas rojas de irritación por los zapatos.

Meto las manos en mis bolsillos, considerándolos. —¿Te duelen los pies, florecilla?

—Oh. —Mira hacia abajo—. He-he estado con tacones todo el día, Amo.

—¿Pero aun así los llevaste esta noche? ¿Para mí? —No, claro que no para mí. Mi polla está tomando el control de mi cerebro. Ni siquiera sabía que estaría emparejada conmigo esta noche.

Pero ella dice con esa misma voz suave como la miel: —Sí, Amo.

Joder.

Estoy dividido entre recompensarla por su sacrificio e infligirle más dolor.

—Te ves jodidamente preciosa con esos tacones —digo con brusquedad. Es cierto. Tiene piernas delgadas y musculosas, como una bailarina, y los tacones hacen que parezcan obras de arte.

Su mirada vuela hacia mi rostro, escrutadora. —Em, gracias.

—Sé que duelen, pero quiero que te los vuelvas a poner.

Inmediatamente se los vuelve a calzar.

Me acerco a su espacio y acaricio su monte de Venus, mientras me estiro para girar el tapón en su trasero al mismo tiempo. —¿Te humedece saber que tu dolor me da placer? —Acaricio su hendidura, que al instante produce néctar.

—Sí, Amo.

Joder, es dulce.

—Buena chica. Voy a hacerte más daño. No porque seas mala. —Hundo un dedo dentro de ella y se retuerce, su expresión volviéndose necesitada—. Sino porque quiero. Lo entiendes, ¿verdad?

Asiente con entusiasmo. —Sí, Amo.

—Eso pensaba. No te gusta ser una chica mala, ¿verdad?

Un rápido movimiento de cabeza. —No, Amo.

—Eso creía. Eres complaciente. Una sumisa de servicio.

Su expresión se ilumina. Como si alguien la viera por primera vez en su vida. —Sí, Amo.

Giro el tapón en su trasero. —Cada vez que dices *sí Amo* con esa voz suave y sedosa, me pongo duro, florecilla.

Prácticamente resplandece con el cumplido.

—Ahora arrodíllate e inclínate. —Deslizo mi dedo fuera de ella y uso el tapón anal para guiarla hasta el potro de azotes.

Cae de rodillas y dobla el torso sobre el banco acolchado. Le abrocho los tobillos y las muñecas.

Me siento cruel. Quizás resiento a mi pequeña florecilla por ser tan condenadamente agradable. Es difícil que me desagrade, y yo quería odiarla. Las mujeres como ella no son para hombres como yo.

Yo soy de los que acechan en las sombras. Mis pecados claramente marcados en tinta por toda mi piel. Un soldado ruso que mató, primero por su país y luego por su célula bratva. No valgo nada, ¿y esta chica? Es oro.

Es joven, talentosa, dulce. Inteligente y complaciente. Definitivamente llegará lejos. El monstruo dentro de mí quiere dañarla por ello, pero también quiero matar a cualquiera que piense en dañarla.

Saco una caña de ratán y la golpeo contra mi palma. Muerde, incluso sin mucha fuerza.

Mi florecilla no estará preparada para algo así, y sin embargo, me siento impulsado a usarlo en ella.

Para aplastar sus alas y asegurarme de que nunca regrese aquí, donde no es seguro para una flor dulce y dolorida como ella.

Avanzo y jugueteo con el tapón en su trasero. Gime y balancea sus caderas. Golpeo sus nalgas ligeramente con la caña. —Voy a marcar tu pequeño trasero ahora, florecilla.

Emite un pequeño gemido. Los músculos de su espalda baja se tensan en preparación para el primer golpe. Balanceo la caña, apunto y golpeo justo por el centro de sus nalgas.

Ella deja escapar lo que suena como un grito involuntario y luego un largo, largo quejido de recuperación.

Golpeo de nuevo, justo debajo del primero.

Chilla, su cuerpo entrando instantáneamente en modo de huida mientras lucha contra sus ataduras. —¿Amo? —Hay pánico en su voz.

Froto entre sus piernas para ver cómo ha asimilado el dolor esta vez. Está empapada con lubricación fresca, aparentemente igual de excitada a pesar de la intensidad.

Quiero azotarla sin piedad hasta que grite y diga *rojo*, y pueda estar seguro de que nunca volverá aquí. Pero algo en su súplica me conmueve. Me fuerza a contenerme.

Camino hacia el frente del potro de azotes y me agacho. Aparto el cabello de su rostro para mirarla a los ojos.

—¿Sí, florecilla?

Su respiración es caótica, sus ojos dilatados, vidriosos y salvajes. Sus labios están entreabiertos, pero no salen palabras.

Acaricio su mejilla con el pulgar. Es suave como la de un bebé. —Pareces asustada. ¿Tienes miedo?

—Un poco —admite.

—De acuerdo. Te diré lo que va a pasar. Voy a darte tres marcas más con mi caña. Puedes gritar tan fuerte como quieras. Llora si lo necesitas. Pero vas a ser una buena chica y aceptarlo porque sabes que me complace hacerte daño.

» Cuando termine, te pondré árnica para ayudar con los moretones. Y luego voy a quitar ese tapón de tu culo y follarlo con mi polla. Usaré un condón para mantenernos a ambos seguros. ¿De acuerdo?

Asiente con la cabeza, eternamente complaciente. —De acuerdo. —Se lame los labios—. Gracias, Amo.

Mi erección presiona contra la cremallera. Me está dando las gracias. Realmente no podría ser más perfecta.

Acuno su mejilla, de repente reacio a hacer lo que acabo de prometer. —Lo estás haciendo muy bien esta noche.

Se acurruca en mi mano. —¿Amo Pavel? —Otra vez, el temblor de miedo en su voz.

—¿Hmm?

—Puede que no lo consiga. —Parpadea rápidamente—. ¿Y si no puedo pasar la noche sin decir *rojo*?

Soy un imbécil por desear eso.

El mayor cabrón vivo.

—Lo conseguirás —prometo—. Es mi trabajo asegurarme de que lo hagas, florecilla. —Las barreras de acero en mi pecho se doblan y deforman en diferentes direcciones.

Quiero mantener mi promesa con ella y romperla para asegurarme de que no pueda volver.

*No sin mí.*

¿En qué estoy pensando? No volveré aquí otra vez. Ni siquiera vivo en Los Ángeles. Y desde luego no volvería para jugar con ella. Es la última persona con la que querría volver a formar pareja.

Aunque cuando repaso la media docena de compañeras que tuve en Chicago durante el último año, veo que la energía entre nosotros era tan plana y seca como el papel. No es nada comparable a formar pareja con Kayla, esta hermosa luz resplandeciente. ¿Quiero volver a mi antiguo tipo?

De repente, no quiero.

¿Qué me pasa? Me estoy encariñando, y eso va contra el código de la bratva. No es que mi célula aplique esas viejas reglas del país.

Aun así, incluso si la quisiera, no podría tenerla. Es completamente inadecuada para mí.

Y yo definitivamente soy inadecuado para ella.

Mantengo su mirada mientras me arremango. —Ahora voy a hacerte daño, florecilla. Y te gustará porque a mí me gusta.

# CAPÍTULO 5

*K*ayla

 Intento no perder el control. El dolor de los azotes que Pavel me ha dado no hace más que aumentar. No sé si podré soportar tres más. Pero al menos me ha dicho qué esperar. Casi digo amarillo cuando me dio los dos primeros, asustada de no poder continuar.

Aunque estoy muy alterada, mi cuerpo también está empapado de deseo. Creo que estoy goteando sobre el potro de azotes, mi cuerpo tan lubricado y listo para más.

Pavel se coloca detrás de mí y da golpecitos con la vara contra mi trasero. Me estremezco, aunque solo sea un toque. Cada vez que me toca, mi ano se aprieta alrededor del tapón, enviando impulsos eróticos por todas partes.

Golpea.

Grito y me contraigo.

Este cae por debajo de los dos primeros. Parece que está trazando líneas paralelas muy limpias en la mitad inferior de mi trasero. Me parecería excitante si no doliera tanto.

Me azota de nuevo. Sorprendentemente, no grito. Aprieto el tapón y dejo escapar un gemido de dolor. Duele, pero las endorfinas deben estar haciendo efecto porque todo mi cuerpo está vibrando. El dolor empieza a sentirse bien.

Deja caer el último en los pliegues donde las nalgas se encuentran con los muslos. Dejo escapar un sollozo.

Ha terminado. Me dijo tres más, y he aguantado los tres. El alivio y el placer son inmediatos. Ya ni siquiera tengo miedo del sexo anal. Necesito satisfacción sexual de nuevo. No puedo esperar a recibir su miembro.

Extiende la árnica en mi piel, recorriendo los verdugones como si los estuviera borrando. Tira del tapón anal. No ocurre nada. Acaricia mi trasero con la palma de la mano. —Relájate, florecilla. Ábrete.

No me había dado cuenta de que seguía apretando. Suelto el aire y me relajo, y él saca lentamente el tapón. Gimo en su punto más ancho, pero luego desaparece, y me siento vacía.

—Buena chica. —Le oigo hurgar en su bolsa de lona. El chasquido de una bolsa de cierre. El clic de una tapa. Aplica una fría gota de lubricante en mi ano, y me estremezco ante la sorprendente sensación.

Un pequeño motor cobra vida. —Un premio para ti, florecilla. Porque lo has hecho muy bien. —Desliza un pequeño vibrador de bala sobre mis pliegues y lo coloca entre mis caderas y el potro, directamente bajo mi clítoris.

Dejo escapar un soplo de sorpresa, impactada por el placer. —Aaamo —suelto de golpe.

—¿Te gusta eso? —Pavel frota las marcas en mi trasero un poco más.

—Sí, Amo.

—Bien. Mientras follo tu culo, tú solo frótate contra eso, florecilla. Tienes permiso para correrte. No tienes que pedírmelo.

—G-gracias, Amo. —Mis dientes ya castañetean por el deseo intensificado.

Masajea el lubricante alrededor de mi ano. Me

sorprende lo fácilmente que su dedo se hunde esta vez. Oigo el chasquido del papel metálico y una cremallera, y luego la presión del miembro de Pavel en mi entrada trasera.

Después de tener el tapón dentro de mí durante la última media hora, estoy mucho más receptiva a la idea del sexo anal. Es decir, no estaba en contra antes, es solo que es algo nuevo para mí.

Pavel separa mis nalgas y presiona lentamente hacia delante. Es grande, pero me estiro para acomodarlo; no quema tanto como la primera vez que entró el tapón. Hay bastante lubricante.

Gimo porque… se siente bien. No debería, pero lo hace. Me pierdo al instante. Agradecida por el vibrador en mi clítoris porque estoy desesperada por tener un orgasmo. Sin embargo, no me atrevo a moverme. No es que pueda moverme mucho, pero ni siquiera me retuerzo. Simplemente me quedo quieta y dejo que él entre y salga de mí.

Me siento completamente usada. Mi trasero azotado y ardiendo, su miembro dentro, poseyéndome.

Esto era exactamente por lo que vine aquí esta noche. Supera todas las fantasías que he tenido sobre ser dominada. Estoy fantástica y ridículamente enamorada de mi nuevo amo.

El hombre que solo será mi amo por una vuelta más de la rueda. El hombre que se irá de la ciudad después de esta noche.

Pero no puedo pensar en eso.

Me entrego a él. A su dominación, su saqueo. Me folla el culo, sujetándome por la nuca, aunque ya estoy atada al potro, y embistiéndome.

Quiero correrme, pero es difícil con mi trasero siendo mantenido abierto. Siento como si necesitara tenerlo dentro de mi vagina en su lugar.

—A-amo —canto, aunque no sé qué quiero de él—. Amo —jadeo.

—Puedes correrte, florecilla. ¿Es eso lo que necesitas?

—*Sí.*

Embiste con más fuerza, como si mi necesidad aumentara su deseo. —Córrete para mí. —Su voz suena áspera y desgarrada.

—Y-yo… —Iba a decir "no puedo", pero siento la ondulación que recorre mi bajo vientre. Desearía que el vibrador estuviera dentro de mí mientras mis músculos se contraen en el vacío. Mi ano se aprieta alrededor de su miembro, y él grita.

—¡Joder… oh, joder!

Sus embestidas duelen con mi ano apretando, pero no puedo detenerlo. No dura más que unas pocas embestidas más, y entonces se corre, enterrándose profundamente y quedándose allí mientras gime. Su vientre se mueve contra mi espalda. Dejo escapar un suave sollozo de aliento.

El tiempo parece detenerse.

Pavel no se mueve.

Sé que hay gente en el pasillo. Definitivamente mirando, pero siento como si estuviera en una burbuja. Como si mis oídos estuvieran zumbando.

Quizá es mi vagina.

Después de lo que parece mucho tiempo, Pavel sale y se deshace del condón. Usa una suave toallita para bebés para limpiarme y desabrocha mis tobillos.

Sigo sin moverme.

No creo que sea capaz de moverme. O de hablar. Apenas puedo seguir respirando y parpadeando.

Pavel viene y desabrocha mis muñecas. No me mira cuando lo hace.

Creo que esa es la parte que me afecta.

Mi cuerpo y alma acaban de quedar al descubierto. He

sido destripada por la mitad para hacer espacio a su comando. Y he amado cada segundo.

Pero sobrevivir por mi cuenta ahora es imposible.

Me entregué a este hombre. Si no me despega de este potro y me abraza fuerte, no podré seguir adelante.

No lo hace.

Ni siquiera me ayuda a levantarme.

De hecho, camina hacia su bolsa y comienza a guardar sus cosas sin decir una palabra.

Me incorporo, mareada. Aturdida. Pruebo mis piernas. Mis rodillas ceden, y caigo de culo de nuevo sobre el potro de azotes.

Y es entonces cuando rompo a llorar.

# CAPÍTULO 6

*P*avel

Me quedo paralizado.

Kayla cubre su rostro con sus pequeñas manos, llorando desconsoladamente.

Joder. *Sollozando.*

Rota.

Justo como predije, aunque no pretendía romperla. Yo jodidamente *sabía* que ella no era la mujer adecuada para mí.

Si hubiera sido inteligente, habría buscado a Valdemar y le habría pedido que me sustituyera. Él habría adorado a este dulce bocadito.

Excepto que ese pensamiento solo me hace querer arrancarle la cabeza a Valdemar de los hombros y lanzarla montaña abajo.

Literalmente no me muevo. Los cables de mi cerebro se han cortado. Soy incapaz de actuar. Solo miro a mi pequeña sumisa rubia hundida en su desastre emocional. Un monitor del calabozo abre la puerta y los miembros del público que habían estado observando en el pasillo se agolpan alrededor de la puerta cuando se dan cuenta de que no estoy haciendo nada.

Estoy dividido entre el deseo de luchar contra todos ellos (incluido el monitor del calabozo) y marcharme.

Porque estoy seguro de que no estoy capacitado para lidiar con esta mierda.

Ni siquiera sabría por dónde empezar.

Un destello de pelo rojo aparece frente a Kayla, y ella queda envuelta en los brazos de Sasha. De alguna manera, Maxim aparece a mi lado.

—Si la rompes, es tuya —sus palabras cortan la neblina en mi cerebro. Logro girar la cabeza y mirarlo—. Ya me has oído —insiste—. Ahora te pertenece. Levántala, llévala a una sala de recuperación y recompónla.

Debe tener sentido porque mis pies ya se están moviendo hacia adelante antes de que haya decidido qué hacer. Aparto a Sasha de Kayla y la tomo en mis brazos. —Dámela, es mía —afirmo.

*Mía.*

Suena correcto. No es lo que quería, pero es la verdad. Ella es mía.

*Si la rompes, es tuya.*

—Ve a buscarle un chocolate caliente —le ordeno a Sasha, quien está menos que impresionada conmigo.

Su cara se arruga con disgusto. —¿Chocolate caliente? ¿En serio, tío?

Ni siquiera sé qué me hizo decirlo, pero sonaba correcto.

—¿Es eso lo que quieres? —le pregunta a Kayla, que todavía solloza incontrolablemente. Kayla asiente con la cabeza indicando *sí.*

Alguien ofrece una manta, y envuelvo a Kayla con ella y la llevo a las salas de recuperación, abandonando mi bolsa de deporte y posiblemente mis pelotas en el suelo.

—Lo siento. —Kayla lucha por hablar entre hipos y sollozos—. Ni siquiera sé por qué estoy llorando.

No se me ocurre una sola cosa que decir. Ni una maldita cosa, así que no digo nada. Simplemente encuentro una habitación y me acomodo en un sofá, acurrucándola contra mí en mi regazo. Acomodo la manta a su alrededor y la sujeto con fuerza.

Mis labios encuentran su cabello. Primero un beso.

No me mata. Su cabello huele dulce, como a naranjas. La beso de nuevo. Acuno un lado de su rostro con una mano y le doy pequeños besos a lo largo de la línea de su cabello, en su frente. Sus párpados húmedos, muy húmedos.

—Lo siento mucho —solloza.

—Es el *subdrop*. —Finalmente, mi cerebro vuelve.

Esto ocurre. He leído sobre ello. He oído hablar de ello. Simplemente no he tenido que lidiar con ello antes porque, honestamente, no tengo mucha más experiencia que Kayla.

—Tu química cerebral se alteró porque las cosas fueron muy intensas. El chocolate caliente ayudará.

—Estoy tan avergonzada. —Intenta levantar la cabeza, pero yo la acuno de vuelta contra mi hombro.

*Mía.*

Realmente es mía. Maxim lo dijo, así que debe ser cierto.

—No estés avergonzada. Me gustas así.

Eso parece ralentizar los sollozos. Probablemente su intento de detenerlos solo lo empeoró. Ahora que los he aceptado, puede respirar. —¿Q-qué? —Despega su mejilla húmeda de mi cuello y parpadea hacia mí. Su rímel se ha corrido alrededor de sus ojos. Lo encuentro extrañamente erótico—. ¿Por qué?

Decirle que he decidido que las lágrimas significan que ahora me pertenece probablemente no sonaría bien. Le doy un pequeño encogimiento de hombros, levantando las comisuras de mis labios. —Es solo otro intercambio de fluidos, ¿no? —Saco la lengua para lamer una de sus lágrimas.

Ella deja escapar una risa acuosa. Los sollozos se disipan por completo, y me mira fijamente, sus grandes ojos parecen aún más grandes con los círculos negros de su rímel. —¿T-te gusto siquiera?

Le doy un lento asentimiento, con la mirada fija en la suya. —Sí. Me gustas. Me gustas tanto que estaba pensando en hacer que usaras la palabra de seguridad, para que no volvieras aquí sin mí.

Sus labios forman una "O" sorprendida.

—Sí. Te prohíbo que vengas aquí sin mí. —Contengo la respiración para ver cómo recibe esto.

Me golpea con el puñetazo menos efectivo del mundo. Me hago una nota mental para enseñarle a dar puñetazos. —¿Qué coño? Pensaba que me odiabas.

—Yo... —Hago una mueca y agacho la cabeza—. Fui un completo capullo. Lo siento. Tú... parecías demasiado buena para mí. Como el tipo de chica que no puedo tener. Y eso me cabreó. —Me sorprende oír lo que está saliendo de mi boca. Creo que ni siquiera me había dado cuenta de que eso era cierto hasta este momento.

—Eres hermosa y dulce. Demasiado inocente. Tu padre me pondría una escopeta en el pecho si nos viera juntos.

Ella deja escapar una pequeña risa. —Mi padre es un hombre muy amable.

—¿Ves? Lo sabía. Yo no soy un hombre amable.

Su sonrisa se desvanece. —Yo... —Traga saliva—. Confío en ti.

—Lo sé. Esa es la parte que me dejó atónito, florecilla. No tenías ninguna maldita razón para confiar en mí, y aun así lo hiciste. Te esforzaste tanto por complacerme. Ahora estoy arruinado para otras mujeres. —Niego con la cabeza con pesar—. Ninguna otra servirá.

La luz florece en su expresión, pero todavía parece dubitativa. —Ni siquiera vives aquí. ¿Cómo vas a volver conmigo?

—Volaré hasta aquí. —No puedo creer lo que estoy prometiendo. Pero en el momento en que digo las palabras, sé que son ciertas—. Tomaré un avión todos los fines de semana del próximo mes para venir aquí contigo. No soporto la idea de que practiques con otro tipo.

Ella baja las pestañas. —¿Serás mi dominante?

Algo se agita en mis entrañas. Excitación, tal vez. Un potente giro de significado. Asiento una vez. —¿Me aceptarás?

—¿Es... solo para aquí?

Mi corazón comienza a latir incómodamente en mi pecho. El neandertal en mí gruñe, *Mía*. Pero, ¿cómo reclamo a una mujer sobre la que no tengo ningún derecho?

Aun así, niego con la cabeza. —No, florecilla. Cuando reclamo a una mujer, la reclamo en todas partes. Te quiero en mi cama de hotel esta noche. Te quiero a horcajadas sobre mi cintura por la mañana antes de volar a casa. Te necesitaré en Facetime cada puta noche que estemos separados.

Sé que es demasiado. Ni siquiera nos conocemos. Pero intuyo que las medias tintas no van a funcionar con Kayla. Ella merece el paquete completo. Si voy a poseerla, asumo la responsabilidad por toda ella. No solo por su vida sexual.

Me encojo de hombros. —Lo intentaremos. Si después del primer mes sigues pensando que soy un capullo, puedes dejarme.

Me sorprende la repentina y brillante aparición de su sonrisa. —Sé que no eres un capullo. Sasha es amiga tuya.

—Sasha es una rusa loca de cojones cuyo padre me obligó a matar por él —debería conocer la verdad. A lo que se enfrenta—. No soy un hombre bueno.

Ella echa la cabeza hacia atrás. —Bésame.

*Besarla.*

Es un *maldito honor* besar a esta chica. Pero quiero hacerlo bien. No el beso brusco y posesivo que he querido darle desde que se arrodilló a mis pies y tragó mi semen. No, ella merece mi contención. Una buena dosis de respeto. Tomo su cabeza entre mis manos y acerco su rostro al mío. Mis labios se deslizan sobre los suyos en un lento recorrido, una larga exploración de la superficie de su hermosa boca. Cambio el ángulo y repito. Otro beso lento con la boca cerrada. Y entonces abandono la contención y le devoro la boca por completo. Mi lengua se lanza entre sus labios, mis dientes rozan su piel suave. Beso, succiono y reclamo con cada separación y unión de mi boca. Cuando termino, ella está sin aliento, con los ojos desorbitados y tan jodidamente adorable que quiero sacarla de aquí antes de nuestro giro final.

Sasha y Maxim aparecen en ese momento con el chocolate caliente y mi bolsa de deporte. —Lo siento, nos llevó un tiempo conseguir que lo prepararan —dice Sasha, poniendo la taza caliente en las manos de Kayla. Se sienta a su lado—. ¿Cómo te sientes? Te ves mejor.

Contengo la respiración.

Kayla asiente. —Estoy mejor. Pavel se va a quedar conmigo.

Mi corazón se desboca.

Ella me reclamó a mí también.

Asiento, correspondiendo a la mirada azul sorprendida de Sasha con mi mirada seria.

—Vaya, guau. Vale. Me alegro de que funcionara. —El tono de Sasha es una parte asombro, una parte duda.

La sonrisa de Maxim es código entre hombres para *lo has conseguido*.

Se siente demasiado precario como para devolverle la sonrisa.

～

*KAYLA*

El chocolate caliente realmente ayudó. Lo sorbo y miro a mi nuevo amo. El hombre que de repente decidió que soy suya.

Me siento como en una novela romántica de la Regencia, como esa serie de Netflix, *Bridgerton*, cuando un hombre ofrece matrimonio a una mujer después de dos bailes. Sé que las endorfinas y los orgasmos y todo tipo de cosas influyen, pero estoy locamente enamorada de Pavel.

Estoy locamente enamorada de este mundo. Me aterroriza lo bien que encajo en este estilo de vida. Creo que parte de lo que me hizo derrumbarme fue mi horror y exactamente lo ilimitada que soy aquí. Creo que haría cualquier cosa que Pavel me pidiera. Me sometería a cualquier cosa que solicitara.

Ya confiaba bastante en él antes, pero su reacción a mi crisis lo solidificó. Fue perfecto. Tranquilo e imperturbable. Tierno. Honesto.

—Muchas parejas ya han pasado a su tercer giro —nos dice Maxim, el marido de Sasha—. ¿Vais a terminar vosotros?

—Depende de Kayla —dice Pavel.

—Sí. —Quiero ese pase mensual. Quiero volver aquí con Pavel. Dijo que volaría para jugar conmigo.

Pavel se mueve y saca mis bragas de su bolsillo. —Vamos a ponértelas otra vez.

Maxim y Sasha tienen la elegancia de desaparecer para que Pavel pueda ayudarme a ponérmelas. Me quita los tacones y los mete en su bolsa. —Ya basta de estos —dice.

Se oyen vítores y aplausos desde la dirección del barrio rojo.

—Vamos, florecilla. —Pavel me ayuda a levantarme y nos dirigimos de vuelta al teatro y al escenario.

—Kiki y el Amo Pavel están aquí para su giro final —anuncia Madison. Tiro de la rueda y veo cómo parpadean las actividades, luego lanzo la bola. Rebota durante mucho tiempo antes de que finalmente se asiente en una casilla.

—¡*Protocolo alto!* —dice Madison.

Pavel hace un sonido de interés. Levanto la vista y él encoge los hombros ligeramente. Cuando bajamos del escenario, me conduce hasta la zona principal de juego donde me acorrala contra una pared. —*Protocolo alto*, hmm.

—N-no estoy segura de recordar exactamente qué es —admito.

—Yo tampoco. —Veo un atisbo de sonrisa.

Mi corazón aletea.

—Creo que solo tengo que poner reglas, y tú las sigues. Proporcionas servicio a tu dominante. Igual que hemos estado haciendo toda la noche.

Parpadeo coquetamente. —¿Y cuáles son mis reglas?

Acaricia mi mejilla con sus nudillos tatuados. —Tus reglas son...

Espero, mis pezones se endurecen bajo el corsé, excitada por nuestro juego.

—Cuando diga *contra la pared*, te pondrás contra la pared más cercana y te presentarás ante mí para que te folle.

Bajo la mirada y escondo mi sonrisa. —Sí, Amo.

Espera un momento.

Cada terminación nerviosa hormiguea esperando su orden.

—Contra la pared.

Me precipito hacia la pared más cercana y me quito las bragas de un tirón, dando saltitos en mi prisa. Luego presiono las palmas contra la pared, separo las piernas y saco el trasero, mirando por encima del hombro.

Él está justo detrás de mí. Acuna mi monte de Venus desde atrás, uno de sus dedos haciendo círculos alrededor de mi sensible clítoris. —Eso es bonito, florecilla, pero ya te he tenido por detrás esta noche.

Me doy la vuelta.

—Cuando diga *prepara a tu amo*, encontrarás el condón en mi bolsillo y me lo pondrás. —Su voz es aterciopelada, no el áspero ladrido de antes.

Alcanzo su bolsillo y luego me detengo, con la mano suspendida, esperando la orden como si estuviéramos jugando a Simón dice.

—Prepara a tu amo —murmura.

Encuentro el condón, lo abro y desabrocho sus pantalones. Él me ayuda sujetando la base de su polla para que le ponga el condón.

—Buena chica. —Se aprieta contra mí, la cabeza de su polla balanceándose entre mis piernas.

Levanto una pierna alrededor de su cintura para presentarme a él, y no duda: se hunde directamente dentro de mí.

Abro la boca, pero no sale ningún sonido.

—¿Estás bien? Parecías bastante húmeda.

—Lo estoy. Sí. Estoy bien. Estoy genial —balbuceo, alcanzando su trasero y tirando de sus caderas contra las mías.

—Oh, oh —niega con la cabeza—. No conduces a menos que yo te lo diga, *printsessa*.

Rápidamente levanto las manos en señal de rendición.

—Lo siento, Amo.

Inmoviliza mis muñecas contra la pared.

—Menos mal que ya he terminado de castigarte por esta noche —murmura contra mis labios.

—¿En serio? —sueno sin aliento.

Embiste hacia dentro y hacia arriba, deslizando mi espalda contra la pared.

—Sí. Excepto por tu follada. Que puede ser dura. —Embiste de nuevo.

La parte posterior de mi pelvis golpea contra la pared, pero agradezco la sensación. Aceptaría todos los moratones que quisiera darme. Cada embestida se siente gloriosa. Como si me estuviera marcando como suya. Marcándome. He tenido tres orgasmos esta noche, pero nunca con él dentro de mi coño, y se siente tan correcto. Tan necesario.

Exactamente donde debe estar.

Acaricia con la nariz el lado de mi cara, me sorprende de nuevo con pequeños besos a lo largo de mi mandíbula y nacimiento del pelo, que contrastan totalmente con sus embestidas lentas y rudas.

—Bésame, Kayla —ordena.

Ofrezco mis labios, y él los reclama, moviéndolos lentamente, apasionadamente sobre los míos. Se toma su tiempo, devorando mi boca mientras me clava contra la pared. Solo cuando su respiración se convierte en jadeos, pasa un antebrazo bajo mi rodilla para mantenerme en posición con embestidas cortas y rápidas.

Deslizo mis dedos por su pelo color arena.

—Pavel —jadeo contra sus labios.

—Tómalo, florecilla. Tómalo como una buena chica.

—Dámelo.

Ambos estamos fuera de nosotros mismos, hablándonos sucio como un par de amantes experimentados. Olvido dónde estamos. Quiénes somos. Qué estoy haciendo aquí. Black Light se disuelve, y no hay nada más que arrancar este último orgasmo de mi amo.

Nada más que complacerlo.

Dejar que me complazca.

Sus embestidas se vuelven salvajes y erráticas. Nuestras respiraciones jadeantes se mezclan.

—Amo, ¿puedo...?

—Córrete —ladra.

En el momento en que lo hace, me dejo caer por el precipicio, mis músculos tensándose y apretando alrededor de su polla.

Él gruñe y embiste profundamente, gimiendo mientras él también se corre.

Me aferro a él, temblorosa y flácida. Exhausta, pero feliz.

—Vamos, florecilla. Puedes terminar esta ronda en mi regazo. Es hora de todas las recompensas.

Le sonrío radiante, con el estómago revoloteando. No sé qué son las recompensas, pero no puedo esperar a descubrirlo.

GRACIAS POR LEER *POSEÍDA*. Si te ha gustado, agradecería muchísimo tu reseña; marcan una gran diferencia para los autores independientes.

# EL SOLDADO

# AVANT-PROPOS

Queridos lectores:

Escribí por primera vez la historia de Kayla y Pavel como un relato corto para la antología del Día de San Valentín *Black Light: Ruleta de la Revancha*. Les di un final feliz y pensé que había terminado con ellos, o eso creía. Pero siguieron hablándome. Querían un libro completo, así que aquí lo tenéis. Es un poco diferente de los otros de la serie, ya que ellos ya estaban en una relación establecida de dominación y sumisión, y no estaba jugando con mis elementos favoritos de consentimiento dudoso. Su drama se cuece bajo la superficie y se profundiza más. ¡Espero que os gusten tanto como a mí!

# CAPÍTULO 1

*P*avel
        Envuelvo mis dedos tatuados bajo la mandíbula del moroso y deslizo la hoja del cuchillo por su garganta.

—No hagas apuestas que no puedas cubrir —le digo. Afilé la hoja antes de venir, así que con solo un roce le corta la piel y hace que un hilillo de sangre baje por su grueso cuello. Suficiente para asustarlo si es aprensivo. No estamos aquí para mutilar al tipo, solo para que se mee en los pantalones.

Nikolai, nuestro corredor de apuestas, está cerca, con los brazos cruzados sobre el pecho en clara señal de repudio. A su lado, Oleg, el enorme y silencioso ejecutor, hace crujir sus nudillos tatuados.

Ya le ha dado una paliza bastante buena a este cabrón. El tipo estará magullado e hinchado un par de semanas, seguro. Eso es lo que pasa cuando te metes con la bratva de Chicago.

—Por favor. Os conseguiré el dinero. Lo juro. —Está lloriqueando ahora. No tardó mucho en quebrarse, pero aun así fue más tiempo del que quería perder aquí.

No es que mi trabajo sea una pérdida de tiempo. Tengo la suerte de formar parte de la célula de la bratva de Ravil.

Es solo que tengo a alguien más a quien torturar después de esto. Alguien mucho más deliciosa y dispuesta. Pero desafortunadamente, vive en otra ciudad, lo que significa que tengo un vuelo que coger.

Cruzo la mirada con Nikolai, y él se encoge de hombros, dejándome la decisión a mí.

Limpio la hoja de mi cuchillo en la camisa del *mudak*. — Tienes dos semanas. Paga o nos llevaremos todo lo que amas. ¿Entiendes?

—Entiendo —gime—. Os conseguiré el dinero. Lo prometo.

—*Tenías* el dinero —le recuerdo—. Y en lugar de traérnoslo, lo usaste para hacer una nueva apuesta con los Tacone.

El tipo agacha la cabeza. —Lo sé —gime.

—Así que te lo advierto: nos pagas a nosotros primero.

—Lo haré, os pagaré primero. Lo prometo.

—No pienses que eres bienvenido de nuevo en mi mesa —dice Nikolai. Se lo toma como algo personal cuando los jugadores eligen sentarse con los italianos en lugar de con nosotros. Los Tacone no son nuestros enemigos; tenemos un acuerdo tácito de ceñirnos a nuestras propias especialidades en lo que respecta al crimen organizado en esta ciudad. Lo que significa que nuestras partidas de póker no deberían solaparse.

Levanto la barbilla hacia Oleg, quien da un último golpe a la cara del tipo por si acaso, y luego corto las cuerdas que lo atan a la silla. Empieza a incorporarse, pero apunto la hoja de mi cuchillo a su ojo izquierdo, y se queda paralizado.

—Siéntate. Cuenta hasta cuatrocientos. Entonces te largas.

—Cuatrocientos. Entendido. Cuatrocientos —balbucea el tipo.

Recojo mi chaqueta y me la pongo mientras salimos del almacén abandonado que elegimos para nuestra pequeña sesión de tortura. La grava cruje bajo nuestros pies mientras caminamos hacia el SUV de Oleg.

—No estuvo al nivel de tu calidad habitual —comenta Nikolai mientras caminamos—. ¿Estás perdiendo el gusto por la tortura?

—No. —No le digo que mis gustos simplemente han cambiado. He encontrado una salida mucho más saludable para mis impulsos sádicos. No se lo digo, pero probablemente ya lo sabe. Vivo con estos tipos a tiempo completo. Es bastante difícil guardar secretos, aunque acabamos de descubrir que Oleg nos ocultó uno enorme sobre su pasado.

—En serio, tío. Casi intervengo para dar un par de puñetazos yo mismo. —Nikolai sigue dándome la lata.

Miro a Oleg, porque el tipo se comunica más estos días, y él se encoge de hombros y hace asentir su puño, lenguaje de signos para *sí*.

—*Da poshel ty*. —Les digo que se vayan al infierno.

Subimos al vehículo de Oleg, y él lo pone en marcha para llevarnos de vuelta.

—Ravil te reemplazará si no empiezas a cumplir con tu parte. —Nikolai lo dice con ligereza, pero un hormigueo en la nuca me dice que preste atención. No estoy seguro de si solo está intentando provocarme o si lo dice en serio. Ravil es nuestro *pakhan*, el jefe de la bratva de Chicago. La idea de que pueda estar insatisfecho con mi servicio me pone nervioso. Tengo una suerte del carajo por tener esta posición, y soy ambicioso. Definitivamente espero consolidar mi lugar mientras esté aquí. De ese modo, con suerte, cuando regrese a Moscú, habré mejorado mi posición en la organización allí.

—¿De qué coño hablas? —espeto.

Nikolai se gira desde el asiento delantero para mirarme. —Hizo un comentario esta mañana sobre que te ibas de nuevo para el fin de semana. Algo sobre que no lo habías consultado con él.

*Blyad'.* No lo había consultado con él. Pero pensé que todos sabían que me iba a Los Ángeles para el fin de semana. He ido todos los fines de semana desde San Valentín, cuando Ravil me envió a un club BDSM por negocios, y acabé reclamando a mi pequeña esclava.

Aun así, asumir que todos sabían que me iba no es lo mismo que pedir permiso al jefe. Debería haber pensado en pedir su autorización, pero no somos exactamente empleados con horario fijo. Nuestras descripciones de trabajo son bastante flexibles. Básicamente, hago lo que Ravil me diga que haga, sea legal o no.

Ravil es mi dueño, pero yo haría cualquier cosa por él.

Me paso la mano por la cara. —Vale. Gracias por decírmelo. —Nikolai puede parecer un capullo, pero sé que está intentando salvarme el trasero.

—¿Cuál es tu plan con esta chica? —pregunta Nikolai.

No respondo. No es asunto suyo.

—¿Vas a mantener esta relación a distancia permanentemente?

—Qué va —digo, tratando de sonar casual. Como si romper con Kayla fuera a ser fácil para mí.

La verdad es que no lo es. Sé que soy una mierda por haberla reclamado y mantenerla como mía durante el último mes. Kayla tiene una vida. Un futuro brillante. Uno que solo se verá perjudicado por su asociación conmigo. Y eso sin tener en cuenta el dolor emocional que voy a causarle. Cada semana que dejo que esto continúe hace más difícil romper.

Debería arrancar la tirita ahora, antes de que se vincule aún más a mí como su amo de lo que ya está.

Sí, terminaré las cosas este fin de semana. No cuando llegue, sino al final. Después de que hayamos disfrutado. Me aseguraré de que tenga los mejores orgasmos de su vida, y luego la dejaré con suavidad. Culparé a la distancia.

Oleg aparca en el estacionamiento subterráneo bajo el edificio que Ravil posee frente al lago Michigan. El barrio lo llama el Kremlin porque solo permite que vivan y trabajen allí rusos. Rusos y su esposa estadounidense. También ahora la nueva novia de Oleg, Story. Por un breve momento, la idea de exigir que mi esclava se mude aquí a Chicago, de instalarla en el Kremlin para poder dominarla las veinticuatro horas del día, los siete días de la semana, cruza por mi mente.

Pero por supuesto, nunca haría algo así. Ella es una actriz tratando de abrirse camino en Los Ángeles. Convencerla de que se mude (y no estoy seguro de que pudiera, incluso con lo dispuesta que está a hacer mi voluntad) terminaría efectivamente con sus sueños. Puede que sea un cabrón egoísta, pero no soy tan gilipollas.

Salgo y reviso mi móvil. Mi maleta ya está hecha y en mi coche. Si me subo ahora y conduzco directamente al aeropuerto, llegaré en el momento perfecto.

Pero Ravil. Lo último que necesito es que el jefe me dé una paliza. No después de haber trabajado tan duro para hacerme indispensable.

*Blyad.* Sigo a Nikolai y a Oleg hasta el ascensor y subimos hasta la última planta, donde todos compartimos el ático del jefe. Él está de pie junto a los enormes ventanales del suelo al techo que dan al lago, sosteniendo a Benjamin, su bebé de cinco meses, contra su pecho. Está murmurando suavemente al bebé en ruso.

No es un buen momento para interrumpir.

Pero no tengo tiempo que perder.

Me coloco junto a él, permaneciendo en silencio y mirando hacia el lago.

—¿Qué pasó? —Ravil casi siempre nos habla en inglés. Cuando me mudé aquí desde Rusia para unirme a su célula, no hablaba ni una palabra. Así se aseguró de que aprendiéramos: prohibiendo nuestra lengua materna hasta que fuéramos fluidos en inglés.

—Nada. Nos ocupamos de ello.

Me lanza una mirada especulativa, pero no dice nada. Ravil es de carácter templado. De sangre fría. Inteligentísimo. No es un hombre al que debas subestimar o al que debas enfrentarte jamás. Tengo suerte de que me diera un lugar aquí cuando tuve que abandonar Moscú. He intentado aprender todo lo que he podido de él, emular sus formas. Soy un poco tosco, pero cada día me vuelvo más sofisticado.

Me meto las manos en los bolsillos. Disculparme no me resulta fácil. De hecho, no recuerdo la última vez que lo hice. Pero le debo a Ravil un respeto enorme. —Debería haberte pedido permiso para salir de la ciudad —digo, bajando la mirada hacia la cara angelical de su bebé mientras los párpados del pequeño se cierran lentamente.

—Sí —acepta Ravil.

Joder. Nikolai tenía razón. Le debo un gran favor por avisarme.

—Lo siento.

—Perdonado. —Lo dice con facilidad, aunque dejando claro que mi transgresión requería perdón.

Respiro hondo pero no sé qué decir a continuación. ¿Debo pedir permiso tardíamente? Quizá debería, pero no puedo ni plantearme la posibilidad de *no* ir. Tengo un trozo de puro cielo esperándome en California, y tengo la intención de exprimirle todo el jugo antes de terminar las cosas.

Empiezo a decirle que este es mi último viaje, pero tampoco puedo hacer esa promesa.

—Estás aclarando las cosas. —Ravil habla por mí.

Por alguna razón inexplicable, mi corazón empieza a latir con fuerza. Ravil acaba de expresar en voz alta lo que yo había estado fingiendo para mí mismo que ya había decidido.

Pero, ¿qué hay que aclarar? Kayla está en Los Ángeles. Yo estoy aquí. Además, tengo planes de volver a Rusia cuando las cosas se calmen. He ahorrado dinero para iniciar mi propio negocio allí. No volver no es una opción; mi madre está completamente sola allí.

Pero tiene razón: claramente no he tomado una decisión, o no estaría yendo este fin de semana. Mi acuerdo de un mes con Kayla terminó la semana pasada.

—Sí —acepto.

—Hazme saber cuando lo decidas. —Se da la vuelta y se aleja, dejándome sudando.

Joder.

Una razón más para concluir mi aventura con Kayla este fin de semana.

Sin embargo, mientras salgo por la puerta para dirigirme al aeropuerto, estoy casi seguro de que no lo haré.

*Kayla*

Sorbo champán en el vestíbulo del Four Seasons Beverly Hills, posicionada justo dentro de las puertas principales, para que todos los que entren puedan verme. Estoy interpretando mi papel, así que ignoro la idea de que no pertenezco aquí. Que este lugar es para los ricos y famosos, y yo solo soy una aspirante a actriz de Wisconsin.

Todavía no he visto entrar a nadie famoso, pero se me ocurre que pasar el rato aquí podría ser una estrategia para ser "descubierta". Nunca se sabe, ¿verdad? Eso es lo que nos decimos a nosotras mismas, de todos modos. Yo y mis compañeras de piso y el resto de actores desempleados de Los Ángeles.

Mi móvil suena y lo saco del bolso, deslizando el dedo por la pantalla cuando veo que es mi agente.

—Hola, Lara.

—Kayla, escucha, despeja tu agenda para este fin de semana. Puede que consiga una audición para ti. Estoy trabajando en ello.

Este fin de semana. *Joder.*

Los fines de semana, ahora pertenezco a Pavel. Pero esta es mi carrera. Tiene que ser lo primero. —Sí, vale —le digo sin aliento—. ¿Para qué es?

—Es una nueva serie de televisión dirigida por Blake Ensign, y creo que serías perfecta para uno de los papeles. Oh, tengo que atender esta llamada. Hablamos pronto. — Lara termina la llamada con su típico estilo de agente importante, aunque no lo es tanto. Definitivamente no es la agente de las estrellas de primera categoría. Ni siquiera de las de segunda. De lo contrario, no sería mi agente, ¿verdad?

Pero, bueno. Tengo suerte de tener una agente. Es más de lo que la mayoría podría decir.

Suspiro, vuelvo a meter el móvil en el bolso y bebo más champán para calmar mis nervios. Pavel, mi chico ruso malo y dominante, entenderá lo de mañana... si es que la audición llega a producirse.

Al menos eso creo. La verdad es que, aunque sea mi dominante (no digo *novio* porque no hay nada de eso con Pavel) y aunque hagamos las cosas más íntimas cada alucinante fin de semana, seguimos siendo unos desconocidos. No, no conozco su verdadera edad. Hay un millón de cosas que no sé sobre Pavel. Como a qué se dedica realmente. O qué lo convirtió en un sádico, si es que esas cosas pueden definirse. Probablemente no. No sé qué me hizo a mí sumisa. Solo sé que me excita más que todas las experiencias amorosas que tuve antes de ir a Black Light.

El mero pensamiento de las cosas que me hará esta noche me provoca un escalofrío por la espalda.

Llevo un vestido de cóctel negro, no tan ceñido o sexy

como me gustaría, pero tiene un collar incorporado y un escote abierto, que creo que es sexy. Espero que Pavel sienta lo mismo.

Cruzo las piernas de nuevo. Llevo unas elegantes medias negras hasta el muslo, de esas con la costura que sube por la parte de atrás y termina con un pequeño lazo de satén a pocos centímetros de mi trasero. Me cambié de ropa quince veces intentando acertar, y todavía no estoy segura de mi elección. Me siento un poco como una prostituta esperando a su cliente. Lo cual es excitante de una manera teatral, pero podría estar un poco demasiado cerca de la verdad.

No es que Pavel me pague. El primer fin de semana que voló para verme, el fin de semana después de que nos emparejaran en Black Light, un exclusivo club BDSM donde nos conocimos, levantó un fajo de billetes antes de despedirnos.

—Esto no es un pago —dijo con su sexy acento. Consigue ser severo y dominante, incluso cuando me hace un regalo—. No pienses eso ni por un segundo. Es dinero para gastos porque no estaré cerca para invitarte a salir el resto de la semana.

Solo parpadeé dos veces antes de tomar el dinero, aceptándolo con un beso de Pavel en mi sien. Apenas me las arreglo como actriz de pequeños papeles y anuncios comerciales que hacen promociones en fiestas y algo de trabajo como camarera para pagar el alquiler. Me gustaría ser valiente y orgullosa y decirle que no necesito su dinero, pero realmente no soy ese tipo de persona. Definitivamente soy el tipo de superviviente que "cuida y hace amigos". Lo que significa que acepto ayuda cuando llega. Cuando desenrollé los billetes más tarde en casa, me quedé sorprendida al descubrir que no eran unos pocos de veinte. Era un fajo de billetes de cien, nueve para ser exacta.

Repitió eso los siguientes tres fines de semana que estuvimos juntos, deslizando grandes cantidades de dinero en mi bolso o poniéndolas en mi mano.

—*No es un pago* —decía severamente con ese sexy acento ruso, desafiándome a contradecirle.

Un rayo de emoción me golpea como un relámpago en el momento en que cruza las puertas de cristal. El poder irradia del hombre, contradiciendo su juventud y sus tatuajes callejeros. Su barba bien recortada adorna una mandíbula cuadrada y un mentón con un hoyuelo en el centro. Sería guapo al estilo de Hollywood excepto por el distintivo aire de peligro que lo rodea. Más de una cabeza se gira para ver quién está entrando. Es Los Ángeles, así que hay gente famosa por todas partes, especialmente en el Four Seasons, y Pavel parece ser uno de ellos.

Como siempre, lleva ropa cara, pero su camisa de botones impecable está abierta en el cuello, revelando los tatuajes que suben por su pecho hasta el cuello. Es en todos los aspectos un matón de la bratva. Lleva una pequeña maleta que, por experiencia, sé que contiene sus instrumentos de tortura. Cosas que usará para dominarme una y otra vez, durante todo el fin de semana.

Me deslizo hacia delante en el sofá moderno, lista para ponerme de pie, pero hace un mínimo movimiento negativo con la cabeza, su mirada rebota de mí hacia la fila en la recepción.

La explosión de mariposas en mi vientre hace que sea difícil pensar. Descifrar. Aparte de levantar un dedo durante medio segundo, como para indicarme que espere, no me reconoce. Pasa de largo para ponerse en la fila de la recepción. Un ardiente rubor inunda mis mejillas mientras me siento, con la columna recta, pechos hacia fuera, esperando su orden.

Intento rechazar el dolor de su rechazo. No es rechazo. Esto es una prueba de obediencia. ¿Qué tan bien leo sus deseos? ¿Cuán buena soy con la gratificación retrasada? Me está provocando. Eso debe ser.

Todo lo que el hombre dice o hace envía escalofríos a través de mí. Sus palabras son deliciosas órdenes que inducen a la fantasía. Sus expresiones tienden a ser oscuras, bordeando la ligera desaprobación. Me dará un movimiento de su ceja, una mirada de advertencia. Interpreta el papel de mi prohibitivo amo a la perfección. Excepto que ni siquiera estoy segura de que sea un papel que esté interpretando. Todas nuestras interacciones son escenas dignas de una película, pero no creo que este rol esté muy lejos de quien realmente es.

El problema es que simplemente no lo sé. A veces no estoy segura de querer saberlo. Estamos representando nuestras fantasías el uno con el otro. ¿Por qué querríamos cualquier parte de la vida real en esto?

Uno de los empleados del hotel le trae una bandeja con copas de champán llenas. Él niega con la cabeza pero le dice algo al hombre y luego señala en mi dirección. Mi dolor se desvanece. Todavía está pendiente de mí, como un buen amo debería estar. Me ofrecen más champán, y acepto, no porque lo quiera sino porque Pavel lo envió para mí.

Se registra en el hotel y luego se acerca a grandes zancadas. Esta vez no empiezo a levantarme hasta que estoy segura. No hasta que me tiende la mano. Sigue siendo frío e impasible. Sin expresión alguna en los duros planos de su rostro. No puedo distinguir si está feliz de verme. Si está complacido o descontento con mi atuendo o la forma en que esperé obedientemente. Dejo la copa de champán. No necesito más; una bebida es suficiente para alguien de poco aguante como yo.

Mi mano está húmeda en la suya mientras me ayuda a ponerme de pie. No dice una palabra. Sin beso. Sin *¿cómo estás?* O *Te ves genial*. Nada. Es todo negocios. Deja caer su maleta encima de la mía, toma mi mano de nuevo y me lleva hacia el banco de ascensores, rodando ambas maletas con su mano libre.

Las mariposas se convierten en un huracán, girando en vuelo frenético. No lo entiendo y mi necesidad de complacer, de jugar este juego correctamente, me tiene al borde de un precipicio.

Entramos en el ascensor y las puertas se cierran. En el momento en que estamos solos, Pavel se vuelve hacia mí. Una mano se enreda en mi pelo, la otra en mi trasero mientras me empuja contra la pared del ascensor. Su boca desciende sobre la mía en un beso exigente. Su erección presiona mi vientre, y su lengua invade mi boca. El alivio me inunda.

No está insatisfecho. *Sí* me desea.

Enredo mis brazos alrededor de su cuello y le devuelvo el beso, envolviendo una pierna alrededor de la suya para acercarlo más. Nos besamos como si el mundo estuviera a punto de terminar. Como si si no devoráramos nuestras bocas, nunca volveríamos a ver la luz del día. Solo ha pasado una semana desde que nos vimos, y se siente como si fuera ayer y hace una eternidad a la vez.

El ascensor suena, y Pavel toma mi mano, sin mirarme mientras me conduce fuera, maniobrando expertamente nuestras maletas apiladas por el pasillo hasta una puerta, que abre con su tarjeta.

Todavía no ha hablado. Supongo que yo tampoco, porque estoy esperando a que él tome la iniciativa. Él es el amo. Yo soy su esclava. Al menos ese es el juego que hemos estado jugando desde que nos conocimos hace poco más de un mes. Da una patada a la puerta para cerrarla y reanuda nuestro beso con la misma ferocidad con la que lo dejó. Mi trasero golpea la pared. Las duras líneas de su cuerpo se amoldan contra el mío, exigiendo mi rendición. Me entrego a él. A su habilidad. Su dominación, su liderazgo. Agarra mi muslo y lo levanta, encontrando la parte superior de mis medias.

—Sexy —respira contra mis labios. Para una primera palabra, parece apropiada. Acaricia mi trasero, su palma deslizándose bajo el dobladillo del vestido—. Te ves jodidamente sexy.

Ahí está. Eso es lo que esperaba. Por eso me cambié de ropa más de una docena de veces.

Baja besando mi cuello mientras agarra mi coño como si fuera suyo. Lo cual es cierto. Consensualmente entregado, por supuesto. Como siempre, soy plastilina blanda en sus manos, temblando, lista, esperando su orden.

No da ninguna. En cambio, simplemente toma. Desliza sus dedos dentro de mis bragas y acaricia mi hendidura. —Ya estás húmeda. —Su barba bien recortada me hace cosquillas en la oreja. Su acento ruso es fuerte; siempre se vuelve más pronunciado cuando está excitado—. Qué buena chica. Lista para recibir mi polla en el momento en que quiera dártela.

Un escalofrío de placer me recorre ante su lenguaje sucio, y absorbo sus elogios, aunque mi estado de preparación no es algo que pueda controlar.

—Sí, señor —jadeo.

—Necesito estar dentro de ti, florecilla —dice con voz ronca, apresurándose a liberar su erección.

*Florecilla*. Me encanta su apodo cariñoso. Empezó porque pensaba que yo era una flor demasiado delicada. Demasiado frágil. Nos emparejaron por el giro de una ruleta en Black Light, y creo que se sintió decepcionado al tocarle yo. Pero cuando descubrió que aguantaba todo lo que me daba (tanto dolor como humillación) su desdén hacia mí se fue transformando lentamente en aprecio. Después de quebrarme, cuando perdí los papeles humillantemente en un charco de *subdrop*, declaró que le pertenecía.

Eso fue hace cinco semanas.

Ahora no le ayudo porque mi trabajo es someterme. Él conduce el tren.

Aparta mis bragas a un lado y alinea la cabeza de su polla con mi entrada, doblando las rodillas para ajustarse a mi altura. No usamos condón porque tomo la píldora, somos monógamos, y ambos nos hemos hecho las pruebas y estamos limpios. Cuando empuja hacia dentro y hacia arriba, me levanta sobre las puntas de los pies, deslizando mis caderas por la pared.

Grito, agarrándome a sus bíceps abultados para mantener el equilibrio.

—¿De quién es este coño? —Los dedos de Pavel son rudos en mi trasero mientras me ayuda a elevarme a la altura adecuada para clavarme contra la pared.

—¡Tuyo, Amo!

Embiste con fuerza y rapidez. Mi espalda golpea contra la pared. Es rudo y aterrador y maravilloso. Levanto la otra pierna para rodear su cintura, y él se mueve dentro de mí, empujando con cada potente golpe de cadera. Sus dientes rozan mi cuello, chupa y mordisquea mientras arremete contra mí.

Escucho cómo se acelera su respiración. Yo llegaré al orgasmo en el momento en que él lo haga, si me lo permite. Ni siquiera pienso o lo intento, es como si mi cuerpo conociera a su amo. Quiere unirse a él en la liberación.

Las embestidas de Pavel se vuelven más fuertes, empujando mi cuerpo más arriba por la pared. Dejo escapar un grito de necesidad. Su respiración se entrecorta, y embiste profundamente.

—Córrete. —Su orden es estrangulada y gutural mientras habla durante su propio orgasmo.

Abandono todo esfuerzo por contener la contracción de mis músculos alrededor de su miembro. No hay nada más que el sonido de su respiración entrecortada y la sensación de su polla pulsando dentro de mí.

Pavel besa mi sien, mi pómulo, el puente de mi nariz. Estos son los momentos que saboreo. Cuando tengo la certeza de haber ganado su aprobación. Cuando está agradecido y es gentil y generoso con el afecto que de otro modo retiene.

—Necesitaba eso. —Aprieta mi trasero y besa mi cuello—. Ni siquiera podía mirarte con ese vestido cuando entré; sabía que tendría la erección más visible del mundo caminando hasta la recepción.

—Ah, así que era eso. —Casi me río de alivio—. Pensaba que estabas jugando algún juego mental para desestabilizarme.

Pavel se aparta, saliendo suavemente de mí, y estudia mi rostro. Guarda su polla y arregla mi vestido. —He herido tus sentimientos.

Me encojo de hombros. Es genial leyéndome cuando busca una respuesta, pero a veces no tiene ni idea de qué preguntar. Mi amiga Sasha, quien nos presentó, cree que soy la primera y única novia que ha tenido jamás.

Y ni siquiera me considero su novia.

Lo que tenemos es algo distinto.

Asiento, y él desliza su pulgar por mi mejilla.

—Me va lo de infligir dolor físico, no emocional, Kayla. No hago juegos mentales. No quiero que estés desequilibrada, quiero que estés segura de mí. De otro modo, ¿cómo me confiarás a mí este cuerpazo tuyo?

Los aleteos en mi vientre dan una voltereta y luego se calman.

Pavel sostiene mi mandíbula y suspende sus labios sobre los míos. —Lo siento, florecilla. Soy un cabrón egoísta. No pretendía hacerte daño. —Me besa tan suavemente que casi me hace llorar. Es lo opuesto a los besos duros y posesivos del ascensor. Algo diferente—. Gracias por decírmelo. No volveré a dejarte en vilo.

Todo en mi pecho se vuelve cálido y blando. Así son siempre las cosas con Pavel. Estoy al límite, un desastre tembloroso y volátil, temblando por su atención, muriendo por afirmación, y luego, cuando me la da, me elevo como una cometa.

Mis compañeras de piso piensan que es disfuncional, pero no entienden el BDSM. Yo creo que Pavel es lo más emocionante que me ha pasado nunca.

# CAPÍTULO 2

*P*avel

A Kayla le fallan las rodillas y la sujeto del codo para estabilizarla. Es tan jodidamente dulce. Definitivamente delicada, como una pequeña flor.

Una flor que siempre temo aplastar.

¿Cómo demonios iba a saber que preguntar primero por ella quebraría su confianza? Es exactamente esa sensibilidad la que me hizo rechazarla cuando nos conocimos en Black Light. No pensé que aguantaría ni un minuto conmigo sin gritar *rojo*. Pero me demostró que estaba equivocado.

Kayla aceptará casi todo lo que le proponga sin quejarse. Esos grandes ojos azules siempre están fijos en mi rostro, buscando mi aprobación, esperando mi siguiente orden. Es realmente una sumisa de ensueño. Pero ser su dominante significa que tengo que descifrar toda la mierda emocional, lo cual no es mi fuerte.

*Menuda obviedad.*

Deslizo mis labios sobre los suyos en un suave beso, luego recorro el escote de su vestido con la punta de mi dedo índice. —Te ves tan hermosa, pequeña flor. Debería llevarte a cenar y presumir de ti, ¿es eso lo que quieres?

No es lo que *yo* quiero. De hecho, en cuanto la vi en el vestíbulo, quise cargarla sobre mi hombro y azotarle el trasero hasta dejárselo rojo por permitir que alguien más la viera tan jodidamente deseable.

Por eso me negué a renovar nuestras membresías en Black Light, donde jugamos gratis durante el último mes. No me gustaba que nadie más la mirara. Despertaba en mí una violencia que tenía que contener. Tenía que tener cuidado de no canalizarla en nuestro juego.

—Me vestí para ti, Amo —dice suavemente.

Maldición. Cada vez que intento defenderme contra esta relación, ella dice algo así.

Una oleada de pasión me invade, y agarro su rostro con ambas manos y la empujo contra la pared nuevamente, besando con furia su linda boca.

Para cuando termino, mi barba ha irritado su piel, sus labios están hinchados y ella jadea buscando aliento. Quiero hacerle cien cosas sucias, pero reprimo mis oscuros deseos. La necesidad de compensar haberla hecho sentir mal tiene prioridad sobre mi necesidad de torturar ese exuberante cuerpecito suyo.

Le aparto el pelo de la cara. —Si no salimos de esta habitación ahora —le advierto—, estarás desnuda en treinta segundos con las marcas de mis manos por todo ese precioso trasero tuyo.

Sus pupilas se dilatan. —Mmm.

—Lo decía como una amenaza. —La diversión juguetea en mi boca, casi haciéndome sonreír—. Vamos a comer.

—Sí, Amo.

La conduzco fuera de la habitación con mi mano en su espalda porque es tremendamente placentero tener su cuerpo bajo mis manos en todo momento. En el ascensor, la aplasto contra la pared nuevamente. —¿Has sido una buena chica esta semana?

Ella parpadea hacia mí. —Siempre soy una buena chica.

—Lo sé. —Le aparto el pelo de la cara—. Eso es lo que hace que esto esté tan mal.

Sus cejas se fruncen confundidas. —¿Qué?

—Tú eres tan buena, y yo soy muy, muy malo.

Ella no retrocede. No creo que me crea, pero debería. En cambio, su dulce cuerpo se retuerce contra el mío, buscando placer. El ascensor se detiene y entran dos personas, lo que me lleva a darme la vuelta y protegerla colocándola a mi lado. Estamos seguros aquí; no hay ninguna célula de la bratva ni nadie con quien nuestra célula tenga problemas en Los Ángeles.

La llevo al buen restaurante del hotel porque no quiero alejarme demasiado de nuestra habitación. Una vez que nos acomodamos y pedimos nuestra comida, Kayla me estudia.

—¿En qué consiste tu trabajo, Pavel?

—En cualquier cosa que el jefe quiera que haga —respondo. *Y en nada que pueda contarte.* Cuando me doy cuenta de que está esperando más, añado—: Mi posición es *brigadier*, un soldado. No tengo un rango alto en nuestra organización, pero tengo la suerte de estar en el círculo íntimo de nuestro *pakhan*.

—¿Ravil es el jefe, el *pakhan*? —pregunta.

Mis cejas se elevan sorprendidas al ver que conoce su nombre. No he compartido casi nada sobre mi vida con Kayla. Normalmente mantenemos nuestra conversación y actividades en el dormitorio.

—Me lo dijo Sasha —dice rápidamente. Sasha, la nueva esposa de nuestro solucionador de la bratva, estudió teatro con Kayla en la Universidad del Sur de California. Compartieron habitación durante la universidad. Ahora vivo con esa princesa de la bratva que es un dolor de cabeza y el resto de nuestra célula.

—Sí. Está cabreándose porque desaparezco cada fin de semana. Hizo un comentario.

—Si tuvieras que cancelar, estaría bien. Lo entendería. —Se sonroja—. Quiero decir, por supuesto que lo sabes. Tú eres el dominante.

Soy el tipo de hombre que toma lo que quiere, se ofrezca o no, pero el hecho de que Kayla me ofrezca repetidamente su sumisión me cambia. Me hace querer dar un poco más. Lo que convierte esto en territorio peligroso. No debería permitir que esta relación se profundice cuando estoy a punto de terminarla. Así que no le digo la verdad: que preferiría clavarme un tenedor en el ojo antes que cancelar nuestro fin de semana.

Traen nuestra comida: filete para mí, ensalada de salmón para Kayla, y comemos en silencio hasta que Kayla pregunta:

—¿Matas a gente para Ravil?

Las palabras cargan el aire entre nosotros, creando una barrera eléctrica.

Mis cejas caen bruscamente mientras mi pulso se acelera. —¿Por qué preguntas eso, Kayla? —Mi mirada viaja a su garganta, observando su pulso frenético. Las peores posibilidades pasan por mi cabeza: es una informante. Lleva un micrófono. Por eso está preguntando sobre Ravil y mi trabajo y a quién he matado.

Pero no... Kayla es un libro abierto. No podría engañarme así, ¿verdad?

Sus labios se abren, pero no sale ningún sonido más.

Extiendo la mano por encima de la mesa y le tomo la muñeca, encontrando su pulso con mis dedos. —¿Por qué lo preguntas? —repito, con un tono más duro en mi voz.

Traga saliva. —C-curiosidad. —Su pulso es rápido porque la asusté, pero no se acelera más cuando responde.

Le doy la vuelta a su muñeca en mi mano y acaricio suavemente su pulso con mi pulgar para calmar mi dureza de hace un momento. —¿Realmente quieres la respuesta?

Su pulso se agita bajo la yema de mi pulgar. Puedo notar por sus ojos abiertos que ya conoce la verdad, y la asusta, pero asiente con la cabeza.

—Sí. Te dije que era un asesino cuando nos conocimos. No era una figura retórica —mi confesión cae sobre la mesa entre nosotros como una pesada piedra, abarrotando nuestros platos y cubiertos, un feo centro de mesa que nadie quiere mirar—. Todos ellos se lo merecían, aunque no creo que eso salve mi alma. —Mantengo su mirada con firmeza. Me resigné a ser un verdugo justo después de entregar el primer cadáver para el ejército ruso. Nunca miré atrás. Hay un lugar en este mundo para hombres como yo. Cumplimos un propósito que la mayoría no está dispuesta a realizar. Pero ese lugar no está cerca de Kayla Winstead. Ella es demasiado pura. No es inocente, no es débil, pero está completa e intacta. Un hombre como yo no pertenece a su cama ni a su vida.

Todavía no ha hablado. Suelto su muñeca y me recuesto en caso de que esté lista para tirar la servilleta sobre la mesa y salir corriendo. No la detendría.

—No soy un hombre agradable. Te lo dije cuando nos conocimos.

Sus pestañas parpadean sobre sus ojos, como si intentara mantenerlos abiertos, para evitar que las lágrimas se derramen.

—¿Recuerdas lo que *yo* te dije a *ti*?

Lo recuerdo. Recuerdo todo sobre aquella noche. Cómo se sintió romperla. Cómo se sintió sostenerla en mis brazos, después, y recomponerla. El indescriptible poder sexual que eso me dio.

Me aclaro la garganta.

—Dijiste que confiabas en mí.

Ella asiente.

—Todavía lo hago.

—Florecilla. —Es un suspiro. O quizás una oración. Debería liberarla, ahora mismo, pero no puedo obligarme a pronunciar las palabras. No estoy listo para renunciar a ella. Así que en lugar de eso, digo—: Te prometo que te dejaré ir en el momento en que quieras salir.

Ella retrocede, y observo un escalofrío recorrerla.

—Tienes miedo —murmuro, alcanzando sus dedos a través de la mesa y entrelazando los míos con los suyos—. ¿Me tienes miedo?

—No. —Niega con la cabeza.

—Bien. Estás a salvo conmigo, florecilla. Siempre. Tú dices la palabra, y yo me aparto. Sabes eso, ¿verdad?

Ella tiene una palabra de seguridad. Le estoy diciendo que se extiende más allá de nuestro juego. Si (no, *cuando*) ella dice *rojo* a esta relación, termina. Porque sé que ese día llegará.

# CAPÍTULO 3

*K*ayla

Después de cenar, busco en mi bolso mi frasco de gotas para los ojos y lo agito, pero está vacío.

Pavel observa, con rostro impasible. —¿Estás bien?

—Me pican los ojos por las alergias. Necesito comprar más gotas. Quizás pueda acercarme a la farmacia mañana.

—Puedo ir esta noche —ofrece Pavel—. Hay una en la esquina. Te llevaré de vuelta a la habitación y luego iré caminando.

—Puedo ir contigo —protesto, y rápidamente añado un —, Amo. Es curioso lo caballero que eres cuando estamos fuera del dormitorio.

—¿Quieres ir caminando? ¿Con esos tacones?

—Sí —digo. La verdad es que no quiero separarme de él. Todavía hay tanta distancia emocional entre nosotros que no soporto más distancia física. Especialmente cuando solo lo tengo para un fin de semana corto. Además, no me molestan los tacones. Tengo un umbral de dolor alto, lo que viene bien siendo la esclava de Pavel.

—Está bien, florecilla. Vamos. —Oigo el encogimiento de

hombros en su voz. El portero nos mantiene la puerta abierta y salimos. Tiemblo con el aire nocturno, y Pavel maldice suavemente en ruso—. Tienes frío.

—Estoy bien. —Me acerco a su lado, y él capta la indirecta, rodeándome con un brazo y manteniéndome cerca de su cadera mientras caminamos. Tenía razón: hay una farmacia a menos de una manzana, con el letrero de neón brillando y proyectando un resplandor azul sobre la acera de enfrente.

Entramos. Está concurrida con la actividad del viernes por la noche. Gente que para a comprar packs de seis cervezas o aperitivos para donde sea que vayan después. Encuentro las gotas para los ojos y nos acercamos al mostrador.

Y ahí es cuando todo se tuerce.

Pavel está pagando las gotas cuando el tipo que está detrás de nosotros me empuja hacia delante. El rostro de Pavel se contorsiona de ira, y empieza a girarse, pero se queda completamente inmóvil.

El tipo ha sacado una pistola. La apunta con movimientos nerviosos entre nuestras cabezas hacia el dependiente. —Dame todo el dinero de la caja. —Suena asustado. Sin aliento. Dios, ¿por qué me está empujando contra el mostrador? ¿No habría sido mejor esperar hasta que hubiéramos pagado y nos hubiéramos apartado?

Dejo escapar involuntariamente un sonido como el de una vaca herida, un suave mugido de miedo. Creo que el sonido asusta al atracador porque me agarra y me aprieta contra su blando vientre. Su chaqueta huele a gasolina, y la cremallera se me clava en la espalda. Me rodea con un agarre al cuello, manteniendo la pistola apuntando al dependiente.

Me ahogo en mi jadeo. El tiempo se ralentiza mientras observo la expresión horrorizada del dependiente y el destello de peligro en los ojos de Pavel.

Pavel no duda. Agarra el brazo armado del tipo con su mano derecha al mismo tiempo que le da un puñetazo en la garganta con la izquierda. La pistola apunta hacia el techo y se dispara. Se oyen gritos a nuestro alrededor.

Me libero, alejándome mientras Pavel golpea la sien del tipo con el cañón de la pistola. Su cabeza hace un sonido horrible cuando se estrella contra el suelo, con las extremidades desparramadas en todas direcciones.

Los movimientos de Pavel fueron tan fluidos como una pelea coreografiada de película. Esta no es su primera vez ni de lejos. Ni siquiera la quinta. Apunta la pistola a la cara del tipo con obvia pericia. —No toques a mi chica. —Su acento es fuerte, su voz llena de amenaza.

Escalofríos recorren mi columna porque ahora no tengo ninguna duda de que Pavel me dijo la verdad: es un asesino a sangre fría.

Y luego repaso lo que dijo. *No toques a mi chica.* Lo hizo por mí. Si el tipo no me hubiera tocado, ¿habría actuado igual?

El dependiente detrás de la caja murmura: —*Vaya* —como si estuviera impresionado.

Fue jodidamente impresionante. Los movimientos de Pavel no podrían haber estado mejor coreografiados ni en una pelea de película.

—Llama a la policía —le dice Pavel al dependiente sin apartar la mirada del tipo al que está apuntando.

Antes de que pueda recuperar el aliento, aparece otra pistola, esta vez de un tipo en la puerta.

Eran un equipo. Este no puede tener más de dieciocho o diecinueve años. Tiene rizos oscuros y espesos que le caen sobre la cara, y le tiembla tanto la mano con la pistola que temo que accidentalmente dispare a todo el local. Apunta a Pavel. —Suelta el arma —ordena, como si hubiera visto demasiadas series policíacas.

Pavel no está impresionado. Con un movimiento limpio, cambia la dirección de su pistola hacia el tipo de la puerta, poniendo el pie sobre el pecho del tipo en el suelo, que empieza a despertar. —*Bájala* —dice entre dientes.

—B-bájala tú —insiste el adolescente—. O dispararé.

—Estarás muerto antes de que aprietes el gatillo —le advierte Pavel con calma—. Nunca fallo un tiro. —Le creo. La manera en que apunta directamente a lo largo de su brazo y su firme agarre de la pistola grita experto. Tirador infalible. *Asesino.*

—*Joder* —murmura el dependiente con obvia admiración.

La cara del matón se arruga como en señal de derrota.

—*Lentamente*, pon la pistola en el suelo.

El tipo obedece, doblando las rodillas y colocando la pistola a sus pies.

—Ven aquí. Túmbate junto a tu amigo. —Señala con el pie. Su concentración constante nunca abandona la cara del tipo, y la pistola nunca tiembla—. ¿Hay alguien más aquí? ¿Tenéis otros compañeros? ¿Alguien en un coche fuera?

—N-no. —Sacude la cabeza, con el flequillo largo cayendo sobre un ojo. Se agacha a los pies de Pavel y empieza a sentarse.

—Boca abajo. —Pavel da un golpecito al primer tipo con el pie—. Tú también. Date la vuelta. —Cuando ambos están boca abajo, Pavel maldice en ruso.

—¿Puedes recoger esa pistola, florecilla? Con cuidado. — Su voz es mucho más suave cuando me habla. Como si intentara calmarme con tonos tranquilos, de la misma manera que lo hace durante una escena.

Me muevo más rápido de lo que pensaba que podría con tacones y piernas temblorosas, y recojo la pistola. Se la llevo porque sostenerla no me parece seguro.

Pavel coge la segunda pistola y se la mete en la cintura del pantalón, luego extiende la mano hacia mí. —¿Estás bien? ¿Estás herida?

—Sí. Es decir, no… estoy bien.

Pavel propina una fuerte patada al que me había sujetado. Su rostro habitualmente impasible se ha endurecido hasta convertirse en algo aterrador. —Tienes suerte de que vayas a tratar con la policía y no conmigo —gruñe—. *Nadie* toca a mi chica.

La bandera que ondea en mi pecho por Pavel se agita y flamea ante eso, sacudiéndome con una mezcla simultánea de júbilo y horror. Me siento mareada ante la idea de que hiciera todo esto por mí. Para protegerme o para vengarse. Pero por primera vez, también estoy asustada. Porque ahora mismo parece un verdadero homicida. Me lo advirtió desde el principio: me dijo que no era un buen hombre. Me preguntó si tenía miedo. Me prometió dejarme marchar.

¿Qué le haría a este hombre si no viniera la policía? ¿Torturarlo? ¿Matarlo? Creo que prefiero no saberlo.

Una multitud de clientes asustados ha empezado a reunirse en el perímetro de la escena ahora que Pavel ha sometido a los atracadores.

—¿Has llamado a la policía? —pregunta Pavel al dependiente.

—Activé la alarma de inmediato —dice. El aullido de las sirenas nos alcanza, como si fuera una señal.

—¿Eres policía? —pregunta el dependiente impresionado.

—Qué va. —Pavel no le aclara nada más al tipo. Dos coches patrulla frenan bruscamente junto a la acera, con las luces de sus coches parpadeando en azul y rojo hacia el interior de la tienda.

Pavel se agacha para colocar ambas pistolas en el suelo y luego se levanta, manteniendo las manos en alto. De nuevo, no es la primera vez que pasa por esto.

La policía corre hacia la puerta con las armas desenfundadas. —Póngase de rodillas —grita uno de ellos.

No estoy segura de a quién se dirige, pero Pavel lo entiende perfectamente. Se arrodilla, con las manos aún cuidadosamente en alto.

—¡No es él! —protesta el dependiente en voz alta, quizás incluso más alterado que yo—. Fueron ellos —señala a los tipos en el suelo.

—Sí, fueron ellos —alzo la voz indignada.

Sin embargo, Pavel no está disgustado. Ha pasado por esto antes. Sabe qué hacer. Su rostro aún mantiene esa máscara endurecida. Definitivamente parece que ha estado del lado equivocado de la ley más de unas cuantas veces.

—Nadie se mueva —advierte el policía.

*Pavel*

—Así que usted es el héroe. —El agente de policía que finalmente me quita las esposas lo dice con total sarcasmo. Ha comprobado mi identificación. Ve mis tatuajes. Sabe lo que soy.

—No. —Me vuelvo hacia él y me ajusto las mangas.

Vi venir este desastre en el momento en que me involucré, pero no tenía elección. Ahora nuestra noche está arruinada.

Posiblemente más que nuestra noche. Quizás esto era lo que tenía que pasar para hacer entrar en razón a Kayla. Hacerle ver que no soy el tipo que quiere como novio.

Veo la forma en que me mira ahora… como si fuera un monstruo.

Debería aceptarlo. En cambio, la necesidad de calmarla me tiene inquieto y en carne viva. He estado bajo custodia policial durante más de cuarenta minutos mientras tomaban las declaraciones de todos y aclaraban lo sucedido, y he tenido que ver a mi pequeña flor apoyada en el mostrador como si sus piernas no pudieran sostenerla.

Todavía quiero matar al *mudak* que la agarró. Sería una muerte larga, lenta y sangrienta.

—¿Dónde aprendió esas habilidades? —pregunta el policía, aunque ya debe saberlo. Si no por mi identificación, entonces por los tatuajes en mis nudillos.

—Ejército ruso —digo con brusquedad. Es parcialmente cierto. Ellos comenzaron mi entrenamiento.

—Ajá.

Hago un gesto a Kayla, solo medio seguro de que vendrá. De si sigue siendo mi esclava. —¿Puedo irme?

—Sí.

Apenas oigo su respuesta porque el alivio que me invade cuando ella prácticamente vuela a través del suelo y cae en mis brazos hace que la habitación gire.

Le beso la parte superior de la cabeza y le froto la espalda. —Vámonos, florecilla. ¿Conseguiste tus gotas para los ojos?

—¡Mis gotas para los ojos! —exclama y gira la cabeza bruscamente para mirar hacia el mostrador.

El dependiente sostiene la bolsa para ella. Ha decidido erróneamente que soy el héroe en este escenario.

No lo soy. Soy el vengador. Solo por Kayla.

No hablamos mientras caminamos de vuelta al Four Seasons. Cuando estamos en el ascensor, Kayla me mira.

Aquí viene. Me preparo para una pregunta o comentario serio. ¿A cuántos hombres he matado? ¿Qué otros crímenes he cometido? Porque ha visto con sus propios ojos que no soy el bueno de la película.

—Si ese tipo no me hubiera agarrado, ¿habrías desarmado igualmente a esos hombres?

Tengo que decirle la verdad porque necesita oírla. Necesita saber lo que soy. Niego con la cabeza. —No, *malysh*.

Ella me mira con esos ojos azul claro. *Gospodi*, ¡esos ojos!

Intento explicarme. —Sabía el lío que sería. Cuánto tiempo tardaría... ha arruinado nuestra noche. Si hubiéramos podido simplemente salir de allí sin formar parte de esto, ¿no lo habrías preferido?

Duda un momento y luego asiente. —Sí.

Las puertas del ascensor se abren y ella sale. Me quedo ahí un momento, digiriendo su inesperada conformidad. Pero entonces, ella siempre es complaciente. Y casi siempre me sorprende.

Se gira, esperando a que yo salga. —¿Qué significa *malysh*?

—Bebé. —Salgo y le toco la mejilla.

No se aparta, una buena señal.

Hay algo diferente en Kayla, sin duda. Un acero bajo su suavidad que no suele estar ahí. La mitad de mí piensa que estamos galopando rápidamente hacia nuestro final, pero no puedo estar seguro.

Quizás todavía está asimilando lo que ocurrió.

A pesar de mi idea de que este es el momento que podría, debería, acabar con todo, y que debería dar la bienvenida a ese desenlace, mi deseo de arreglar esto (de cogerla en mis brazos y abrazarla como si acabáramos de terminar una escena particularmente intensa) chisporrotea y estalla bajo mi piel.

—¿Pavel? —Hay un pequeño chasquido de sus labios en la "P" que me hace pensar en lo mucho que deseo esos labios abiertos alrededor de mi polla, y luego mi nombre sale como un pequeño soplo de aire—. ¿Amo? —corrige.

—¿*Da*? —Rodeo su espalda con un brazo y la atraigo contra mi cuerpo.

Sus labios se curvan hacia arriba cuando hablo en ruso, como si pensara que es sexy o algo así. —¿Puedes... podemos...?

Inclino la cabeza. Soy bueno leyendo a las personas, pero

no tengo ni idea de adónde quiere llegar. Puedo detectar mentiras; no puedo leer mentes. —Dilo —ordeno en no más que un susurro.

Traga como si estuviera nerviosa por preguntarme.

—¿Qué necesitas, *malysh*?

—Quiero que me folles.

No espero. Coloco mi antebrazo bajo sus caderas para impulsarla y la llevo, a horcajadas sobre mi cintura, hacia nuestra habitación de hotel. Todavía estoy intentando descifrar por qué dudó en preguntar. —¿Querías decir *solo* follarte?

Me mordisquea el lóbulo de la oreja. —Por favor, Amo.

Consigo extraer y pasar la tarjeta llave por el tirador y luego abro la puerta de una patada. —¿Cómo quieres que te folle?

—Duro. Brusco. Debajo de ti.

La dejo en el suelo y le quito el vestido. Está sonrojada, con el pelo revuelto.

La fealdad de la tienda de conveniencia se desvanece. Quizás la noche no esté tan arruinada.

—Quieres sexo en posición del misionero.

Examina mi cara, y cuando ve que estoy bromeando, se pone coqueta: —Sí, pero con un misionero muy brusco.

—Mmm. No estoy seguro de que existan. —Me desabotono la camisa y me quito los zapatos con los dedos de los pies—. Quítate la ropa. Los misioneros definitivamente no llevan tacones y medias hasta el muslo a la cama.

Se apresura a obedecer mientras yo también me desnudo.

—Abre la cama. Tenemos que estar bajo las sábanas, ¿verdad?

—N-no necesariamente.

Alargo el brazo más allá de ella y bajo las sábanas de un tirón. —Solo te estoy tomando el pelo. Métete en la cama, *printsessa.* —La sigo y me arrastro sobre ella—. Cierra los ojos.

Espero hasta que ha obedecido antes de separar sus muslos y bajar la cabeza para lamerla. Ya está húmeda y jugosa. —¿Qué te ha puesto mojada, florecilla? ¿Que luchara por ti?

—Sí —admite.

Quiero preguntar más, pero sabe demasiado bien para continuar el interrogatorio. Giro mi lengua alrededor de su clítoris, lamo su sexo como un melocotón jugoso. No me quedo el tiempo suficiente para hacerla correrse, mi polla ya se muere por estar dentro de ella, otra vez.

Siempre.

Me coloco encima de ella y me deslizo dentro, gimiendo internamente por lo bien que se siente. —¿Necesitas que sea brusco, nena?

Mueve las caderas hacia arriba para encontrarse con las mías. —Sí, señor. *Sí.*

Me retiro y entro con fuerza, apoyando una mano contra el cabecero. —¿Así de fuerte? —Embisto de nuevo, extendiendo mi mano libre para agarrar su hombro cuando me doy cuenta de que su cabeza va a golpear la madera.

Sus ojos giran hacia atrás. —*Sí.*

Vaya, maldición. El misionero nunca se sintió menos convencional. El mismo poder embriagador me recorre como cuando hacemos una escena. Sus gemidos mezclan protesta con deseo mientras la mantengo en su lugar para taladrarla.

Muevo mi mano de su hombro a su garganta. He sostenido su garganta antes, pero de forma suave, simbólica. Ahora tengo que sujetarla para evitar que se golpee la cabeza. Sus ojos se abren de golpe, registrando alarma.

El sádico que hay en mí jodidamente adora su miedo, y

embisto aún más fuerte. Sé que no voy a hacerle daño, pero ella no sabe hasta dónde llegaré.

Grita, así que sé que puede usar la palabra de seguridad si lo necesita. No estoy cortando su respiración. Sus gritos se vuelven frenéticos, necesitados. Sus piernas se agitan debajo de mí.

Toda la adrenalina que bombeó por mis venas en la tienda de conveniencia encuentra su liberación ahora, destinada a un propósito mucho más delicioso en el momento en que Kayla hizo su petición. Nunca he necesitado follar tan duro. Darme placer violentamente a mí mismo y a una compañera.

Kayla solloza con desesperado deseo. —*Amo.* —No sé si está suplicando correrse o que pare, pero esa palabra suplicante me provoca el orgasmo más fuerte de mi puta vida.

Me corro y me corro y me corro dentro de ella, olvidándome de darle permiso.

—¿Puedo...? —Ya se está corriendo, su estrecho canal apretando mi polla en rápidas pulsaciones.

—Córrete. —Sigo meciéndome dentro de ella, reduciendo la fuerza y velocidad de mis embestidas, pero aún lejos de ser gentil. Mantengo mi mano alrededor de su garganta mientras reclamo sus labios hinchados, besándola como un demonio, mi vello facial enrojeciendo su piel de bebé.

—¿Era eso lo que necesitabas, florecilla? —Mi voz suena áspera, como si hubiera sido yo el que gritaba al liberarse.

—Sí. —Jadea, un brillo de sudor haciendo que sus tetas parezcan resbaladizas y tentadoras. Libero su garganta y deslizo mi mano sobre una de ellas, acariciando su pezón con el pulgar.

Bajo mi cuerpo sobre el suyo, cubriéndola mientras hundo la nariz en su cuello. —Estás preciosa cuando te corres sin permiso.

Su respiración se detiene por un momento, y luego se pone a la defensiva. —Dijiste *que sí.*

—Mmm.

Se retuerce debajo de mí, y nos hago rodar hacia los lados, aún conectados. —Dije que sí para salvarte del castigo. No esperes que siempre sea tan misericordioso.

La habitación está oscura (nunca encendí las luces) pero creo detectar un sonrojo.

Me salgo de ella con suavidad y me tumbo boca arriba, la relajación post-orgásmica instalándose rápidamente.

—Eres malo —murmura, acurrucándose contra mi costado y raspando la punta de su uña sobre mi pezón.

Cubro su mano y llevo sus dedos a mis labios. —Te gusta. —Cierro los ojos, escuchando el murmullo de placer que recorre mi cuerpo. Maravillándome de lo que Kayla me hace. De cómo el sexo con ella puede cambiar una situación por completo—. Bueno, esto ha tomado una dirección totalmente diferente a la que esperaba —le digo, mostrándome inusualmente sincero con mis pensamientos.

Ella hace una pausa. —¿Qué esperabas?

Emito un sonido ambiguo, y luego simplemente lo admito. —Estaba bastante seguro de que ibas a decir *rojo* a todo esto.

Se incorpora, subiendo la sábana para cubrirse los pechos como si se sintiera vulnerable. Mira fijamente al frente. —¿Tú quieres terminar con esto?

Me giro hacia un lado para ver su rostro entre las sombras. No puedo, por más que lo intento, entender por qué suena dolida.

Tampoco puedo explicar la alarma que se extiende por mi cuerpo. Cuando regresábamos caminando y yo calculaba las probabilidades de que ella terminara las cosas, estaba preocupado pero tranquilo. Ahora mismo, la adrenalina recorre mi sistema, y mi piel se eriza como si estuviera en peligro físico. O como si ella lo estuviera.

Me está preguntando directamente. Podría terminar las

cosas ahora mismo. Hacer lo que había planeado hacer. Antes de que la cosa se ponga seria. Antes de tener que elegir entre la hermandad y el amor. Entre expiar mis pecados en Rusia y quedarme aquí con ella.

Debería decir *sí*. Explicarle que esto es una mala idea. Ahora mismo. No habrá un momento mejor.

—*No*. Sueno enfadado.

Por fin me mira. —Entonces deja de sugerirlo. —Su voz es suave, pero nunca ha sonado tan firme. Como si me estuviera dando un ultimátum que apenas comprendo.

*Deja de sugerirlo.*

Joder.

# CAPÍTULO 4

*K ayla*

    Después de una mañana torturando mi cuerpo de la mejor manera posible, Pavel intenta reservarme una cita en el spa del Four Seasons.

—Lo siento, pero reservamos con semanas de antelación, simplemente no hay nada disponible —oigo que le dice la recepcionista del spa a través del teléfono del hotel.

—No pasa nada, estoy bien. —Me acerco a él—. Ya me siento bastante relajada —murmuro.

Cuelga y me rodea con un brazo. —¿Qué deberíamos hacer?

Tengo el fuerte impulso de sacarnos de la habitación del hotel. Creo que por eso quise caminar con él hasta la tienda anoche. Todas nuestras interacciones son en el dormitorio o en el club BDSM, lo cual es increíble. Pero quiero más. O quiero descubrir si existe la posibilidad de más.

Debería estar huyendo después de lo que vi anoche. Ver de lo que Pavel es capaz, que me recordaran que el mundo en el que vive es muy, muy diferente al mío, debería haber sido el factor decisivo. Debería haberme llevado a la conclusión de que no debería buscar nada más con este hombre. Solo somos sexo, y debería estar feliz con eso.

Pero mi pequeño corazón ambicioso no acepta un no por respuesta. Tengo la necesidad de que me reclame completamente. Nunca olvidaré lo espectacularmente liberador que se sintió en el Black Light cuando me tomó en sus brazos y me dijo que ahora le pertenecía.

Quiero pertenecerle. Me gusta pertenecerle.

Y sé que lo hago ahora mismo en la fantasía amo-esclava, pero también lo quiero en la vida real. O, al menos, creo que lo quiero.

Quizás eso sea una completa locura.

—¿Por qué no te muestro Los Ángeles? —sugiero, y luego hago una mueca, anticipando ya su rechazo a la idea. En nuestra relación, yo no conduzco. Él lo hace.

Pero él parpadea y se encoge de hombros. —Claro. Esta vez no alquilé coche, pero podríamos compartir un viaje a algún sitio.

—Tengo mi coche. Quiero decir, no es elegante, pero podríamos usarlo. Podrías conducir tú, si quieres —añado apresuradamente.

Las comisuras de sus labios se elevan. —Sí, vale. No necesito nada elegante.

—¿No? —Me muevo hacia mi maleta para coger algo que ponerme; Pavel me ha mantenido desnuda toda la mañana, incluso después de mi ducha.

Pavel emite un suave sonido de desdén. —Debes saber que no vengo de una familia con dinero, Kayla.

Me pongo el sujetador y una camiseta turquesa de manga larga que hace que mis pechos se vean geniales. —En realidad, no sé mucho sobre ti, Amo —uso el honorífico *Amo* para evitar que suene como la queja que realmente es.

Debe entenderlo por lo que es porque cuando empiezo a

ponerme las bragas, me mira y exige: —¿Por qué te estás poniendo bragas?

Me las pongo de todos modos, sintiéndome traviesa. —Para protección. Porque a mi amo le gusta azotarme demasiado —río y me aparto de él cuando avanza.

—Descarada. Me gusta cuando eres traviesa. —Creo que espero que me persiga, pero se toma su tiempo para seguirme, obligándome a detenerme y esperar a que llegue. Sus manos se posan en mis caderas—. Quítatelas.

Levanto la barbilla, con un desafío alegre en mis ojos.

Pavel me observa. Por milésima vez, desearía que no fuera tan difícil de leer. Ni siquiera puedo decir si está divertido por mis travesuras o molesto. —¿Quieres que te persiga y te las quite yo mismo, verdad?

Sigo jugando, escapándome de su agarre con una risa entrecortada.

—Me gusta más cuando obedeces.

Me quedo inmóvil. Estaba dispuesta a ganarme un pequeño castigo, meterme en problemas, pero no su insatisfacción conmigo. —Lo siento, Amo. —Me dispongo a quitármelas.

Pavel me sigue. —*Nyet*, eso no es cierto. También me gustas descarada. —Toma mis muñecas y me atrae contra su pecho.

Me quedo sin aliento y miro su rostro duro y apuesto, emocionada porque por fin se está volviendo juguetón. Lentamente tuerce mis brazos detrás de mi espalda, girándome para que mire hacia la cama. —¿Es esto lo que querías, florecilla? —susurra en mi oído—. ¿Ser forzada?

—*Sí.*

Empuja mi torso hacia abajo y golpea mi trasero desnudo. —No creo que pueda fingir el no consentimiento.

—De acuerdo.

No se mueve, solo me mantiene en la posición, suspendida en su negativa. —No es que no me guste, Kayla. —Parece una admisión. Una confesión. Como si estuviera escuchando algo real, quizás por primera vez—. Me gusta. —Frota para aliviar el dolor que dejó la única palmada—. Solo que... Joder. Me gusta demasiado.

Estoy temblando, y no por la escena, por una vez. Por la crudeza de su confesión. ¿Es por esto que siempre se contiene? ¿Tiene miedo de sus propios deseos oscuros?

—Confío en ti —le digo.

Emite un sonido de desacuerdo en su garganta.

—Tengo una palabra de seguridad. La usaría si quisiera. —Soy nueva en este mundo, pero Pavel ha sido un compañero perfecto. Me lee. Es cuidadoso. Presta atención.

Acaricia mi trasero, rodeándolo. Está en silencio por lo que parece una eternidad, luego finalmente dice:

—Eres demasiado confiada.

Por alguna razón, eso me ofende. Me encanta someterme a Pavel, dejarlo dirigir el espectáculo por completo, tomar todas las decisiones por nosotros. Pero esto se siente como si estuviera criticando mi sumisión, lo único que aporto a esta relación tan limitada.

—Que te jodan —suelto.

Pavel demuestra que mi juicio es perfectamente sensato al soltar inmediatamente mis muñecas y dar un paso atrás.

Me enderezo y me giro para enfrentarlo, el calor sonrojando mis mejillas. Sus cejas están bajadas, la confusión juega en sus rasgos.

—No cuestiones lo único que aporto a este... *acuerdo*. —Ni siquiera puedo llamarlo relación.

Da otro paso atrás y levanta las manos en señal de rendición. —Espera, ¿lo *único*? Y una mierda.

La fascinación supera mi enfado al ver cómo la irritación atraviesa la fachada fría de Pavel. Aceptaría cualquier emoción real de su parte a estas alturas.

Se agacha para recoger mis bragas y me las entrega. Supongo que ahora tengo permiso para ponérmelas. — Kayla… —Se pasa la mano por el pelo—. Aportas todo. Te aportas a ti misma. Eso es todo lo que quiero.

Me pongo las bragas y unos vaqueros ajustados, de espaldas a él por un minuto. A la deriva, flotando en aguas desconocidas, ni siquiera sé lo que quiero.

—Eh. —Pavel me rodea la cintura con un brazo desde atrás y me atrae contra él. Agarra mi pelo—. Dime por qué estás enfadada.

Me doy cuenta de que esto es lo que siempre he querido. Ser reclamada. Capturada. No quiero estar a la deriva intentando navegar por estas aguas turbulentas por mi cuenta.

—Actúas como si estuviera cometiendo un error y no debiera estar contigo. Es lo mismo que cuando siempre me pones el final sobre mi cabeza. No me gusta.

Permanece en silencio por un momento, luego dice: — Queja recibida y anotada. —Me muerde la oreja. No un mordisquito, sino un mordisco firme. Un pequeño castigo por mi arrebato. Mis bragas se humedecen. Todavía me mantiene cautiva.

—Lo siento, Amo —digo, ahora que me he expresado—. ¿Estoy en problemas?

—Definitivamente. Muchos problemas.

Estaría nerviosa, pero detecto el ronroneo en su voz. Esta es la relación no-relación más complicada que he tenido jamás. Se siente como caminar por una cuerda floja sin red, pero la excitación es adictiva.

—Me lo reservaré para esta noche. —Desliza su mano entre mis piernas, frotando la costura de mis vaqueros contra mi clítoris. Ahora mis bragas están completamente empapadas—. Ahora mismo, espero una experiencia de Los Ángeles.

~

*PAVEL*

Lo primero que pienso cuando me siento al volante del Camry de diez años de Kayla es que quiero comprarle un coche nuevo. Es obsceno cuánto deseo colmar a esta chica de regalos, por eso estamos en el Four Seasons de Beverly Hills en lugar de en algún sitio un poco más razonable.

Ahora vivo un estilo de vida lujoso, pero es a costa del *pakhan*. Que me enviaran a Estados Unidos para trabajar con Ravil mientras mantenía un perfil bajo fue lo mejor que me ha pasado. Ravil trajo benevolencia, razón y estabilidad cuando todo lo que había conocido antes era violencia y caos. Cuida bien de su célula. Vivimos con estilo. No tengo gastos de manutención, lo que significa que todos mis ingresos van directamente a mis ahorros. Ahorros que planeo utilizar para establecerme en Rusia cuando las cosas se calmen allí. Otra razón por la que debería haber roto con Kayla anoche.

Después de toquetear la radio, se sienta sobre sus manos a mi lado, lanzándome miradas de reojo.

—¿En qué estás pensando? —exijo. Ese es uno de los beneficios absurdos de ser un dominante. Puedo obligarla a hablar pero no tengo que ofrecer nada de mi parte. Es cruel y está mal, lo sé, pero me viene como anillo al dedo.

Su mirada vuelve rápidamente al parabrisas. —Nada. Solo comprobando algo.

No sé si dejo ver la sonrisa, pero definitivamente está ahí, en mi pecho. Mi pequeña esclava loca siempre está pendiente de mí, asegurándose de que me complace. —Estamos bien — le digo, por si aún está preocupada por nuestra pelea en la habitación del hotel.

Sé que quiere más de mí. Espera que me abra y comparta algo. Quizás no de la manera en que ella me abre su alma, pero al menos algunas migajas. Simplemente no es mi forma de ser. Nunca lo ha sido.

Pero mientras sigo sus indicaciones hacia la autopista, percibo que su energía nerviosa se vuelve más frenética. Es una tempestad en una tetera, esta chica. Una bola de energía mercurial, fascinante de observar, fácil de dirigir. Pero también sorprendentemente combustible cuando la cago y no le doy lo que necesita.

—¿Adónde vamos?

Me lanza otra mirada, como si intentara averiguar si lo ha hecho bien. —Venice Beach. ¿Está bien? No sé si eres una persona de playa…

—Está bien —la interrumpo—. Quiero ver qué te gusta de aquí.

—No soy una persona de playa, es decir, no voy a nadar ni a tomar el sol, pero me gusta caminar por el muelle. Es donde voy a pensar.

Mi teléfono suena mientras conduzco, y lo saco del bolsillo. —Lo siento, tengo que atender —le digo a Kayla y lo pongo en altavoz ya que su coche no tiene opción de manos libres.

La voz solitaria de mi madre llena el coche. —¿Pavel?

—*Da, Mama* —le respondo en ruso—. ¿Está todo bien?

—Sí. Solo… hacía tiempo que no sabía de ti.

La culpa desgarra mi pecho, no solo por no llamar más, sino por no estar allí. Especialmente después de lo que hice.

—Lo siento, Mama. Estoy en Los Ángeles. Es una ciudad en California… con playa —añado porque mi madre no sabe nada de Estados Unidos.

—¿Oh? —Suena tan perdida, pero no es nada nuevo. Ha estado perdida toda mi vida. El trauma y el abuso la han dejado vacía y retraída. Apenas funciona en la realidad. Y era mi buen progenitor. No es de extrañar que sea un *mudak* sin emociones.

—Yo... —Miro a Kayla, que escucha atentamente, a pesar de que no habla ruso—. Estoy con una mujer. —No sé por qué le estoy contando esto a mi madre. Estoy dando a esta cosa con Kayla mucha más importancia de la que debería.

—Oh. —La sorprendida sílaba de mi madre tiene un matiz esperanzado—. Eso es agradable. Estoy segura de que eres muy bueno con ella.

Mi piel se eriza al instante, el corazón se me hunde en el estómago. Una ola de náuseas aceitosas me invade. Imágenes de mi madre acurrucada contra una pared, mis manos cubiertas de sangre, destellan ante mis ojos. Yo intentando protegerla siendo solo un niño. Ella piensa que soy un héroe.

¿Soy bueno con Kayla? Bastante lejos de serlo.

Solo soy un matiz diferente de mi padre. O quizás no soy diferente en absoluto, es solo Kayla quien es diferente. Una mujer a la que le gusta que le hagan daño. Que se excita con el dolor que le proporciono, que le gusta estar de rodillas, servil y dulce.

Cambio de carril en la autopista, conduciendo demasiado rápido. —Tengo que irme, Mama, estoy conduciendo. Te llamaré cuando regrese a Chicago, ¿de acuerdo?

—Sí, por supuesto, Pavel. Ten cuidado.

El fango en mi estómago se retuerce. —Igualmente. Adiós. —Termino la llamada y agarro el volante con demasiada fuerza.

—¿Era tu madre? —pregunta Kayla.

—*Da.* —Respondo en ruso porque acabo de hablarlo, luego recuerdo cambiar—. Sí.

—¿Está bien? —De alguna manera Kayla captó la esencia de mi madre, a pesar de la barrera del idioma.

—No. Mi madre está... —me interrumpo, sin querer realmente tener esta conversación, pero Kayla espera, esos ojos atentos fijos en el lado de mi cara—. Está sola. Yo pago sus facturas. Está deprimida, supongo. Tuve que dejarla para venir aquí, pero planeo volver.

Ya está. Lo he dicho. ¿Lo he dicho para crear una distancia entre nosotros? ¿Para infligir más crueldad, como es mi costumbre? ¿O simplemente estoy siendo honesto por una vez? Realmente no lo sé.

Kayla se queda quieta. —¿Cuándo?

Trago saliva. —No lo sé. Depende de muchas cosas.

Kayla *no* es una de esas cosas. O no debería serlo. ¿Por qué de repente siento que lo es?

—¿Qué cosas? —insiste, con una voz tan baja que apenas la oigo por encima de la radio.

—Mi *pakhan* y el estado de un caso de asesinato en Moscú. Y el dinero, supongo. He estado ahorrando para establecerme allí cuando regrese.

No digo que ella forme parte de la decisión porque no lo hace, sin embargo, percibo que se retrae y noto su dolor.

—Debería habértelo dicho antes, supongo. Lo siento. — Le debo esa disculpa desde hace horas y siento alivio al expresarla.

—Bueno, ¿cuándo será? —oigo un toque de pánico en su voz—. ¿Cuándo crees que te mudarás?

Niego con la cabeza. —Podrían ser meses; podrían ser años. Ya llevo aquí tres.

—¿Tres años?

—*Da*.

—¿Por el caso del asesinato? —susurra.

Una banda apretada se ciñe alrededor de mi garganta, ahogándome. —No preguntes sobre eso, Kayla —logro decir a pesar del nudo. Tengo la garganta áspera y en carne viva.

Ella aparta la mirada, probablemente conteniendo las lágrimas. *Blyad'*.

Me acerco a Venice Beach y tengo la suerte de encontrar un sitio para aparcar cerca del muelle. Salgo y rodeo el coche hasta el lado de Kayla para cerrar su puerta después de que baja.

—Oye. —Presiono su trasero contra la puerta del coche, inmovilizándola con mi cuerpo—. No voy a ofrecerte una salida de nuevo porque me pediste que no lo hiciera, pero quiero que sepas... siempre respetaré tus deseos. —En esto, al menos, puedo resistir mi código genético. Nunca mantendré a una mujer prisionera hasta que la muerte nos separe.

Veo una mezcla de miedo y repulsión en su rostro, pero está luchando contra esa fe mal depositada que tiene en mí, y sé el momento exacto en que la fe gana. Se yergue un poco, como lo hizo anoche después de la tienda de conveniencia. Como si de alguna manera se hubiera reconciliado con lo que soy y decidido que todavía tiene suficiente valor para quedarse.

Loca y hermosa flor.

—Lo sé. —Levanta su rostro como si quisiera ser besada.

Tengo la intención de rozar sus labios con un beso, pero en cambio me encuentro devorando su boca con el beso más despiadado jamás dado. Mi polla se endurece contra su vientre, y el deseo de hacerle todo tipo de cosas terribles una y otra vez por el resto de nuestras vidas me hace querer llevármela a algún calabozo oscuro donde pueda encadenarla a mi cama y deleitarme con su cuerpo delicado.

Me obligo a retroceder porque es pleno día y hay gente por todas partes. No es que a Kayla parezca importarle. Parece que seguiría mi ejemplo sin importar lo loco que esté. Y esa es una de las mejores razones para no dejar el estado de esta relación en sus manos. Para que yo sea un hombre y la termine antes de hacerle daño.

Pero no quiero hacerlo, joder.

Y soy un cabrón terco que normalmente consigue lo que quiere.

Tomo su mano, ajustándome la polla en los pantalones. —Muéstrame ese muelle —mi voz es áspera, profunda por el deseo.

—Sí, Amo. —Me lanza una mirada de adoración que casi me pone de rodillas. No sé cómo he tenido tanta suerte, cómo me he ganado su confianza cuando no he sido más que un idiota aquí, pero voy a asegurarme de darle todo lo que necesita mientras aún la tenga.

Se merece al menos eso.

El muelle está lleno de gente, pero los ignoramos y caminamos hasta el final para apoyarnos en la barandilla. El océano brilla azul cobalto y blanco espumoso, brillante y esperanzador, como Kayla.

—Vine aquí mi primer fin de semana en Los Ángeles. Me mudé para ir a la USC, allí es donde conocí a Sasha, y estaba muy emocionada por ver el océano. Conduje hasta aquí sola y vi la puesta de sol. Y fue cuando me prometí que nunca renunciaría a mi sueño.

—¿De convertirte en actriz? —pregunto. Me muevo para colocarme detrás de ella, protegiendo su espalda de las otras personas alrededor. O quizás solo marcando mi territorio. Rodeo su cintura con un brazo y apoyo el otro en la barandilla junto al suyo.

—Sí. —Me lanza una mirada rápida—. A veces pienso que debería ponerme un límite de tiempo. Como, me queda un año más, y si no pasa nada, volveré a casa. Pero luego recuerdo la promesa que hizo mi yo de dieciocho años, y digo nunca. No me iré hasta que haya llegado adonde quería ir.

—¿Y dónde es eso?

Ella agacha un poco la cabeza, así que beso su sien.

—Dímelo. ¿Estrella de primera categoría? ¿Famosa de Hollywood?

—Sí.

—Lo conseguirás —le digo, no porque sepa algo sobre el mundo del espectáculo, sino porque quiero que sea verdad. Quiero que Kayla tenga todo con lo que siempre ha soñado. Una mujer tan buena y pura como ella merece tener el mundo a sus pies. Principalmente porque la sorprendería. Y se esforzaría al máximo para hacerlo bien.

—A veces lo creo, a veces no —susurra.

—Créelo.

Ella se gira en mis brazos y me mira. —Así que supongo que también debería haberte dicho eso anoche. No puedo dejar Los Ángeles. Ni siquiera por... —se interrumpe. Creo que iba a decir *amor* pero cortó esa palabra de raíz.

—Así que disfrutaremos lo que tenemos, ¿no? Mientras lo tengamos.

Ella se derrite un poco contra mí, como si acabara de resolverse algún conflicto feroz. —Lo siento si parece que estoy presionando por más. No...

Pongo un dedo sobre sus labios. —No necesitas disculparte. —Con suavidad, la giro de nuevo para que podamos mirar juntos al mar. Las olas rompen debajo de nosotros en una espumosa masa. Hay alguien con una tabla tratando de coger una ola.

Debería estar contento. Acabamos de poner un final a nuestra relación. No una fecha específica, sino un acuerdo de que nos separaremos en algún momento del futuro.

Es lo que quería. Lo que tenía que pasar. ¿Por qué, entonces, quiero encontrar un trozo de madera y golpearlo hasta que mis nudillos sangren?

# CAPÍTULO 5

*P*avel

Cuando regresamos del muelle, estoy listo para jugar. —Te quiero desnuda, en la cama, ahora —ordeno, desabrochándome los puños de la camisa.

La mirada vidriosa y desenfocada de Kayla se agudiza instantáneamente al oír mi tono, y se apresura a obedecer. Se quita toda la ropa.

—Te quiero con las medias y los tacones —digo con voz áspera, mi polla ya dura otra vez al recordar lo sexy que se veía anoche con ellos.

No me desnudo porque así es como funcionamos: ella desnuda; yo vestido, durante el mayor tiempo posible. Ayuda a establecer la dinámica de poder. Ella es mi esclava. Desnuda para mis ojos. Desnuda en todos los sentidos ante mí. Hasta lo más profundo de su alma suave como un malvavisco.

Se sube a la cama con sus medias negras hasta los muslos y sus tacones de aguja, y se arrodilla en el centro, con las manos sobre los muslos y las palmas hacia arriba, esperando instrucciones. Dejo que mi mirada recorra la hermosa imagen que presenta. La postura. Su cuerpo pequeño y firme. Sus pechos juveniles con pezones color melocotón pálido que se endurecen con mi más leve caricia. Lo memorizo todo para cuando esté lejos de ella. Me masturbaré toda la semana recordando todas las hermosas formas en que se sometió a mí durante nuestro tiempo juntos.

—Buena chica —la elogio, acercándome y pellizcando ahora uno de sus provocativos pezones—. Debería haberte preguntado si necesitabas comer primero. ¿Tienes hambre?

Duda y luego niega con la cabeza.

—Con palabras, florecilla.

—No, señor.

—Muy bien. Jugaremos. Luego te alimentaré.

*Te alimentaré.* Palabras simples, pero decirlas me afecta. Como si fuera mi mascota, y yo decidiera si come y cuándo. El control que me otorga, poniéndome a cargo de su cuerpo, de su bienestar, es una droga poderosa.

Me gano la vida torturando a hombres para arrancarles secretos, pero no supe que era un sádico hasta el año pasado.

No, eso es mentira. Siempre supe que tenía esto dentro de mí. Por eso tenía una montaña de reglas sobre no ponerle nunca la mano encima a una mujer. Ninguno de mis hermanos de la bratva, al menos ninguno de los de mi célula actual, puede soportar hacerle daño a una mujer. ¿Pero yo? Mi miedo más profundo y oscuro era que yo *sí* pudiera soportarlo. Que incluso pudiera gustarme. Demasiado.

Y descubrí que me gusta.

Para empeorarlo, o quizás para hacerlo funcionar (no estoy seguro de cuál), de alguna manera encontré a la más dulce, sumisa y angelical esclava. Lo que significa que debo estar constantemente vigilante por si hay señales de que he ido demasiado lejos.

Abro mi maleta para desempacar mis juguetes. Pinzas para pezones para empezar y un tapón anal. A menudo me gusta comenzar reclamando sus partes más vulnerables mientras juego con el resto.

Le compré nuevas pinzas para pezones: hermosas flores que cubrirán sus areolas con pequeños tornillos que se aprietan contra sus pezones.

Mientras me acerco, el estómago de Kayla gruñe audiblemente. Me detengo y arqueo una ceja, ocultando mi diversión. —Ay, ay. ¿Acabas de mentir sobre no tener hambre?

Se sonroja, con la culpa dibujándose en su expresivo rostro. Sus grandes ojos azules me suplican. Sabe que castigaré su transgresión.

—Mentir es una ofensa grave, florecilla.

Sus grandes ojos se agrandan aún más y su boca queda floja. No responde. Coloco un nudillo bajo su barbilla. —Dímelo, preciosa. ¿Mentiste porque no querías decepcionarme?

No responde. Su mirada de ciervo encandilado por los faros irá a mi banco de imágenes para masturbarme durante la semana. —¿O mentiste porque querías jugar antes de comer? —Cuando sigue sin responder, adivino de nuevo—: ¿O fue una combinación de ambas?

Asiente y se lame los labios, lo que hace que mi polla se ponga dura como una roca. —Una combinación de ambas… Amo —añade apresuradamente.

Es tan jodidamente adorable. Del tipo que hace que se me oprima el pecho.

—Muy bien, esto es lo que vamos a hacer. —Camino hacia la cómoda para buscar un menú de servicio de habitaciones—. Voy a pedirnos algo para cenar, y luego te castigaré por mentir. Con suerte habré terminado cuando llegue la comida. —Llevo el menú y me siento junto a ella en la cama para verlo juntos—. ¿Qué te apetece?

Rápidamente examina el menú. —Tomaré la ensalada César, Amo.

—¿Con pollo?

—Sí, por favor. Amo.

Le rozo los labios sobre su hombro desnudo porque se ve tan delicioso y me voy a llamar para pedir nuestra comida. — Diles que llamen a la puerta cuando lleguen y luego que la dejen fuera de la habitación —instruyo. Ni de coña abriría la puerta con la posibilidad de que alguien viera a Kayla así, incluso si estuviera bajo las sábanas o en el baño. Quiero que se sienta vulnerable conmigo, no ante el mundo exterior. Además, tendría que matar a cualquiera que la viera desnuda.

No es broma.

Regreso a mi maleta llena de juguetes y desempaco algunas sorpresas más, luego vuelvo. —Bájate de la cama un minuto. —Le hago un gesto, y ella gatea hacia mí. Le sostengo el codo mientras gira las piernas para ponerse de pie con sus sexys tacones. Me siento en la cama y la coloco entre mis piernas. Sus gloriosas tetas están frente a mi cara, con los pezones sobresaliendo, suplicando ser torturados. Tomo uno en mi boca y lo succiono hasta que se pone aún más duro.

Kayla gime suavemente.

Dulce pequeña esclava.

Deslizo la placa con forma de flor sobre su pezón y aprieto los tornillos, observando su rostro atentamente para juzgar cuándo es suficiente. Cuando contiene la respiración y se mueve sobre sus pies, le doy un segundo para ver si se aclimata o si necesito aflojar. Parece que lo hace, así que lo dejo y paso al siguiente pezón, primero chupándolo, haciéndolo rodar con mi lengua, luego fijando la placa encima y apretando las pinzas.

Gimotea un poco, su vientre estremecido al respirar. Acaricio sus costados con mis manos.

—Sobre mis rodillas, florecilla —entono en voz baja. Soy el tipo de dominante que generalmente mantiene sus órdenes suaves. Cuanto más problemas tiene ella, más bajo hablo. Eso la mantiene esforzándose por escuchar, por oírme, por complacerme.

Se lanza sobre mi regazo como una buena chica. Tomo otra imagen mental porque la vista es tan jodidamente hermosa. Las medias tienen pequeños lazos en la parte superior y una gruesa costura negra que corre por el centro de sus piernas antes de hundirse en los tacones altos. Enmarcan perfectamente su trasero desnudo. Se mueve y se retuerce un poco, acomodando sus pechos debajo de ella sobre la cama. Me encanta la curva de su espalda larga y esbelta mientras desciende desde mi regazo hasta el colchón.

Me tomo mi tiempo, usando la palma de mi mano para calentar su trasero. Saboreo el escozor en mi propia palma mientras le inflijo dolor, lo cual no es propio de mí. Normalmente soy el tipo que evita esforzarse demasiado en un interrogatorio. Me mantengo al margen y observo a Oleg, nuestro ejecutor, administrar el dolor. Incluso con mis primeras parejas de BDSM, prefería mantener distancia de sus cuerpos y usar algún instrumento. Las inclinaba sobre una silla y usaba una larga fusta: máximo dolor con mínimo esfuerzo por mi parte.

Pero con Kayla, todo es diferente.

En una de nuestras sesiones virtuales de sexo a altas horas de la noche la semana pasada, me confesó que prefiere estar sobre mi regazo. Le gusta estar cerca de mí, incluso cuando le estoy infligiendo dolor. Así es esta mujer.

No es una adicta al dolor. Es complaciente. Una sumisa de servicio.

No es lo que creía que quería, pero ahora que es mía, nunca desearía nada diferente.

Me detengo cuando empieza a apretar su trasero y a retorcerse como si fuera demasiado, luego la acaricio entre las piernas. Está empapada, sus pliegues hinchados, su coño abierto como una flor para mí. Separo sus nalgas y dejo caer una gota de lubricante en su ano, disfrutando de la contracción involuntaria de sus músculos cuando lo siente. Tomo un tapón anal de acero inoxidable y comienzo a introducir la punta en su trasero.

—Nunca me mientas diciéndome lo que crees que quiero oír —le digo—. No puedo tomar buenas decisiones como tu dominante cuando lo haces. No soy bueno leyendo tu mente.

—Discrepo, señor —dice ella suavemente—. Con todo respeto.

Insoportablemente adorable.

Su ano se abre, y empujo lentamente el tapón hacia adelante. Ella gime cuando llega a la parte más ancha.

—Respira profundo —le aconsejo. Cuando exhala, empujo nuevamente, asentando el tapón—. Bueno, aún no te conozco por completo. Todavía estamos aprendiendo el uno del otro, ¿verdad? —bombeo suavemente el tapón.

—Sí, señor —su voz tiembla.

—Tienes que darme los hechos, para que pueda tomar buenas decisiones. Si no estás segura, podrías simplemente decir *tengo hambre, pero me gustaría jugar primero*.

—Lo siento —dice ella.

—Mmm. Me gusta verte arrepentida —admito y reanudo las nalgadas, con más fuerza esta vez. Los golpes en su trasero sacuden el tapón, y rápidamente está jadeando y gimiendo por la mezcla de dolor y placer.

Cuando he tornado su trasero de un hermoso tono rosado, la levanto para que se pare nuevamente entre mis rodillas.

Sus ojos brillan con lágrimas. Verlas siempre me produce un impacto poderoso. Mi polla se pone más dura que la piedra y, al mismo tiempo, necesito consolarla. El hecho de que acepte consuelo de mí nunca deja de cambiarme. Me hace sentir casi tan expuesto como la dejo a ella.

Acuno su trasero caliente, masajeándolo con rudeza mientras me inclino hacia adelante y beso su vientre plano.

—¿Esas lágrimas son porque te lastimé, o estás triste por ser castigada?

Ella traga. —Castigada —murmura, como si solo pudiera pronunciar esa palabra.

Acaricio con la palma su muslo exterior. —Lo sé, eres complaciente, florecilla. No te gusta equivocarte, ¿verdad?

Niega con la cabeza, pareciendo aún más afligida.

Algo se retuerce en mi pecho.

—Ven aquí, pequeña flor. —La atraigo hacia mí, ayudándola a sentarse a horcajadas sobre mis rodillas. Parece que le gusta la cercanía, inclinándose para acariciar mi cuello, poniendo esos gloriosos pechos frente a mi cara. Beso uno de los lados y jugueteo con el tapón en su trasero, girándolo, bombeándolo lentamente.

Su respiración se acelera, y comienza a gemir suavemente con la estimulación. Pronto está cabalgando sobre mi regazo, frotando ese coño húmedo sobre el bulto de mi erección.

Joder. Ya la he tenido una vez, pero estoy listo para volver a empezar. Me desabrocho los pantalones y saco mi polla otra vez. Me hundo en su calor por segunda vez.

—Te voy a contar un pequeño secreto, florecilla. —La muevo sobre mi polla en una lenta ondulación.

Ella se echa hacia atrás para encontrarse con mi mirada, para mostrarme que está escuchando.

—No puedes equivocarte conmigo.

Ella parpadea. Las lágrimas han desaparecido hace tiempo, reemplazadas por un brillo cristalino sobre sus enormes pupilas dilatadas.

—Castigarte me da placer, así que nunca me decepcionas. No necesito que me obedezcas siempre o que leas mi mente o lo hagas bien. Solo necesito tu rendición, que das tan bellamente.

Su expresión se relaja.

Me deslizo hacia atrás en la cama y me recuesto, llevándola conmigo. —Cabálgame, florecilla. Muéstrame cómo te das placer.

Ella apoya sus manos en mis hombros y arquea la espalda, dándome una gloriosa vista desde abajo.

*Clic: Imagen mental #3.*

En realidad, esta vez es un video mental. De Kayla llevándose a un frenesí sobre mi polla. De los sonidos que hace, agudos y desesperados. De la curva de su garganta, el rebote de sus tetas. Libero sus pezones de las pinzas, tratando de sincronizar el dolor que experimentará cuando la sangre vuelva a ellos con su orgasmo. Funciona. Después de unos segundos, ralentiza sus caderas. Sostiene sus pechos y grita, su espalda arqueándose, su cabeza cayendo hacia atrás. Se detiene completamente mientras sus músculos se contraen y aprietan alrededor de mi polla.

No me corro. Estoy demasiado absorto en capturar cada matiz del orgasmo de Kayla para mi película mental. No hay nada más hermoso en todo el universo que verla llegar al orgasmo. Iré a mi tumba con la imagen de cada orgasmo que le di memorizada. Muestra un abandono total, entregándose completamente al placer. A veces no puede hablar durante largos momentos después, como si su mente se hubiera ido tan lejos que requiere esfuerzo volver a traerla.

—Hermosa, florecilla. —La saco de encima de mí y la volteo boca abajo. Su trasero todavía está rosado por las nalgadas que le di, y ver mis huellas me da una oleada de placer. Me siento a horcajadas sobre sus muslos y la penetro desde atrás, envolviendo mi mano suavemente alrededor de la parte frontal de su garganta.

No necesito mucho tiempo. Verla correrse es el afrodisíaco más poderoso que existe. Estoy listo para explotar en el momento en que estoy dentro de ella. Tiro de su garganta, haciéndola arquear la espalda o ahogarse.

Ella deja escapar un grito, hay un poco de protesta en la nota, pero también una clara necesidad, como si pudiera correrse de nuevo en un instante.

—Córrete otra vez sin permiso y usaré mi cinturón —le advierto.

—¡Por favor! —jadea, sonando frenética.

Yo también estoy desesperado. No respondo, más porque estoy tan cerca del orgasmo que porque quiera hacerla sufrir.

—Por favor. *Amo.*

—*Córrete.* —Fuerzo la palabra mientras mis testículos se tensan. Me sorprende escuchar un sonido gutural salir de mi boca; no es propio de mí revelar demasiado. Pero eso es lo que esta mujer me hace.

No puedo evitarlo. La liberación es demasiado intensa. Embisto hasta el fondo y lleno su canal con la pequeña cantidad de semen que se ha regenerado desde la última vez que la follé. Es cien veces más placentero que la primera vez, pero no hay tiempo para tomar fotos mentales ni para observar desde fuera porque estoy tan perdido como ella, dejando que su dulce coño exprima hasta la última gota de semen mientras me ordeña pidiendo más.

Mientras mi consciencia regresa a mi cuerpo, me estremezco al darme cuenta de que mi agarre en su garganta podría ser demasiado fuerte. Relajo los dedos al instante. Me golpearé la cara yo mismo si le he dejado moratones en el cuello.

¿Podía siquiera respirar?

Sí. Sí, recuerdo que suplicaba por correrse. Gritó conmigo. Jadeó conmigo. Bajo su torso a la cama, siguiéndola. Le beso entre los omóplatos, aparto su pálido cabello de la nuca para rozar con mis labios el lateral de su cuello.

—¿Estás bien? —pregunto entre los pequeños besos que reparto por su mandíbula.

—Sí. Sí, señor —recuerda añadir. No está tan ida esta vez.

Salgo de ella y la volteo para ponerla boca arriba, así puedo inspeccionar su garganta, luchando contra la sensación de malestar en mi estómago al pensar en lo que podría haber hecho. Paso mi dedo por las leves marcas. —¿Te asusté?

Eso es lo último que quiero con Kayla. Que esté nerviosa, vale. Ansiosa por complacer. Pero nunca asustada. Todo depende de su confianza.

Que me la entregue tan ciegamente, tan fácilmente, a menudo me hace querer romper cosas. No merezco la confianza que deposita en mí, y la uso para hacerle daño.

Pero a ella le gusta. Eso es lo que me recuerdo a diario, cada vez que estoy a punto de alejarme de esta locura.

Sus ojos están desenfocados, pero encuentra mi rostro, negando con la cabeza. —No, Amo. —Como si sintiera mi dilema interno, me asegura—: Me encantó.

Joder.

Esta pequeña flor hermosa.

# CAPÍTULO 6

*K* *ayla*

Todavía estoy temblando cuando Pavel me envuelve en la suave manta que trajo y saca nuestra cena. Nunca escuché que llamaran a la puerta, pero claro, estaba un poco ocupada.

Dejó el tapón en mi trasero, manteniéndome aún enervada y excitada, a pesar de mis… ¿cuántas veces llegué al orgasmo? Ni siquiera puedo pensar.

Pavel coloca la bandeja a mi lado, destapa mi plato y lo pone sobre mi regazo, sabiendo de alguna manera que mis dedos no están lo suficientemente firmes para cogerlo todavía. Deja su propio plato intacto, apartando la bandeja para sentarse a mi lado, atrayéndome contra él.

Me apoyo en él, necesitando su fuerza para estabilizar mi temblor. Esta es la parte más aterradora de cada escena. No son los nervios previos, aunque esos me matan. No es la entrega, esa parte es fácil para mí. No es el dolor, cuando hay dolor. Y la humillación no me molesta.

Es la vulnerabilidad cuando todo termina. La sensación de haber sido abierta y vaciada, como un huevo crudo en el bol de mezclas. Es entonces cuando la separación de nuestros cuerpos, la distancia entre nosotros, por pequeña que sea, parece demasiado grande.

La noche que Pavel me ganó en la ruleta, me derrumbé completamente cuando se apartó.

Ahora sabe qué hacer.

Se queda cerca. Me sostiene hasta que dejo de aferrarme. Y es en este momento cuando veo al verdadero Pavel. Al menos, he decidido que este es el verdadero Pavel. No suele mostrar sus cartas a menudo, su expresión suele ser sombría y meditabunda o inescrutable y vacía. Puede ser un capullo. Honestamente, creo que ese es su estado natural. Pero después de haberme desnudado, desarmado, destrozado mis defensas, después de que ambos hayamos terminado, cuando corro peligro de hundirme profundamente, es cuando se vuelve tierno. Agradecido. Terriblemente protector.

En mis momentos más oscuros y cínicos, temo que no sea porque le importo, sino porque quiere más. Hace lo que ha aprendido que debe hacer para mantenerme, ni más, ni menos. Es un sádico, necesita una esclava. Esto no es una relación, es un acuerdo.

Desenvuelve mis cubiertos de la servilleta de lino y pincha un trozo de pollo de mi ensalada con el tenedor, luego lo acerca a mi boca. Acepto el bocado, más hambrienta de lo que creía. Continúa alimentándome hasta que mi plato está vacío, y solo entonces toma su plato de comida: un club sándwich que devora en un santiamén.

Le echo un vistazo furtivo a los duros planos de su rostro. Él lo nota, impasible como siempre.

Es la misma forma en que me castiga. Siempre con un temperamento equilibrado. Frío. Es bastante elegante y cuidado para ser un hombre cubierto de toscos tatuajes que creo deben representar crímenes atroces.

—¿Nunca te enfadas? —me atrevo a preguntarle. No es

hablador por naturaleza. Tengo que empujar y hurgar para sacarle algo.

—Raramente. —Desliza su oscura mirada hacia la mía. A veces capto una expresión torturada en él después de jugar. Como si tuviera miedo de lo que ha hecho.

La verdad es que siempre le tengo un poco de miedo, eso es la mitad de la emoción. Pero nunca huiría. Necesito esto tanto como él. Anhelo el tumulto emocional de ser destrozada y recompuesta una y otra vez por él.

Recoge el plato de mi regazo, lo apila sobre el suyo y coloca ambos en la bandeja. —En primer lugar, florecilla, si alguna vez estuviera realmente enfadado, no te tocaría ni un pelo. Eso te lo prometo.

Tenía razón. Se está asegurando de que sepa que estoy a salvo.

—Sé que no me harías daño. —No sé por qué estoy tan segura, pero lo estoy. Es un dominante demasiado concienzudo para creer que alguna vez me haría daño por enfado.

—Soy peligroso, Kayla. —Me lanza una mirada que parece transmitir algún tipo de advertencia. Que soy demasiado generosa en mi opinión sobre él—. Pero no será un problema. No me enfado.

—¿Te vengas? —Sonrío con picardía.

Sus labios se contraen. —Precisamente. No soy el tipo de tío que se calienta. Excepto cuando mi polla está en tu boca. —Me regala una de sus raras sonrisas de chico malo. Le hace parecer al menos cinco años más joven.

Mi corazón se agita ante la visión.

*Pavel*

—Supongo que será mejor que te lleve abajo a tomar algo. Eres demasiado hermosa para mantenerte escondida, aunque le daré un puñetazo en la garganta a cualquiera que intente hablarte.

La risa de Kayla es nerviosa, como si no estuviera segura de si estoy bromeando.

No lo estoy.

Soy un cabrón celoso y posesivo. Extraño para un tío que nunca ha tenido novia en su vida.

Pero desde el momento en que la quebré en Black Light, cuando Maxim, mi hermano de la bratva, me dijo que ahora ella era mía, he sido posesivo como el infierno.

Es irracional porque la posibilidad de que esto funcione más de otros cinco minutos es escasa.

Kayla se baja de la cama y se pone otro vestido sexy, uno rojo esta vez.

—Sin bragas —le digo cuando empieza a ponérselas. Ella vuelve a quitárselas y se alisa la falda del vestido.

—Vamos, preciosa.

—Amo. —Vuelve esos grandes ojos azules hacia mí. Están suplicando. Mi polla se pone dura como el mármol a pesar de que ya me he corrido dos veces. Eso es lo que me hace esta chica.

Llamándome *Amo*.

Dejando que yo maneje todo.

—¿Hmm? —Levanto las cejas de manera autoritaria, haciéndola sonrojar y ponerse más nerviosa.

—¿Puedo quitarme el tapón anal?

No lo olvidé. Me preguntaba cuánto podría aguantar. Si se quejaría. Me gusta mantener su trasero preparado para el sexo anal. Me gusta mantenerlo tapado en general, solo para excitarla.

—¿Te está comenzando a doler, florecilla?

Ella asiente con la cabeza.

—Ven aquí. —Me siento otra vez en el borde de la cama y le tiendo la mano. Ella se coloca entre mis rodillas y, una vez más, la tumbo sobre mi regazo en su posición favorita. No le gusta la tortura impersonal. Ni que haya mucha distancia entre nosotros. Como hombre que ha mantenido a todo el mundo a distancia durante toda su vida, debería ser un ajuste difícil. Pero con Kayla, no lo es. Si ella quiere algo, lo consigue. Porque ella me da *todo*.

El enrojecimiento de su anterior azote está desapareciendo, así que la azoto un poco más, adorando la forma en que se retuerce, jadea y gimotea.

Agarro el extremo del tapón y lo saco suavemente, luego lo vuelvo a meter. —¿A quién pertenece este agujero, pequeña esclava?

Kayla jadea sorprendida. —A-a ti, Amo —balbucea. Sigo trabajándolo, follándole el culo con él hasta que empieza a frotarse contra mi regazo—. Amo, por favor —suplica.

—¿Por favor qué, florecilla?

—Por favor… —Suena tan lastimera. Debería tener piedad de ella, pero en lugar de eso solo me hace desear más de sus súplicas—. Tengo que… Voy a…

—Permiso para correrte —le digo rápidamente porque está a punto de llegar al clímax de todas formas, y no quiero castigarla más. Es decir, por supuesto que quiero, pero no en este preciso momento.

Ella alcanza el clímax mientras doy embestidas cortas y rápidas con el tapón dentro y fuera de su culo. Solloza su liberación, y la azoto un poco más para rematar. —Quería que estuvieras sentada sobre este tapón en el bar de cócteles, recordando quién es tu dueño. —Alterno palmadas en cada nalga, sin contenerme mucho en la intensidad—. Pero como necesitas que te lo quite, tendré que dejarte el culo rojo y ardiendo en su lugar.

—Ohhh —gime, todavía frotándose contra mi regazo. Dejo de azotarla y masajeo bruscamente su trasero. Sacar el tapón requiere persuasión porque se ha tensado a su alrededor cuando ha tenido el orgasmo, pero consigo sacarlo con cuidado.

—Levántate, preciosa.

Se tambalea al levantarse, todavía con sus sexys stilettos. La estabilizo con una mano en su codo y luego lavo y esterilizo el tapón para más tarde.

Kayla está sonrojada y desequilibrada, justo como me gusta. Cuando regreso del baño, la rodeo con un brazo por detrás y beso su sien. —Buena chica —murmuro porque sé cuánto significan esas palabras para ella.

Deja escapar un suspiro-gemido, relajándose contra mí. Es tan preciosa. Ojalá pudiera quedarme con ella.

La beso de nuevo. —Vamos, pequeña flor. —Tomo su mano y la guío hasta el ascensor.

Abajo, el bar de cócteles está lleno y animado. Los jóvenes guapos y ricos de Beverly Hills se reúnen aquí para beber y hablar en voz alta. No hay mesas, pero consigo un taburete en la barra, en el que ayudo a Kayla a subirse. Ella se ajusta el vestido para evitar mostrar su entrepierna desnuda mientras se sube. Está recién depilada, otro regalo para mí. Puedo marcar su piel suave y tersa con la irritación de mi barba.

Aprieto mi cuerpo junto al suyo, con mi mano en su espalda, dejando claro que está conmigo.

Kayla no sabe lo que quiere. Podría pedir por ella, y bebería lo que sea que compre, pero prefiero descubrir lo que le gusta. Pido la carta de cócteles y dejo que la examine. —¿Qué vas a pedir tú? —me pregunta.

Me divierte que quiera saberlo. Siempre me está midiendo para averiguar lo que quiero de ella. Quizás ahora no, para la bebida, pero estas cosas le importan. —Vodka con hielo. Soy aburrido. ¿Qué te apetece a ti?

—Quizás el Moscow mule. —Señala la descripción del cóctel.

Dulce niña. Mis labios se curvan en el fantasma de una sonrisa burlona. —Bebida rusa. Buena elección.

Se sonroja un poco y se remueve en el taburete, recordándome que está sentada sobre un trasero desnudo y enrojecido. Tomo otra instantánea mental. Algún día Kayla será famosa, y podré masturbarme con estos recuerdos pensando, *la conocí cuando.*

Odio ese pensamiento. No el de que sea famosa sino el de que seamos un recuerdo lejano.

Pido las bebidas. La suya viene en una taza de cobre, decorada con una orquídea y guarnecida con moras. Ella da un sorbo y cierra los ojos. —Mmm. Me encanta. —Es tan condenadamente linda.

Bebo mi copa en silencio. Me lleva un minuto darme cuenta de que la falta de conversación se ha vuelto incómoda. Kayla está jugueteando con su pajita demasiado enérgicamente, lanzando miradas por la habitación.

*Blyad.*

No estoy acostumbrado a hacer charla trivial. Claro, la llamo cuando estamos separados. Cuando estoy de vuelta en Chicago y ella está aquí, pero esas conversaciones están motivadas por el sexo. Yo ordenándole que se masturbe, para poder mirar o que me cuente sus deseos más oscuros. No le pregunto por su trabajo o por su día.

Ni siquiera sabría cómo tener una conversación así.

Kayla gira en su asiento y examina la multitud, luego levanta su lindo rostro hacia mí. —¿Crees que parezco tu puta?

Mis cejas se fruncen. —¿Qué?

Ella se muerde el labio inferior.

Joder. Estos son los momentos que me impactan. Cuando descubro los pensamientos alarmantes que pasan por su linda cabeza. Cosas que nunca habría considerado. Como cuando herí sus sentimientos al registrarme antes de saludarla.

—No —gruño—. Creo que pareces mi cita muy sexy. ¿Por qué dirías eso?

No responde. Hay un pequeño surco entre sus cejas perfectamente depiladas que quiero borrar con un roce. —¿Qué soy para ti?

Agh. Me froto la frente, con el estómago encogido. Aquí es donde la dejo ir y nos estrellamos y ardemos. Debería decirle que no significa nada para mí. Que yo era su amo, y ella era mi esclava, y no puedo seguir volando a Los Ángeles cada fin de semana. Necesitamos convertirnos en otra cosa. Ya le dije que en el momento en que lo superara, esto terminaría.

Excepto que eso es estúpido porque Kayla no es del tipo que termina las cosas.

Tendré que ser yo.

*Dilo.* Ahora, antes de que profundicemos más en esto. Antes de que aprenda a hacer charla trivial y preguntar por su día. Antes de que ella aprenda a depender de mí.

Porque no soy ese tipo de hombre.

Pero esos ojos azules sinceros se fijan en mí. No me está acusando de ser menos de lo que ella quiere (ese no es su estilo), pero hay una súplica en su mirada.

¿Estoy realmente preparado para renunciar a eso? ¿A esas miradas suplicantes que me ponen duro? Su constante sumisión. Los suaves y entrecortados tonos de *por favor, Amo?* ¿Estoy dispuesto a alejarme de la situación perfecta?

Joder, no.

Todavía no.

Y eso me convierte en un cabrón aún más grande.

Levanto los hombros en un gesto casual. —Amantes. Compañeros de juego. Dominante y sumisa. —Solo puedo esperar que sea suficiente. Que podamos mantener este acuerdo un poco más de tiempo. Otra semana. Quizás un mes. No estoy listo para dejarla ir, aunque debería. Aunque esté quitándome toda la concentración en el trabajo. Aunque esté utilizando mis ahorros para gastar en grande cuando vengo aquí, dinero que planeaba usar como capital inicial cuando vuelva a Rusia. Aunque esté perdiendo credibilidad con el jefe por ausentarme tanto.

Ella aparta la mirada.

Le sujeto la barbilla y le giro la cara hacia mí. —*No* eres mi puta. Definitivamente no eres eso.

Me alarmo cuando un brillo de lágrimas cubre sus ojos de muñeca.

—¿Qué quieres que diga, que soy tu novio? Kayla, no soy ese tipo. Estoy muy lejos de ser ese tipo. Yo… no sabría cómo hacer ese papel.

Ella asiente, su garganta moviéndose mientras intenta tragar. Alcanza su bebida y pone la pajita en sus labios, sorbiéndola hasta hacer ruido.

Joder. No me he sentido tan perdido desde que me pasé de la raya, ensangrentando mis manos sin órdenes, y me enviaron a Estados Unidos. No he *sentido* tanto, punto.

—¿Es eso lo que querías que dijera?

Baja la mirada hacia su bebida vacía. Le hago una señal al camarero y señalo la copa para que le traiga otra, luego apoyo mi frente en la suya y envuelvo mis dedos en su pelo.

—No mientas —susurro.

Ella deja de respirar.

Me aparto un poco para ver su cara. Sus ojos brillan de nuevo con lágrimas.

Por mucho que me encante verla llorar cuando jugamos, las lágrimas me destrozan cuando no estamos jugando. Simultáneamente me hacen querer salir corriendo muy rápido y matar a alguien. Nunca aprendí a consolar a una mujer; he tenido que aprenderlo todo sobre la marcha con Kayla.

—Kayla, no estoy diciendo que no.

Cristo, ¿qué estoy diciendo? ¿Acaban de salir esas palabras de mi boca? Iba a romper con ella este fin de semana, no a dar un paso adelante. Le sujeto la cara y la vuelvo hacia mí. —Solo creo que sería un desastre en ello. —Me encojo de hombros—. Pero lo intentaré. Si eso es lo que quieres.

*Gospodi,* ¿estoy loco?

Ella vuelve a dirigirme esos faros azules. Brillan ahora, todavía húmedos de lágrimas, pero las luces largas son todas para mí. Esta chica me destruye solo con sus ojos. Siempre.

Le acaricio la mejilla suavemente con el pulgar mientras bajo mis labios a los suyos. Le doy un beso suave y exploratorio. Es una promesa, como un apretón de manos para cerrar el trato. Ahora soy su novio.

Joder. Realmente no tengo ni idea de lo que estoy haciendo. Y ningún derecho a hacer tal promesa.

Pero cuando me aparto, su expresión me deja sin aliento. —Ahora estás feliz.

Ella asiente.

A pesar de miles de dudas, mis labios se curvan, fascinados por el cambio en ella. Casi puedo sentir su alegría en mi propio ser, aunque no sea una emoción que yo suela experimentar.

Nunca.

Jesús, ¿cómo puedo hacer que esto funcione? Respuesta corta: no puedo. Pero de alguna manera, todavía tengo que intentarlo.

—Tendrás que ser muy, muy sincera conmigo. —Paso el pulgar por su labio inferior—. No tengo ni idea de lo que estoy haciendo, florecilla. Probablemente lo echaré a perder.

Su sonrisa es presumida y satisfecha. —No, no lo harás. — Acepta el nuevo cóctel del camarero y sorbe de la pajita.

Deslizo mi mano por su espalda. Ni siquiera sé qué ha cambiado; no sé qué significa esto para ella, pero supongo que será mejor que lo averigüe.

—Cuando dijiste que le darías un puñetazo en la garganta a cualquiera que me hablara aquí...

No completo la frase. No sé a dónde quiere llegar con esto.

—¿Lo harías? —pregunta sin rodeos.

Levanto los hombros. —Podría. Sería capaz, Kayla. Fácilmente. Creo que sabes de lo que soy capaz.

—Nunca pedí amabilidad. —Levanta la barbilla.

Una sonrisa juguetea en las comisuras de mi boca. —¿Amo? —Estoy preguntando, no corrigiendo. ¿Sigue siendo mi esclava? ¿O ahora que me empujó al territorio de novio, cree que eso se acabó?

Sin embargo, ella se sonroja. Se inclina hacia mí, sus suaves tetas rozando mis costillas mientras ronronea: —Nunca pedí amabilidad, Amo. —Dulce como la miel.

—Ten cuidado con lo que apruebas, florecilla. Si quieres un novio, soy posesivo como el demonio. Cualquier hombre que te toque está acabado.

Un escalofrío la recorre, pero tiene puestos sus ojos de luna. Esos que me miran como si fuera una especie de héroe y no el tipo que la pone de rodillas y la hace suplicar clemencia regularmente.

# CAPÍTULO 7

*K*ayla
A la mañana siguiente, nos sentamos en la terraza del Four Seasons, disfrutando del sol californiano y de un *brunch* tardío. Odio los domingos porque significa que nuestro tiempo juntos está a punto de terminar. Él volará a Chicago, y yo regresaré a mi otra vida. Esa en la que no soy una esclava sexual ni la novia de un peligroso criminal. Hay una fisura tan grande entre mis dos yo que apenas puedo mantenerme en ambos lados.

También estoy completamente expuesta, sin armadura, casi sin ningún sentido de identidad porque Pavel acaba de darme la vuelta como a un calcetín ahí arriba.

Me corrí sin pedir permiso otra vez esta mañana, así que me abrió las piernas, azotó mi coño con la correa de cuero y luego me devoró hasta que me quedé afónica de tanto gritar. Me siento muy vulnerable después de sesiones intensas como esa. Su asiento al otro lado de la mesa, a menos de un metro de distancia, se siente demasiado lejos. Cuando alcanzo su mano, toma mis dedos y los acaricia.

—Ven aquí —dice, pareciendo entender. Me levanto, y él mueve mi silla alrededor de la mesa, justo a su lado. La acerco aún más y coloco una de mis rodillas sobre la suya.

—¿Quieres que volvamos a la habitación para más cuidados posteriores? —Es tan paciente y atento conmigo después de una escena. Sé que no es su forma habitual de ser, lo que lo hace aún más adictivo.

De nuevo, mis compañeras de piso dirían que esto es disfuncional.

Apoyo mi cabeza en su hombro. Sé que es ridículo ser tan dependiente. Pero tengo que apoyarme en Pavel para absorber una sensación de seguridad cuando estoy tan expuesta.

Mi móvil suena. Iba a ignorarlo hasta que recuerdo que podría ser Lara, entonces me lanzo hacia mi bolso.

Es ella. Deslizo el dedo por la pantalla para contestar.

—Te he conseguido una prueba, cariño —canturrea—. Me ha llevado todo el fin de semana lograr que alguien atendiera mi llamada, pero ya está. La audición es en noventa minutos. Te enviaré la dirección por mensaje.

—¡Oh! —Lanzo una mirada a Pavel, que debe haber escuchado porque asiente y deja unos billetes sobre la mesa—. ¡Genial! —Mi corazón ya está latiendo como si estuviera en la audición—. Estaré allí. Gracias.

Pavel se levanta en el momento en que termino la llamada. —¿Tienes una audición? —Retira mi silla cuando me pongo de pie, como un caballero de otra época. Este comportamiento está tan reñido con su apariencia y su habitual actitud arrogante que me hace sentir un poco mareada. Pero, claro, ya estoy en ese estado de mareo.

—Sí, para un programa de televisión. Esta podría ser mi gran oportunidad. —Sueno sin aliento. Mi corazón sigue golpeando contra mis costillas como si mi vida estuviera en peligro—. Lo siento, sé que estas son nuestras últimas horas juntos.

—No lo sientas. Yo te llevaré.

—Vale. —Le muestro una sonrisa, mientras mi emoción aumenta—. Voy a cambiarme.

No traje ropa para audiciones, y probablemente no hay tiempo suficiente para volver a mi apartamento, así que reviso mi maleta para ver qué tengo. Decido ponerme el vestido rojo que llevaba anoche, pero más informal con unas Converse porque es de día. Es peculiar y con suerte será memorable para el director de casting.

Pavel hace su equipaje y no se interpone en mi camino mientras doy vueltas por la suite, retocando mi maquillaje y pelo, y haciendo mi maleta.

—Lista —digo cuando estoy preparada.

—Estás perfecta. —Pavel apila nuestras dos maletas y las coge con una mano. Con la otra, toma mis dedos y los entrelaza con los suyos—. Vas a conseguirlo.

Bajamos en el ascensor, y Pavel hace el check-out mientras yo espero a que el mozo de aparcamiento traiga mi viejo coche. Pavel se desliza tras el volante y carga la dirección en la aplicación de mapas de su móvil. Mientras el coche se incorpora suavemente al tráfico, tiemblo un poco.

—¿Tienes frío? —Pavel enciende la calefacción y ajusta las rejillas de ventilación.

—No, solo estoy…

Aparta la mirada del tráfico para mirarme.

—Estoy un poco alterada. Estoy nerviosa. Por lo general, aquí es donde intento canalizar a Sasha porque ella no le tiene miedo a nada.

Pavel deja escapar un suave resoplido. —Sí, Sasha tiene muy buena opinión de sí misma.

Le miro sorprendida. —¿No te cae bien Sasha?

—Sasha es Sasha. —Se encoge de hombros—. Es la hija de mi antiguo jefe y la esposa de un hermano. Mataría o moriría por ella.

Parpadeo, atónita por este pequeño vistazo a su mundo. Su lealtad. Un código para vivir. ¿Mataría o moriría por mí? Recordando sus acciones en la tienda de conveniencia, de repente estoy bastante segura de que lo haría. Y como aquella noche, eso me excita, incluso mientras me asusta.

—Pero sois amigos, ¿verdad?

Pavel se encoge de hombros otra vez, como si amigo no fuera una palabra que usaría con Sasha. —¿Por qué preguntas?

Me río un poco de mí misma y luego confieso: —He estado tan celosa de lo que ella tiene contigo.

Vuelve a resoplar. —Ella no tiene nada conmigo. Es mi molesta compañera de casa. Nada más. —Su mirada hacia mí es perpleja—. ¿Estabas celosa? ¿De Sasha? —Parece que no puede creerlo.

—Ella te conoce mejor que yo.

—Ah. —Se pone serio—. Entiendo. —Luego sacude la cabeza—. Ella no sabe nada. Tú ves más de mí de lo que le muestro a nadie más. Nunca estés celosa de otra mujer.

—¿Por qué nunca me invitas a ir a Chicago?

Me lanza una larga mirada. —Porque soy un cabrón y no quiero compartirte. Pero si quieres venir, estás invitada. Cuando quieras, Kayla.

—Vale —digo suavemente.

—No necesitas ser como Sasha para esta audición —dice, y noto un poco de calor en su mirada—. Eres tú.

Siento aleteos en el pecho.

—Tengo miedo porque no me siento como yo misma. Todavía me siento… vulnerable después de nuestra escena.

—Ya veo. —Toma mis dedos y los lleva hasta su boca, besando el dorso de mis manos—. Utilízalo. Te llamé *florecilla* la noche que nos conocimos porque pensé que serías fácil de aplastar, pero me equivoqué. Eres una flor, una que florece bajo presión. Te abres por completo. Ese es tu superpoder, *malysh*. Así que úsalo. Cuando estés en esa audición, no intentes ocultar esa apertura. No hay persona en este planeta que no conecte contigo cuando eres así, punto. Y si no consigues este papel, entonces es porque no era el adecuado para ti, no porque no fueras absolutamente perfecta.

Parpadeo para contener las lágrimas, con el pecho cálido y resplandeciente por sus palabras. Me han dicho antes que crea que no soy yo, que solo se trata del papel… los actores nos decimos esto continuamente para aliviar el dolor del rechazo. Pero esta vez, cuando Pavel lo dice, realmente lo creo.

Se detiene frente al edificio y respiro profundamente.

—Déjalos boquiabiertos, florecilla. Envíame un mensaje cuando termines y vendré a recogerte.

—Gracias. —Me inclino para darle un beso. Es un poco incómodo porque él no se ha inclinado hacia mí ni ha intentado tocarme, pero acuna mi rostro y me devuelve el beso suavemente.

—Puedes hacerlo.

Salgo del coche. No sé quién soy. No distingo arriba de abajo. Quizás por eso creo implícitamente en Pavel. Mis defensas están bajas, y Pavel piensa que soy perfecta. Lo único que puedo hacer es presentarme y ser yo misma.

*Pavel*

No sé cuánto tiempo le llevará a Kayla, pero calculo que hay tiempo suficiente para llevar su coche a un lavadero y hacerle una limpieza exterior e interior. Cuando terminan, aún no me ha enviado ningún mensaje, así que me arriesgo y lo llevo a un Jiffy Lube para un cambio de aceite y puesta a punto, deslizando un billete de cien dólares en la mano del encargado para que lo hagan rápidamente.

Después, conduzco por Los Ángeles, observándola por primera vez. Me doy cuenta de que ni siquiera sé dónde vive Kayla. Estaba jugando a ser un dominante de fantasía: quedando con ella en Black Light y luego llevándola a una habitación de hotel durante el fin de semana.

Ahora, sin embargo, las cosas han cambiado.

Veo un cartel de inmobiliaria comercial frente a un gran complejo de apartamentos y una idea salvaje y ridícula aparece en mi cabeza. Me detengo para llamar al número del cartel.

—Soy Larry —grita prácticamente un tipo por teléfono. Parece que está conduciendo un descapotable.

—Sí, me preguntaba cuál es el precio de venta de la propiedad en Wilmont.

—¿Es usted un agente? —exige saber.

—No. Soy Pavel Pushkin. Soy un inversor inmobiliario de Chicago.

—Son cinco millones ochocientos mil. No la enseñaré hasta que demuestre que tiene financiación.

Ignoro su última afirmación.

—¿Cuántas unidades hay?

—Seis apartamentos de un dormitorio y seis de dos. La planta superior es un ático, y hay una piscina en la azotea.

—¿Qué tamaño tienen las unidades?

—Ochocientos pies cuadrados y mil.

—Estaré en contacto —digo y termino la llamada sin dar las gracias. Suplicar no es lo mío.

Miro fijamente el edificio y hago cálculos mentales.

Los bienes inmobiliarios son el verdadero secreto de la riqueza de Ravil. Puede que dirija operaciones de contrabando, juego y préstamos (pilares del negocio de la bratva), pero invirtió su dinero sabiamente. De alguna manera, ganó lo suficiente (o quizás mató a las personas adecuadas para heredar lo suficiente) para comprar el Kremlin, una propiedad frente al lago en Chicago. Definitivamente vale varios millones. Y ahora, con su hermosa nueva esposa intolerante al crimen, Ravil ha dirigido la organización en una dirección relativamente legítima. Puede hacerlo porque ahora es un magnate inmobiliario, no un señor del crimen.

Me pregunto, brevemente, si Igor lo financió. Nunca lo pregunté porque no es asunto mío.

Todo este tiempo, he ahorrado todos mis ingresos para que, cuando las cosas se hayan calmado lo suficiente como para regresar a Moscú, pudiera establecerme de alguna manera. Oh, seguiría trabajando para la bratva. La única forma de salir de la bratva es en un ataúd, o eso dicen. Pero tener mi propio negocio sancionado por el *pakhan*, por supuesto, ha sido mi objetivo.

Sasha acaba de heredar algo así como sesenta millones cuando Igor murió. Me pregunto si se la podría convencer para que me respalde en algo como esto.

Pero es una idea loca. ¿Por qué iniciaría una empresa en Los Ángeles si me voy a mudar a Moscú?

Bueno, el porqué es bastante obvio.

Estoy pensando con la polla.

Pero mi madre está sola en Rusia. Sin amigos, aislada, deprimida.

Por lo que yo hice.

Así que pensar en no regresar me haría aún más despiadado de lo que todos creen que soy.

*Blyad'.*

Me llega un mensaje al móvil de Kayla, y vuelvo a poner el coche en marcha para recogerla frente al edificio donde ha hecho la audición.

Hay una calma a su alrededor cuando sale que me golpea

directamente en el pecho. No es el tipo de confianza que exhibe Sasha al sacudir su cabello, pero parece centrada. Feliz.

Salgo para abrirle la puerta, y ella se apoya en mí, levantando su rostro con una sonrisa y ojos grandes como lunas.

—Eres muy amable con tu esclava —ronronea.

—Mi esclava se lo ha ganado. —Acaricio su mejilla con el pulgar—. ¿Cómo ha ido?

Exhala con una sonrisa.

—Muy bien. Tan bien como podía ir. Hice un par de escenas para ellos, y una me hizo llorar. Ha sido perfecto, honestamente. Gracias por la charla motivadora antes de entrar. Realmente me ayudó.

—No necesitas charlas motivadoras, pequeña flor. Ya lo tienes todo. Créelo.

Ella sigue apoyándose contra mí, sus pechos presionando suavemente contra mis costillas. Mi polla se agita contra la cremallera al sentir el contacto. Quiero cargarla sobre mi hombro, correr de vuelta a ese edificio y encontrar algún armario de suministros donde pueda follarla una última vez hasta dejarla sin sentido antes de irme.

Como si me estuviera leyendo la mente, me pregunta: —¿A qué hora sale tu vuelo?

Me encojo de hombros. —Ya lo he perdido. Seguro que puedo encontrar otro que salga esta noche.

—¿Quieres que te lleve al aeropuerto?

Esto también es nuevo. Siempre nos hemos visto en Black Light o en el hotel. Cuando todo termina, yo cojo un taxi o un vehículo compartido, y ella se marcha en coche.

Sé que debería decirle que no. Que pediré un coche compartido. Hay algo desesperado y dependiente en que necesitemos estar juntos hasta el último minuto posible.

Pero lo cierto es que quiero estos últimos momentos con ella. Incluso después de un intenso periodo de cuarenta y ocho horas y más orgasmos de los que puedo contar, nunca es suficiente. Hay algo totalmente adictivo en Kayla que me hace querer cambiar todos los planes que jamás he hecho.

Rozo sus labios con los míos. —Sí. Eso estaría bien. Gracias.

## CAPÍTULO 8

*P* *avel*
          Me levanto del sofá de cuero rojo en el salón del ático.

—¿Demasiada película para chicas? —pregunta Story. Está acurrucada en el regazo de Oleg en el otro extremo del sofá. Ella eligió la película que se está reproduciendo en la televisión: *Mi ex es un espía*. Nikolai está en el sillón junto a nosotros.

—Qué va. Está bien. —Aunque es cierto que, ahora que tenemos a tres mujeres en la casa, nuestra dieta televisiva ha cambiado significativamente.

—Es una estupidez —dice Nikolai, y luego levanta las manos cuando Oleg lo fulmina con la mirada—. Solo digo que ¿por qué torturarías a alguien de esa manera? No tiene sentido.

—Solo estás triste porque no puedes llevar un maillot mientras interrogas a los cautivos —le responde su gemelo, Dima. Está en su escritorio improvisado, una mesa en medio del salón, porque le gusta trabajar donde está toda la acción. O porque no puede dejar de trabajar. El tío probablemente estallaría si no estuviera sentado frente a un ordenador al menos doce horas al día.

No he visto a Ravil, a Lucy y al bebé desde la cena, y Maxim está follándose los sesos de Sasha, a juzgar por el sonido rítmico de los muebles golpeando contra la pared de su habitación.

—Probablemente volveré —digo—. Voy a hacer una llamada.

—Creo que el término correcto es vídeo-dominación —bromea Nikolai—. Enséñame tus pechos, pequeña esclava —imita.

Uno de estos capullos me escuchó una vez cuando estaba hablando con Kayla, y ahora soy blanco fácil.

—Voy a llamar a mi madre —gruño y señalo a Nikolai—. Te reto a que hagas una broma con eso.

Levanta las manos en señal de rendición. —No iba a tocar el tema.

—Más te vale.

Dima levanta la cabeza y abre la boca, pero cuando lo miro con cara de pocos amigos, la cierra de nuevo. —Sí, yo tampoco.

—Probablemente volveré. —Salgo por la puerta principal de la suite y bajo por el pasillo del ascensor hasta mi dormitorio, que no está conectado con el ático principal. Me viene bien tener un poco de privacidad, ya que no soy el más sociable del grupo.

He estado inquieto y nervioso esta semana. La vida que adoraba, que he venerado durante los últimos años, de repente parece básica. No ha habido a nadie a quien machacar o torturar. Antes me bastaba con hacer ejercicio y ver la televisión en el sofá con mis compañeros de suite en las horas libres. Ahora es mundano.

Kayla es todo en lo que puedo pensar, pero esta semana, no se trata solo de las cosas que quiero hacerle. Cómo torturarla. Planear formas de hacerla gritar. Comprar instrumentos y juguetes. Esta semana, estoy recordando las cosas de las que hablamos.

*Kayla, no estoy diciendo que no.* Así es como pasé de dominante a novio en un abrir y cerrar de ojos. Porque soy incapaz de decirle que no a esa chica, especialmente cuando esos grandes ojos azules se llenan de lágrimas.

Y sí, esta noche estaría dominándola por vídeo si no estuviera trabajando en una promoción con sus compañeras de casa.

Cuando estoy en mi dormitorio, saco mi móvil y devuelvo la llamada a mi madre.

—¡Pavel! ¿Has vuelto de tu viaje? ¿Cómo está la chica? —pregunta en ruso.

—Está bien. Vive en Los Ángeles. Estaba visitándola.

—Pero ¿cómo la conociste? ¿Qué está haciendo allí? ¿Cómo se llama?

—Se llama Kayla. La conocí en un evento en Los Ángeles. Es actriz. He estado yendo a visitarla los fines de semana.

—Vas en serio con ella. —Mi madre suena sorprendida.

No tan sorprendida como yo. Hago un sonido evasivo.

*Voy en serio sobre atarla y lamerle el coño hasta que grite...*

Me aclaro la garganta. —¿Cómo estás, Mama?

—Oh, ya sabes...

—¿Has salido del apartamento? ¿Has visto a alguien?

—No.

—Deberías salir —digo, pero sé que no lo hará. Tiene miedo. Mi padre nunca la dejó fuera de su vista mientras estaba vivo. Ni siquiera sabría cómo salir y construir una vida. Necesita apoyo.

Brevemente, mis pensamientos van hacia Nadia, la hermana de Adrian. Fue traída a este país en circunstancias horribles, como esclava sexual. Adrian la rastreó hasta aquí y quemó el edificio donde la tenían. Luego trabajó para vengarse por lo que le sucedió.

Desafortunadamente, el bastardo de Leon Poval, el tratante ucraniano, sigue en libertad.

Pero el punto es que Adrian consiguió ayudarla. Ella hace videoconferencias con un consejero en Rusia. Se siente segura aquí en el Kremlin donde todos hablan ruso. Está empezando a salir. Diablos, Adrian incluso la llevó a uno de los conciertos de la banda de Story el fin de semana pasado después de que ella conociera a Story, a su hermano y al resto de la banda ensayando en el edificio.

—Mama, te voy a traer a los Estados Unidos.

—*Nyet*. —No duda. No me sorprende su negativa.

—*Da*. Todos en este edificio hablan ruso. Puedes hacer amigos. Te encontraremos algo que hacer: cuidar niños, o ayudar a Svetlana, la comadrona, tal vez. Algo para mantenerte ocupada. Creo que sería bueno para ti.

—No sé…

Es mejor que otra negativa rotunda.

—Por favor, Mama. Me gustaría tenerte más cerca de mí, para poder cuidarte.

—No necesito que me cuiden.

—Bueno, echo de menos tu pastel de miel. Podrías hacérmelo. Y nos reuniríamos para cenar.

Hace un sonido evasivo, que tomo como una buena señal.

—Piénsalo. Arreglaré las cosas por mi parte.

—Bueno…

—Será bueno para ti. Volaré para recogerte. Si lo odias, te llevaré de vuelta. ¿De acuerdo?

—Quizás.

—Bien —digo—. Te conseguiré un pasaporte y empezaré con el papeleo. Te quiero, Mama.

—Te quiero, Pavel. —Mi madre suena triste, pero eso no

es nada nuevo. Lo nuevo es esta idea de que podría ser capaz de hacer algo al respecto.

—Adiós, Mama. Te llamaré pronto.

—Sí, llama pronto —repite ella con voz distante mientras finalizo la llamada.

Termino la llamada y golpeo la parte posterior del móvil contra la palma de mi mano varias veces, pensativo. Necesito hablar con Ravil sobre mi idea.

Salgo de mi habitación y regreso a la suite, dirigiéndome por el pasillo hacia la izquierda, hacia el ala de Ravil. Al oír a Benjamin quejándose tras su puerta, considero que es seguro llamar.

—Adelante. —Lucy, la venerable abogada defensora y nueva esposa de Ravil, está sentada en su mecedora intentando amamantar al bebé.

Aparto la mirada porque, aunque Lucy no es pudorosa, supongo que Ravil me mataría si pensara que estoy mirando los pechos de su esposa. —¿Está Ravil por aquí? —pregunto.

El bebé se agarra a su pecho y comienza a succionar ruidosamente. El rostro de Lucy se suaviza con amor por su bebé. —En su despacho —habla en voz baja, pero aun así Benjamin se desprende de su pezón para girar el cuello y mirarme.

Levanto la mano. —Siento interrumpir.

—No pasa nada. Ha estado o quejándose o mamando todo el día. Creo que está pegando otro estirón.

No soy una persona de bebés. Tremenda obviedad. No sé si he cogido a ese bebé más de dos veces desde que nació, y vivo con él. Pero de repente me asalta la visión de Kayla amamantando a nuestro bebé, y me invade una extraña forma de anhelo.

*Blyad'*. Estoy mal de la cabeza.

Me dirijo al despacho de Ravil y llamo a la puerta. Está sentado tras su escritorio, mirando algo en su portátil. Su mirada es predeciblemente fría. De él aprendí todo lo que sé sobre dominar una situación.

Entro, metiendo las manos en los bolsillos y apoyándome en el marco de la puerta. —¿Puedo interrumpir?

—Sí. Pasa.

No entro. Me quedo donde estoy. Quizás porque no estoy totalmente comprometido con lo que voy a pedir. Ni siquiera sé si es lo correcto. O si mis motivos para hacerlo son puros.

—Estaba pensando en trasladar a mi madre a Estados Unidos. Para que viva aquí —suelto esa bomba y observo cómo cae.

Ravil levanta las cejas. Conoce mi historia. Por qué Igor me envió a Estados Unidos. —De acuerdo.

—No habla inglés. No sé si podré conseguir que lo aprenda tampoco. Pero tenemos una buena comunidad aquí.

Los labios de Ravil se contraen. —Disculpa, ¿acabas de decir las palabras *buena comunidad*?

Mis labios se curvan en respuesta. —No es que yo haya participado nunca en ella. Pero ya sabes, pensé que mi madre podría hacer algunas amistades aquí.

—Claro.

—¿Le permitirías vivir en el Kremlin?

—Por supuesto.

—Gracias. —Me aparto del marco de la puerta pero vacilo antes de irme—. Solo por curiosidad… ¿has dejado alguna vez que alguien se marche?

Es una pregunta vaga, pero Ravil sabe exactamente a qué me refiero. —La única salida de la hermandad es en un ataúd—me dice. Por supuesto, lo sé. Es el código de la bratva.

Excepto que él mismo ha roto el código. Tomó una esposa, lo que está prohibido, y permitió que Maxim permaneciera en la célula después de casarse.

—¿Y qué hay de… enviar a un hermano a una nueva

ubicación? Como cuando Igor te envió aquí a los Estados Unidos.

Ravil levanta una ceja. —Igor me envió aquí por una buena razón: para establecer una ruta de contrabando. Tendría que tener un buen motivo para disminuir el número de miembros de la Bratva de Chicago. Especialmente los de mi círculo íntimo.

Bueno, joder.

Sin embargo, no me rindo. Ravil puede ser duro, pero debajo hay una benevolencia sin igual. —No puedo decidir si me estás poniendo las cosas difíciles para verme sudar o me estás rechazando completamente —le digo.

Ravil tiene una cara de póker excepcional; no se muestra nada en su expresión. Pero entonces dice: —Nadie te va a regalar la vida que quieres, Pavel. Tienes que tomarla.

Mi pulso se acelera ante el desafío. ¿Voy a tomarla? ¿La vida que quiero? ¿A Kayla, como mía para siempre?

—Digamos que deseara reubicarme, no de vuelta a Moscú. Seguir en su célula, pero operar en una ciudad diferente. ¿Me permitirías establecer una operación allí? Pagando mis cuotas y rindiendo cuentas a ti, por supuesto.

—No voy a discutir situaciones hipotéticas. Cuando tomes tu decisión, discutiremos tu destino con la organización.

Lo miro fijamente durante un largo rato, tratando de descifrar el significado de sus palabras. Al final, decido que me está dando permiso. Porque no puedo creer que me pegaría un tiro en la cabeza sin una clara advertencia, y esto ha sido jodidamente ambiguo. Quiere decir que negociaremos los términos.

Quiere decir que sí. Mentalmente alzo el puño victorioso.

—Gracias.

Él asiente.

—*Spasibo* —repito mi agradecimiento en ruso porque

siento tanta jodida gratitud que casi sonrío, algo muy poco frecuente en mí.

～

*Kayla*

Me aventuro a la cocina con una toalla envuelta bajo las axilas para coger una lata de gaseosa. Tengo una audición esta tarde antes de mi fin de semana con Pavel.

—Te ves genial —le digo a mi compañera de piso Kimberly, que lleva unos pantalones cortos con medias de rejilla debajo y una camiseta roja de talla infantil con el nombre de una nueva bebida energética estampado en sus tetas.

—Deberías venir con nosotras —se queja. Normalmente yo estaría vestida con la misma camiseta, saliendo con mis tres compañeras de piso. Somos un equipo de promotoras. O lo éramos. Pero la mayoría de las promociones caen en viernes por la tarde o por la noche, lo que significa que me he perdido siete de los últimos nueve eventos—. No sé cómo vas a pagar el alquiler cuando apenas has trabajado en un mes —dice.

Lo entiendo. Se sienten decepcionadas. Tal vez me echan de menos. No es que no puedan hacer el trabajo sin mí. Jagger, el propietario de la empresa, simplemente encuentra a otra mujer para sustituirme.

—Bueno, tengo suficiente para ir tirando. —No quiero decirle que Pavel me ha estado dando dinero. No quiero que infieran que me está pagando por sexo. Ya piensan que nuestra relación es extraña.

Kimberly se pone las manos en las caderas. Con su metro ochenta y sus tacones de quince centímetros, se alza sobre mí. Yo apenas supero el metro cincuenta, pero como le gusta decir a mi agente, lo que me falta en estatura lo compenso con talento y trabajo duro. Ese es el discurso, al menos.

—¿Cuánto tiempo va a seguir esta cosa? —exige, y me erizo.

Normalmente soy la apaciguadora por aquí. La que se asegura de que todas se lleven bien y de que haya suficiente helado en la nevera cuando nos viene la regla a todas en la misma semana y estamos a punto de matarnos.

—¿Cuánto tiempo va a seguir mi *relación*?

Ella se da la vuelta, como si no quisiera mostrarme el desprecio en su cara. —Claro. Por supuesto, tú no lo sabes. —Su voz se ha suavizado. Me compadece.

Ahora estoy realmente cabreada.

—Kayla, solo estamos preocupadas por ti —dice con ese nuevo tono suave, volviéndose para mirarme con ojos grandes y comprensivos.

—¿*Estamos*?

—Sí, estamos —dice Ashley desde detrás de mí. Va vestida con un conjunto a juego, solo que se ha recortado la camiseta para mostrar más piel—. Solo estamos preocupadas. O sea, entiendo que quieras explorar tus fantasías y este tío hace eso por ti, pero parece que te está consumiendo.

Siento calor en el pecho y los ojos. Me envuelvo de nuevo con la toalla intentando ordenar mis pensamientos.

Sheri, mi tercera compañera de piso, aparece en la cocina con una expresión amable y comprensiva similar. Joder, parece una maldita intervención.

—¿Tú también? —exijo.

Se encoge de hombros. —No estoy juzgando… quiero decir, soy la reina de las malas relaciones.

Menuda infravaloración. Sheri tiene un don para encontrar tíos que se quitan el anillo de boda para llevársela a la cama. Los infieles parecen mirarla y saber que sería la distracción perfecta.

—¿Quién ha dicho que esto sea una mala relación? —Mi voz suena estridente a mis oídos.

—Estás viendo a un tío que disfruta haciéndote daño. Entiendo que sea consensuado, pero eso levanta algunas banderas rojas importantes, ¿no crees? —Kimberly no se contiene.

—No. ¿Por qué?

—Bueno, ¿es solo sexo? O sea, ¿qué es esto? —Ashley saca una silla y se deja caer en la mesa de la cocina como si fuéramos a sentarnos a hablar de esto.

Ni de coña.

—Parece que estás invirtiendo mucho tiempo en algo que no va a ninguna parte —coincide Sheri, también tomando asiento.

—Claro. Pensaba que iba a terminar al final de tu mes gratis en Black Light —dice Kimberly.

—Bueno, no fue así —digo con falsa alegría—. *Sí* va a alguna parte. —Me encojo de hombros, sujetando mi toalla cuando la acción la descoloca, y salgo volando de la cocina hacia mi habitación. Soy actriz, fingir es mi juego, aunque ellas lo notarán. No puedes vivir y trabajar con tres mejores amigas sin que te conozcan por dentro y por fuera.

Nuestra relación se está profundizando, pero si él se vuelve a Moscú, me estoy preparando para un desamor.

Sheri me sigue hasta mi dormitorio y se sienta en la cama. Dejo caer la toalla y me pongo unas bragas porque aquí no somos tímidas.

—Lo siento —dice Sheri—. No pretendía que pareciera una emboscada. ¿Lo pareció?

—Un poco. —Me paro en mi armario, sacando posibles conjuntos para la audición.

—Solo me pregunto... ¿adónde quieres que vayan las cosas con este chico?

Tiro media docena de opciones de ropa sobre mi cama y

suspiro, fingiendo considerarlas, pero realmente considerando la pregunta. —Lo quiero a él —admito—. Quiero lo que tiene Sasha.

Nuestra antigua compañera de piso, Sasha, su padre dirigió la mafia rusa antes de morir el otoño pasado. En un movimiento medieval y retrógrado, le arregló un matrimonio a Sasha con Maxim, uno de sus hombres de la bratva que vive en Chicago. Lo conocimos por primera vez cuando ella huyó de su nuevo marido y salió de fiesta con nosotras.

De alguna manera me entró el deseo de tener en mi vida a un hombre ruso dominante y poderoso como él. Cuando me presentó a Pavel más tarde, lo deseé en el momento en que lo conocí. El hecho de que él no me quisiera solo lo hizo más atractivo.

—Bueno, Maxim está bueno. Pero, ¿es eso lo que quiere Pavel? O sea, ni siquiera vivís en la misma ciudad. ¿Adónde va esta relación?

Tiene razón. No puede ir mucho más lejos. Y sin embargo parece que lo hará.

—Solo me pregunto cuánto de esto es fantasía y cuánto es real —dice Sheri.

Quiero darme la vuelta con el pelo mojado y decir algo superficial y confiado, pero Sheri está revisando mis camisas, ayudándome a elegir la adecuada. Está siendo una amiga, y las amigas son honestas entre sí. Lo que significa que tengo que ser honesta conmigo misma.

—Yo también —admito. Tomo una de las blusas que me está ofreciendo y me la pongo, dando una vuelta para que vea el efecto completo—. Pero estoy empezando a conocerlo, más allá del papel de amo-dominante. No sé... realmente me gusta este tío.

Sheri me examina y luego niega con la cabeza, entregándome en silencio una blusa diferente.

—El problema es más que creo que él no puede mudarse

aquí, y yo no voy a dejar Los Ángeles. Así que no puede ir a ninguna parte.

—Claro. Esa es mi preocupación por ti también. Parece que ya estás metida de lleno con este tío. Estás renunciando a todos tus turnos de trabajo para verlo, y no hay potencial para un futuro. Además, estás triste cada lunes cuando termina el fin de semana. Odiamos verte así.

Odio que tenga razón.

—Quiero decir, si te encanta el sexo no convencional, adelante. Pero, ¿tienes que verlo todos los fines de semana? Parece un poco intenso. ¿Y si lo vieras solo una vez al mes o algo así?

Tiene perfecto sentido. Echo de menos trabajar en las promociones con mis amigas. No estoy haciendo tanto ejercicio como debería porque me salto todo el fin de semana, y he perdido el enfoque en mi carrera. Pavel se ha convertido en mi centro de atención.

Mi extremadamente sexy y muy dominante centro de atención.

Uno al que no estoy dispuesta a renunciar, ni siquiera por un fin de semana.

# CAPÍTULO 9

*K**ayla**
Atravieso las puertas con el coche y aparco delante de la mansión en Hollywood del director Blake Ensign. Bajo el espejo para comprobar mi maquillaje otra vez. Esto es todo: la audición más importante que he tenido jamás.

Al parecer, Ensign se marcha mañana a Europa y quería tener este papel (un papel protagónico) asignado antes de irse. El director de casting programó veintisiete pruebas de selección, todas en su mansión para su comodidad ya que se marcha de la ciudad. El simple hecho de poder ver el interior de la casa de Blake Ensign me hace sentir que por fin he llegado.

¡Y estoy haciendo la audición para un papel protagónico!

Por fin siento que las cosas podrían estar sucediendo para mí. Quizá Pavel tenía razón: mis sueños se harán realidad.

Me dirijo a la puerta, donde me recibe una asistente con un portapapeles. —¿Nombre? —Ni siquiera me mira.

—Kayla Winstead.

Encuentra mi nombre en su portapapeles y hace una marca. —Puede esperar en el salón. El señor Ensign está atendiendo a las personas en su despacho una por una. Lleva unas dos horas de retraso.

Uf. Dos horas de retraso. Pavel estará esperándome en el Four Seasons.

—¿Le puedo ofrecer agua?

—Eh, sí, por favor. Gracias, sería estupendo.

Mi corazón ya está acelerado, y solo estoy conociendo a la asistente.

—Agua —grita a lo que debe ser su ayudante y me conduce a una enorme sala de estar. El suelo es de algún tipo de baldosa cara, y el techo abovedado se eleva al menos a doce metros de altura. Grandes columnas de mármol definen el perímetro.

—Hola —digo nerviosa a las otras seis mujeres que esperan. A dos las reconozco de otros castings. Solo una me responde con un "Hola". Todas tienen un aspecto similar al mío: menudas, rubias, veintipocos años.

Mi apariencia no es suficiente para conseguir este trabajo, nunca lo ha sido aquí en Los Ángeles. En el instituto, en Wisconsin, conseguía todos los trabajos de actuación y modelaje a los que me presentaba. Pero aquí soy el proverbial pez pequeño en un mar muy grande.

Saco mi móvil para enviarle un mensaje a Pavel. *Lo siento mucho, estoy en un casting que puede alargarse.*

No responde, pero probablemente ya esté en el aire.

Guardo el móvil para hacer respiraciones profundas y centrarme.

Casi tres horas después, me llaman. Soy la última del día, y ya son las 5:30 p.m. Pavel ya estará esperándome en el hotel, aunque no puedo pensar en eso ahora.

Tomo una respiración para calmarme y entro.

Blake Ensign no está detrás de su escritorio, sino en un

pequeño sofá. Lleva ropa de playa: pantalones cortos y una camisa tipo Tommy Bahama. Tiene un pie descalzo cruzado sobre la rodilla.

—Bien, pasa. Eres la última, ¿verdad?

—Sí. —Miro alrededor, sin estar segura de dónde colocarme. ¿O debo sentarme? No tengo ni idea de cómo funciona esto.

—Lee las líneas —ordena con un gesto.

Me coloco directamente frente a él y sostengo el guion. Tuve tiempo suficiente para memorizar el papel mientras esperaba, pero temo equivocarme, así que lo mantengo a mano, con mis dedos temblorosos haciendo que los papeles tiemblen.

Él lee la parte masculina con voz monótona, y yo recojo mis líneas. No salen ni de lejos tan bien como sonaban cuando las ensayé mentalmente en el salón. Nada como sonaron en la primera prueba de casting.

Aun así, hago mi mejor esfuerzo, pasando un par de páginas antes de que me detenga.

—Vale, Kayla. Es suficiente.

La he jodido completamente.

—Lo siento, estoy nerviosa. Lo hice mucho mejor en la primera audición. ¿Puedo intentarlo de nuevo?

—Ven aquí. —Me hace un gesto con el dedo.

Me acerco, pero él sigue indicándome que me acerque más. Me detengo cuando mis dedos de los pies tocan los suyos, luego miro a mi alrededor, tratando de averiguar dónde me quiere. ¿Sentarme a su lado? ¿Arrodillarme a sus pies?

—Soy muy trabajadora. Si me da una oportunidad, haré todo lo necesario para complacerle.

Resulta que mi elección de palabras fue completamente errónea.

Ensign se recuesta y se ajusta la polla como si acabara de

provocarle una erección. No, no se está ajustando. La está sujetando. Apretándola.

¡Dios mío, no puedo apartar la mirada!

Mi corazón martillea en mi pecho.

—Todo lo necesario, ¿eh? —dice, con tono sugerente—. Me gusta eso en una actriz. Una de las características más importantes, realmente.

Dios mío. Me va a pasar un *#MeToo* ahora mismo. Esto no está pasando. Por favor, no.

Agarra mi muñeca y tira de mi mano hacia su pene, cubriendo mis dedos para hacerme apretarlo.

*Oh mierda. Oh mierda, oh mierda, oh mierda.*

No sé qué hacer. Quiero decir, sí lo sé. Le doy una bofetada y me voy. ¿Verdad?

Por supuesto, eso es lo que debería hacer. Pero cerrar puertas en Hollywood sería un terrible error. Así que necesito salir de esto amablemente. Si es posible.

—Muéstrame cómo me complacerías —dice.

Quiero vomitar. Literalmente. El contenido de mi estómago vacío se revuelve mientras aparto mi mano.

Retrocedo tambaleándome. —Con mi talento —digo rápidamente—. Le complaceré con mi talento. L-lo prometo.

—Sí, y me gustaría experimentar ese talento ahora mismo. —Lo dice como si estuviera totalmente seguro de sí mismo. Como si todas las demás actrices que entraron le hubieran hecho una mamada.

¿Lo hicieron?

¿O soy solo la afortunada al final del día?

Espera, ¿por qué me lo estoy preguntando? No importa, solo necesito salir de esta situación.

—Bueno, eso no es… —Intento tragar saliva—. Tengo que irme. Lo siento, esto no va a funcionar… —Me dirijo directamente a la puerta.

—¿Estás segura? Podría abrirte muchas puertas, Kayla Winstead.

Me odio por dudar siquiera. De verdad, me odio profundamente. Pero así de mal quiero este sueño.

Las lágrimas me pican los ojos mientras me giro. —Gracias, pero prefiero llegar de otra manera.

¿Por qué le di las gracias? En serio. ¿Qué me pasa?

Abro la puerta de golpe y salgo tambaleándome, ignorando a la asistente, que está con su móvil, y al asistente de la asistente, que también está con su móvil.

Abro de golpe la puerta principal y salgo corriendo, directamente hacia mi coche. Una vez dentro, salgo marcha atrás tan rápido como puedo. No es hasta que estoy en la carretera conduciendo cuando me derrumbo en sollozos.

Necesito hablar con una amiga. Podría llamar a una de mis compañeras de piso, pero algo me hace llamar a Sasha en su lugar. Es la mujer más fuerte que conozco. Me hará sentir mejor.

En el momento en que contesta, me oye sorber por la nariz. —¿Kayla? ¿Qué pasa? ¿Pavel ha hecho algo? Lo mataré.

—No, no es Pavel. Se supone que debería estar con él ahora mismo, pero…

—¿Pero qué? ¿Qué está pasando? —El acento ruso de Sasha se vuelve más marcado con la urgencia.

—Acabo de… sufrir el chantaje del casting sábana. —Sorbo por la nariz.

—¡Ay, joder! —Sasha tiene la forma más adorable de decir "joder". Me encanta su acento—. ¿Qué ha pasado? ¿Estás bien? Deberías ir a la policía.

Tomo aire. —No. No quiero ir a la policía. En realidad no pasó nada. Es decir, no se propasó conmigo ni nada. Solo fue acoso sexual. Quería que le hiciera una mamada para demostrar hasta dónde llegaría para complacerlo.

—¡Qué cabrón! Siento mucho que te haya pasado eso. Dios, no se lo digas a Pavel, literalmente matará al tipo.

Sorbo por la nariz, pero mis sollozos cesan mientras de repente me centro en sus palabras. —Eh, cuando dices *literalmente...*

—Quiero decir... en serio, Kayla, Pavel lo matará. Como dispararle en la cabeza y matarlo. Los hombres de la bratva son serios cuando se trata de proteger a sus mujeres.

Mi pulso se acelera. —Yo... no puedo permitir que eso suceda. Ya me dijo que lo buscan por asesinato en Rusia. Al menos, creo que eso fue lo que insinuó.

—¿De verdad? No lo sabía. Pero así es como debe ser: se supone que no debemos saber esas cosas. Sinceramente, creo que yo no se lo diría si estuviera en tu lugar. Querrá venganza. Pavel no es un tipo indulgente, eso lo sé bien de él.

Me limpio las lágrimas con una mano mientras conduzco con la otra. Probablemente no debería estar conduciendo en el estado en que me encuentro.

—Creo que deberías hacerle un *#MeToo* en redes sociales —declara Sasha—. Podría ganarte puntos de empatía y conseguirte otras audiciones. Ya sabes, usar esto a tu favor mientras lo avergüenzas al máximo.

—No sé... —digo lentamente. Todavía temo que me pongan en una lista negra.

—Sí, en realidad, Pavel podría verlo, y eso podría salir mal. Olvídalo. Mala idea. Y, quiero decir, si quieres que Pavel lo mate... no te juzgo. Podría ser agradable tener a tu guerrero matando dragones por ti.

—No —digo rápidamente—. Dios, no. Nunca querría ser la razón por la que mate. Es decir, no quiero nada de eso.

—Por supuesto que no. Bueno, quizás cancela con Pavel este fin de semana si no te apetece verlo. Dile que estás enferma. No tiene que chupársela cada fin de semana, ¿verdad?

Por alguna razón, la idea de no ver a Pavel desata un torbellino de ansiedad dentro de mí.

—No, estoy bien. Soy actriz. Sé cómo cambiar mi estado de ánimo… o fingirlo.

—¿Estás segura? Quiero decir, creo que necesitas un gran abrazo ahora mismo, no que Pavel te domine.

En realidad, la idea de sumergirme directamente en ese papel, el papel de fantasía donde todo lo que tengo que hacer es rendirme, suena perfecto. —No, estoy bien. Gracias por ayudarme con esto. Sabía que había una razón por la que te llamé a ti y no a Ashley o Kimberly.

—De acuerdo. Abrazo virtual para ti. Llámame de nuevo si quieres hablar más, ¿vale?

—Lo haré, gracias. —Termino la llamada justo cuando entro en el aparcamiento con servicio de aparcacoches del Four Seasons. Bajo el espejo y me limpio debajo de los ojos. Tengo un aspecto horrible, pero quizás pueda decirle a Pavel que necesito ducharme primero. Él sabe que vengo directamente de una audición que se alargó.

Enderezando los hombros, saco mi bolso del maletero y entro en el hotel. Practico mi sonrisa, intentando aligerar mi estado de ánimo. Haga lo que haga, no puedo dejar que Pavel sepa la verdad.

*Pavel*

Estoy de pie en el balcón de la habitación del hotel, intentando deshacer mis puños. Kayla llega horas tarde y no ha respondido a mis últimos mensajes preguntándole cómo está. La necesidad de meterme en un coche y conducir muy rápido a algún lugar para asegurarme de que está ilesa me asalta cada cinco minutos, pero, por supuesto, no sé adónde ir.

Maldita sea. Debería haberle puesto un rastreador en el móvil como hicieron Ravil y Maxim con sus mujeres. Elegí no hacerlo porque ya controlo muchos aspectos de la vida de Kayla, además de que se sentía como una traición a su confianza. Ella se entrega libremente y no mentiría. Mis enemigos están en Chicago, no aquí, así que no pensé que su seguridad estuviera en peligro. ¿Por qué necesitaría rastrearla?

Mi móvil suena con un mensaje entrante. *Acabo de llegar. Lo siento mucho, Amo, la audición se alargó muchísimo.*

Gracias a Dios. Suelto el aire que no sabía que estaba conteniendo y entro. Quiero bajar y recibirla, llevar su bolso, pero no estoy seguro de por dónde viene, así que espero hasta que llama a la puerta.

La abro, preparado para darle una orden fría para que se quite la ropa cuando me doy cuenta de que su humor está completamente mal. Evita mi mirada, agachando la cabeza mientras pasa junto a mí. Recojo su maleta y la llevo al portaequipajes.

—Siento mucho llegar tarde. —Apenas me mira a los ojos. Joder, ¿tiene los ojos rojos?

¿Qué demonios ha pasado?

Le agarro las caderas y la hago girarse para quedar completamente frente a mí. —Oye —digo suavemente, esperando que se calme bajo mis manos. Bajo mi mirada.

Pero no lo hace.

—¿Qué ha pasado?

Se escapa de mi agarre para mirar su maleta. —Nada. Solo una mala audición, eso es todo. Y estaba estresada porque sabía que me estabas esperando.

Quiero decirle que estaba bien, que no necesitaba estresarse por mí, pero algo no encaja. Tengo demasiada práctica sacando la verdad a los mentirosos. Es buena actriz, pero algo no va bien, y no es solo su falta de sumisión.

—Oye. —Me quedo donde estoy—. Date la vuelta.

Se queda paralizada, otra señal reveladora. Siento un hormigueo en la nuca. ¿Qué coño está pasando? Cuando se gira, tiene esa mirada de conejo asustado, pero más de miedo que de ansia por complacer. No me gusta esta versión.

—¿Acabas de mentirme? —Mis palabras parecen llevarse todo el oxígeno de la habitación. Hay una sensación de caída, como si estuviéramos en un ascensor descendiendo rápidamente.

—Pavel… —De nuevo, no es la respuesta adecuada.

Siento un frío por todo el cuerpo. Las alarmas se disparan, pero ni siquiera sé qué significan. —¿Por qué mentiste? —Mi voz es tan suave que apenas es más que un susurro.

—*Sí* tuve una mala audición —insiste ella.

La creo, pero espero porque sé que hay algo que está intentando ocultar.

—¿Q-qué te hace pensar que estoy mintiendo?

*Gospodi*, ahora realmente me está asustando. Me acerco a ella y le sostengo la barbilla, intentando obligar a que lo que sea que tenga en su cerebro salga de esa preciosa boca.

—Detecto mentiras para ganarme la vida —le digo. Nos miramos fijamente por un momento. Su pulso es frenético en su garganta. No puedo decidir si esto es un momento de dominación o de novio. ¿Debo amenazar con un castigo si no habla? Me decido por un conciso: —Confiesa.

—Me propusieron el casting sábana. El director quería que le chupara la polla para demostrar cuánto quería el papel.

Mis fosas nasales se dilatan, y suelto una retahíla de maldiciones en ruso. Ese hombre pagará. Pero… —¿Por qué no querías que lo supiera?

—Es que… —Se detiene y traga saliva. De nuevo está ocultando algo.

Una alarma masiva se dispara en mi cabeza. Todo se

vuelve caliente y frío mientras frunzo el ceño. —Espera... ¿lo hiciste?

Su indignación no podría ser fingida. Me da una bofetada fuerte, y el alivio me inunda.

—Lo siento. —Le agarro la muñeca y le llevo los dedos a mis labios para besarlos—. Lo siento, Kayla. Por supuesto que no lo hiciste. —Sacudo la cabeza, tratando de entenderlo —. Es solo que me mentiste directamente a la cara. Me asusté mucho.

Sus ojos se llenan de lágrimas.

—¿Por qué no querías que lo supiera? ¿Qué te hizo?

Todavía se resiste, bajando la barbilla y retrocediendo un poco.

Le froto los brazos de arriba abajo como si tuviera frío. — ¿Cómo se llama?

Kayla niega con la cabeza.

—¿No? —No pretendía que la palabra sonara peligrosa, pero ella retrocede ante mi tono y su trasero choca con la maleta. Todavía tengo su muñeca, que uso para estabilizarla.

Se humedece los labios. —Sasha dijo que lo matarías.

Suelto una risa sin humor mientras su reticencia a ser sincera de repente cobra perfecto sentido. Pero entonces la idea de que Sasha piensa que mataré a este tipo, que merece morir por lo que le hizo, afila la parte despiadada de mí hasta un punto letal.

—Su nombre. —Es una orden, y ella no ignora el tono.

Traga saliva. —¿Vas a matarlo?

—¿Te tocó? —Este hombre está jodidamente muerto si lo hizo.

Niega con la cabeza repetidamente pero luego dice: — Él... me puso la mano en su polla... por encima de sus pantalones cortos. Pero cuando la aparté, me dejó ir.

Asiento lentamente, considerando qué voy a hacer con este cabrón.

—¿Eso significa que *sí* vas a matarlo?

Respiro lentamente y luego niego con la cabeza. Kayla no quiere que lo haga. Su alma es demasiado pura para cargar con eso en su conciencia. —¿Qué quieres que haga?

Su expresión es incierta. —Por favor, no lo mates.

Lo considero y asiento. —Si no quieres que muera, respetaré eso. Tienes mi palabra. Pero me voy a asegurar de que seas la última mujer con la que intenta esta mierda.

Espero a que se ablande, luego la atraigo lentamente hacia mis brazos. —¿Estás bien, pequeña flor? ¿Juras que eso es todo lo que pasó? —Ella me rodea la cintura con sus brazos, apretando su cara contra mi pecho. Beso la parte superior de su cabeza. Cuando no responde, digo: —Habla conmigo.

—Estoy bien. Fue molesto, pero estoy bien. Y tú estás aquí.

Las últimas palabras hacen algo extraño en mi corazón.

—Dime qué necesitas.

Levanta la cabeza y me mira. Está suave, flexible y totalmente sumisa de nuevo. —Solo a ti —murmura—. A nosotros. Ser tu esclava esta noche.

—Hm. —Le levanto la barbilla, absorbiendo su rendición incondicional como si fuera el combustible que me mantiene vivo. La electricidad salta entre nosotros y una neblina de ideas obscenas pasa por mi cabeza—. Definitivamente te espera un castigo por mentirme. Pero primero voy a alimentarte y asegurarme de que estés bien.

Sus ojos se dilatan, y sus pezones se marcan a través de su blusa roja de cuello bajo. —Aún no tengo hambre. En serio. Solo quiero jugar.

—Ven aquí. —Tomo su mano y la llevo al baño donde enciendo la ducha—. Desnúdate.

Ella se muestra instantáneamente ansiosa, quitándose los tacones, sacándose la blusa y los pantalones. Me apoyo contra el mostrador para ver cómo se quita el sujetador y las bragas, mientras mi polla se alarga en mis pantalones.

—Lávate el día de encima, florecilla. Tómate tu tiempo.

—Sí, Amo —murmura con la cabeza agachada.

Me maravillo ante el impulso de besar esa cabeza inclinada. Cuán afectuoso me ha enseñado a ser en tan solo unas pocas semanas. Aquella primera noche en Black Light, después de romperla como sabía que haría, el impulso de alejarme, demonios, de huir era muy fuerte. Pero Maxim me dirigió de vuelta a ella. Dijo que ahora era mía. Que me pertenecía. Y ese peso, esa responsabilidad se sentía tan ligera y pesada al mismo tiempo. Nunca había abrazado a una mujer antes de esa noche. Había follado. Había hecho escenas con algunas mujeres, aunque era nuevo en el mundo BDSM. Pero Kayla, acurrucada en una manta en mis brazos, necesitaba ser abrazada, y eso me cambió para siempre.

Sea lo que sea lo que ella despierta en mí es lo que me hace no querer alejarme. Esta relación es poco práctica en el mejor de los casos, probablemente insana para ella, pero aquí estoy por séptimo fin de semana, más interesado en volver a verla que en mi próximo aliento.

Me quedo donde estoy y miro a través de las puertas de vidrio de la ducha, disfrutando de la vista por un rato, luego me dirijo al dormitorio para preparar nuestra escena.

Esta es la parte que me perturba. Lo emocionado que estoy por hacerle daño a Kayla. Lo duro que me pongo cuando gimotea, cuando suplica. Cuánto me hace sentir como una montaña la idea de castigarla y luego aliviarlo todo.

Las justificaciones que tengo en mi cabeza (que ella quiere esto, que lo pidió, que también lo disfruta) solo llegan hasta cierto punto. Acaba de tener una experiencia perturbadora en su audición. Lo suficientemente mala como para hacerla llorar. ¿Debería realmente seguir adelante con esto?

Pero ella dijo que es lo que quería. Parecía emocionada. Y tiene una palabra de seguridad. Me lo sigo recordando. Tiene una palabra de seguridad y no quiere que le recuerde que es libre de salir por esa puerta cuando quiera.

Así que depende de mí descubrir cómo darle lo que necesita.

Me preparo para nuestra escena.

El agua de la ducha se apaga. Kayla no se entretiene. En solo unos minutos, sale del baño, su cuerpo desnudo sonrojado por el calor de la ducha. La observo desde el sillón junto a las puertas correderas mientras viene hacia mí, lanzando una mirada a los implementos y almohadas que dispuse sobre la cama antes de que se arrodillara a mis pies.

Tomo una instantánea mental de otra magnífica imagen. El pelo mojado de Kayla cae sobre sus hombros, enviando riachuelos de agua sobre sus pezones erectos. Se sienta sobre sus talones, sus muslos abiertos invitando a mis dedos a acariciar entre sus piernas para descubrir cuán húmeda la hace someterse a mí.

—Lo siento por mentir, Amo —murmura.

Dudo que ninguno de los dos esté muy arrepentido ahora. Pero quiero dejar claro este punto. Casi me ahogo con mi propio corazón por un momento pensando que habíamos terminado. Sin entender por qué intentaría engañarme.

—Gracias. —No la toco, no todavía, aunque puedo ver que lo desea. Se inclina hacia adelante, su hermoso rostro levantado, esos ojos fijos en mi cara—. No me ocultes cosas de nuevo, florecilla. Yo no te miento; espero el mismo respeto. No nos mintamos el uno al otro.

Su barbilla tiembla. —Sí, Amo.

—Escucha, no quiero que me tengas miedo. Me gusta llevar el mando, pero eso no significa que no respetaré tus deseos.

Ella parpadea. —¿Y si deseo que no hagas nada?

*Blyad'*. ¿Quiere que deje libre a este tipo? Ni de coña. —*Nyet*. Si alguien te pone las manos encima, responderá ante mí, fin de la historia. Eres mía, Kayla. Eso significa que te protejo hasta la muerte.

Mueve el trasero sobre sus talones, como si eso la excitara. —Sí, Amo. —Su voz es suave y dulce como la miel.

Desabrocho mis vaqueros. —Demuéstrame que lo sientes.

# CAPÍTULO 10

*K**ayla***
Un estremecimiento de placer recorre a Pavel cuando le lamo alrededor del glande y después me lo meto en la boca. Me encanta chuparle la polla a Pavel. Me encanta lo sumisa que me hace sentir, lo glorioso que es el acto definitivo de servicio. Sin embargo, esta vez estoy decidida a darle la mejor mamada de su vida. Soy complaciente. Odio sentir que está decepcionado conmigo, y la necesidad de salir del apuro y ganarme sus elogios me impulsa a usar todo mi arsenal. Lo tomo más profundo que nunca, yendo despacio para practicar relajando mi reflejo nauseoso hasta que consigo meter toda su longitud en mi garganta.

Su mano se cierra en mi pelo, pero no emite ningún sonido. Este tío siempre se contiene. Eso hace que me esfuerce aún más. A veces me pregunto si un chico que fuera simplemente amable conmigo, me aburriría. Desde luego nunca me siento atraída por los chicos buenos.

No es que Pavel sea cruel. Es atento, y hay un esbozo de respeto incluso cuando está siendo completamente irrespetuoso. Se preocupa por mis necesidades. Es solo que... no es amable. Pero ¿a quién le importa? A algunas nos gusta lo duro. No hay nada malo en ello, sin importar lo que piensen mis compañeras de piso.

Chupo con fuerza, retirando mi boca lentamente, pendiente de la brusca inhalación de Pavel, sintiendo cómo aprieta los dedos en mi pelo. Espero lo suficiente para crear urgencia antes de volver a tomarlo entero en mi boca, en mi garganta. Deja escapar un gemido.

Estoy húmeda solo por su placer, por mi acto de sumisión, por adoptar el papel de esclava.

La respiración de Pavel se vuelve entrecortada mientras comienza a guiar suavemente mi cabeza, y eventualmente toma el control, dirigiendo la acción con su puño en mi pelo.

Casi me corro yo misma cuando él se ahoga y luego gime, disparando su esencia por mi garganta. El sabor salado quema un poco, y me retiro para tragar. Me limpio la cara con el dorso de la mano. —¿Amo? —Elegí este momento estratégicamente. Siempre es más generoso después de correrse o después de quebrarme.

Me mira con esos fríos ojos grises. Sé que lo complací porque acaba de tener un orgasmo, pero no se refleja en su rostro.

Cuando no responde, me apresuro a decir: —¿Puedo recibir mi castigo sobre tus rodillas? —Vi que había colocado almohadas en el centro de la cama, y sé exactamente cómo pretende usarlas, pero preferiría mucho más tener la intimidad de estar sobre su regazo, estar cerca de él, especialmente porque esto es un castigo real. Al menos creo que lo es. Es tan difícil saber si algo es real con Pavel.

Mis emociones son reales, eso es lo que importa. Ya estoy cerca de quebrarme, y ni siquiera ha empezado. Anhelo conexión.

—¿Es eso lo que necesitas? —Pasa su pulgar por mi labio inferior, y mi cuerpo responde como si él fuera un músico tocando mis cuerdas.

—Por favor, Amo.

—*Da.* Ven aquí. —Guarda su polla y se levanta, alzándome por las muñecas para ponerme de pie. Camina hacia su maleta y saca una pequeña pala de bolsillo, del tipo que es redonda como una pequeña pala de ping pong, justo lo suficientemente grande para golpear una nalga. No la ha usado conmigo antes, y un escalofrío de excitación y miedo mezclados recorre mi columna.

Camina hasta el borde de la cama y se sienta, tirándome sobre una rodilla, con el torso apoyado en la cama. —Coge una almohada, florecilla.

Alcanzo una de las almohadas amontonadas en el centro de la cama y la abrazo bajo mi pecho, apoyando mi mejilla en ella.

Me azota con la mano. Las primeras palmadas son fuertes, lo suficientemente fuertes como para dejarme sin aliento. Da cinco y luego se detiene, alcanzando algo. Me preparo para lo que tenga planeado. Me relajo cuando siento algo duro y redondeado en la entrada de mi coño. Introduce un pequeño vibrador tipo bala y lo pone a baja intensidad.

Ya estoy chorreando de deseo, y el vibrador tiene el efecto de despertar toda mi región pélvica. Mi siguiente exhalación lleva un gemido. Pavel no se detiene con llenar mi coño. Separa mis nalgas y deja caer una gota de lubricante en mi ano. Jadeo, tensándome contra la sorprendente sensación.

Pavel rueda el extremo redondeado de un tapón anal de acero inoxidable contra mi ano y luego empuja.

Chillo por la presión.

—Tómalo —gruñe.

Me esfuerzo por relajarme, forzando una lenta exhalación

y liberando gradualmente la tensión en mis músculos del esfínter. En cuanto se aflojan, él empuja. Es una loca mezcla de placer y dolor: el anillo de músculos estirándose arde, pero la sensación es contrarrestada por el zumbido contra mi punto G y la plenitud interna mientras el tapón entra en mi cuerpo y finalmente se asienta.

Gimoteo, sintiéndome completamente entregada ahora, completamente suya. La posición es humillante pero excitante. Hay algo que adoro en que todo mi cuerpo sea poseído y controlado por mi exigente amante.

—Por favor —lloriqueo, aunque no sé por qué estoy suplicando.

Ciertamente no para que pare. Sé que no lo hará. Y tampoco por más. Las sensaciones ya son demasiadas, estoy sobrecargada.

Pero me da más. Comienza a azotarme de nuevo con ambos agujeros llenos. Cada azote hace vibrar el tapón dentro de mi culo, enviando nuevas oleadas de sensación a través de mí mientras el vibrador me lleva justo al límite.

—Amo, por favor —suplico. Ahora entiendo por qué estaba rogando—. Necesito correrme.

Ya mismo.

Necesito correrme desesperadamente. Y estoy casi segura de que se negará.

—No. —La sílaba es dura, una reprimenda por siquiera preguntar.

Sus azotes caen rápidos y fuertes, encendiendo mi culo y haciendo que mis músculos de la espalda se tensen.

—Por favor, Amo. —En realidad ya no le estoy pidiendo. Sé que la respuesta es no. Estoy perdiendo la cordura. Suplicar es lo único que puedo hacer. Y es lo que él quiere oír.

Abrazo con fuerza la almohada para no cubrirme el culo con las manos porque el ardor crece en intensidad con cada bofetada que da. Cuanto más fuerte me azota, más fuerte necesito correrme. Empiezo a sacudirme y retorcerme sobre su regazo. —Por favor, Amo… por favor, Amo. —Estoy tan cerca.

Se detiene bastante abruptamente. Espero que me dé un respiro, tal vez me frote el culo mientras jadeo y recupero el aliento, pero en su lugar, me levanta para ponerme de pie frente a él, entre sus rodillas.

Estoy acalorada y desconcertada. Mi pelo cae sobre mi cara, y estoy a punto de llorar. Me sujeto el culo. Pavel tira y retuerce mis pezones y pone pequeñas pinzas de cocodrilo en uno de ellos. Casi me corro en el momento en que la cierra. Tengo que moverme y apretar los muslos juntos para evitarlo. Estoy más preparada para la segunda.

—Amo —gimoteo.

Esos ojos grises se encuentran con los míos, y percibo el destello de aprobación antes de que lo esconda. Le gusta verme así: suplicando, rogando y a su merced. Desesperada por correrme.

Extiende la mano para agarrar mi trasero, apartando mis manos. Lo amasa, acercándome más, y luego empieza a jugar con el tapón anal, bombeándolo lentamente.

—¡Oh! —No puedo controlar los temblores que explotan en mi vientre. Bombea de nuevo, con embestidas cortas y rápidas. Presiono mis dedos sobre mi clítoris mientras echo la cabeza hacia atrás y me corro, incapaz de contenerme.

—Lo siento, Amo —jadeo en cuanto puedo recuperar el aliento. Mis manos caen sobre sus hombros porque mis piernas no pueden sostenerme.

Una lágrima corre por mi cara aunque ni siquiera estoy segura de por qué.

Pavel la limpia con el pulgar, estudiando mi rostro. —Está bien, florecilla —murmura—. Ha sido un accidente. —Ajusta las pinzas de los pezones y luego me guía de nuevo sobre su rodilla.

Esta vez usa la pala conmigo, y me sobresalto por la intensidad. Es muy diferente a su mano, mucho más duro. Y doloroso. Me azota rápidamente, alternando las nalgas, derecha, luego izquierda.

Me remuevo y me retuerzo bajo los azotes al principio, no puedo evitarlo. Pero cuando continúa palmeando, mi último resquicio de resistencia cede. Me rindo a su voluntad, al dolor. Al mismo tiempo, el disgusto por la audición, mi estrés por no decírselo a Pavel, su decepción en mí, todo sube a la superficie.

Un solloza escapa de mi garganta, y entonces pierdo el control por completo.

Pavel se detiene inmediatamente. —Oh, *malysh*.

*PAVEL*

Esta noche quiero arrancarme el pelo cuando Kayla llora. Ocurre a veces. Lloró la primera noche que jugamos, no durante la escena, sino después. Necesitaba cuidados posteriores, y no se los di. Aunque probablemente solo sea una liberación emocional por la tensión de su día traumático, me siento como el mayor *mudak*.

No muestro mi angustia; eso solo haría que ella contuviera su liberación para complacerme. Le froto el trasero con una mano y la espalda con la otra. No interrumpo preguntándole si está bien o qué ha ido mal. Puede que no sea el amo más experimentado, pero sé lo suficiente para hacer de esto un espacio seguro para cualquier cosa que surja.

Pero mientras deja salir un torrente de lágrimas, lamento haber prometido no matar al director de televisión. Realmente, realmente quiero golpearle la cara ahora mismo. O quizás es mi propia cara la que quiero golpear.

Después de un rato, sus sollozos disminuyen y luego cesan. Retiro suavemente los tapones. Todavía está empapada, así que sé que, sin importar lo que haya ocurrido emocionalmente, mi pequeña flor está excitada.

—Sube a la cama a gatas, florecilla —mantengo mi voz suave, no hay orden en mi tono, solo dulzura. No estoy seguro si necesita que la folle o que la abrace ahora mismo, así que intento interpretarla.

Kayla obedece al instante, gateando más arriba en la cama, tumbándose sobre su vientre con las piernas bien abiertas en clara invitación.

—¿Es así como lo quieres, *malysh*? —Rompo mi propia regla y pregunto. Acaricio y aprieto su trasero enrojecido, emitiendo un sonido de satisfacción en mi garganta.

Cuando froto entre sus piernas, ella hace el mismo sonido. —Sí, Amo. Por favor.

Otra instantánea mental. Tan malditamente dulce.

Me desnudo y me coloco detrás de ella a gatas, apartando su cabello rubio húmedo de un lado de su rostro manchado de lágrimas para rozar mis labios sobre su sien. Ella arquea su trasero cuando mi polla se desliza entre sus piernas.

Entro fácilmente, su canal está empapado e hinchado. Me muevo lentamente, entrando y saliendo con deslizamientos reverentes. Llenándola, deleitándome en la gloria de todo lo que es Kayla: su coño apretado. Su trasero castigado. Su dulce, dulce sumisión.

Empieza sin urgencia. Solo placer. Movimientos suaves. La comunión de dos cuerpos. Pero Kayla comienza a canturrear: —Amo… Amo —una y otra vez con esa voz entrecortada y empapada de necesidad, y mi polla no puede soportarlo más. Aumento mi velocidad, embistiéndola, cabalgando la ola. Le quito las pinzas de los pezones para que el flujo de sangre que regresa los estimule y provoque su orgasmo, luego trabajo una mano bajo su pelvis para frotar su clítoris. Inmediatamente se corre.

Su clímax provoca el mío, y me pierdo en él. No son cohetes y fuegos artificiales esta vez. Más bien un espacio seguro. Un hogar. No es que mi hogar fuera alguna vez seguro. Pero así es como debería sentirse un hogar.

Bajo mi cuerpo sobre el de Kayla y beso su cuello.

Ella suspira satisfecha. —Te quiero, Amo.

Mi corazón, el pobre órgano que ya ha sido tensado más allá del reconocimiento, se abre de golpe ante su confesión. Salgo y la volteo sobre su espalda, sujetando sus muñecas a ambos lados de su cabeza, cubriendo su cuerpo con el mío nuevamente. —Tú eres *absolutamente todo* para mí —juro ferozmente. No sé nada sobre el amor. Nunca lo he conocido. Pero mis palabras son las más verdaderas que he pronunciado jamás.

Kayla se esfuerza contra mi agarre. Quiere bajarme, quizás para un beso, quizás porque es demasiado intenso para mirarnos ahora que nos hemos expuesto hasta el hueso, pero no la dejo. La hago mirarme a los ojos hasta que estoy seguro de que me cree.

Sus ojos se llenan de lágrimas. —Por favor, bésame —gorjea.

La beso con todas mis fuerzas, mi boca devorando la suya, mis labios un instrumento que empuño para la guerra. Follo su boca con mi lengua, y mi polla semidura vuelve a deslizarse a casa en esta posición para unas últimas y gloriosas embestidas. La beso hasta que está sin aliento, jadeando y gimiendo, y luego me retiro, nos hago rodar hacia nuestros costados y atraigo su cuerpo contra el mío.

Apoya su cabeza en mi bíceps, su mejilla en mi pecho.

—Gracias —murmura.

Pero aún no puedo superar mi culpa. La sensación de que

pude haber hecho algo mal con alguien a quien nunca quiero herir.

No sé cuánto tiempo permanecemos juntos en el silencio. No quiero levantarme hasta que haya sido abrazada lo suficiente. Necesita los cuidados posteriores, especialmente considerando que la quebré. Finalmente ella se mueve y se aleja de mí.

—Tengo hambre ahora, Amo.

Dejo caer un beso en la parte superior de su cabeza y me levanto de la cama para pedir algo de comida. Luego tomo mi móvil y regreso a la cama con su suave manta de cuidados posteriores, que extiendo sobre ella. Me siento con la espalda contra la pared. —Necesito ese nombre, florecilla.

Ella levanta la cabeza y se lame los labios, parpadeando con esos ojos grandes hacia mí. —Es Blake Ensign.

—Gracias. —Acerco su almohada a mi cadera, para que pueda acurrucarse contra mi pierna, y pueda acariciar su cabello.

Le envío un mensaje a Dima, el hacker de nuestra célula de la bratva. *Kayla fue acosada sexualmente por este idiota: Blake Ensign. Necesito una dirección para poder ocuparme de él. Por favor y gracias.*

Dima me responde inmediatamente. *En ello.*

Le envío un mensaje a Maxim después porque dudo que apreciaría que le enviara un mensaje a su esposa personalmente. *Dile a Sasha que no aprecié su consejo a mi chica.*

Maxim me responde unos minutos después. *Respuesta de Sasha: oh, oh.* Envía un segundo mensaje, *¿Cuál es tu plan con el mudak?*

Respondo: *Voy a hacerle daño.*

Dije antes que no me enfado, me vengo, pero esta noche, hay rabia en mi violencia.

Maxim: *Bien.*

—Servicio de habitación —llama un hombre mientras golpea la puerta.

—Déjelo fuera —gruño, aunque Kayla está completamente cubierta por la manta. Ningún otro hombre va a pensar siquiera en Kayla esta noche sin recibir mi puño en los dientes.

*KAYLA*

Me despierto porque Pavel ya no está en la cama. Me levanto en la oscuridad, buscando la suave y afelpada manta con la que me envuelve después de jugar y me la pongo sobre los hombros. Busco sus zapatos y su cartera, o alguna otra señal de que ha salido de la habitación, pero siguen aquí. Veo tres botellas vacías del minibar sobre la cómoda.

Encuentro a Pavel apoyado en el balcón con otra pequeña botella de licor agarrada en su mano.

—¿Amo?

—*Malysh*. Siento haberte despertado. —No se mueve.

—No, no lo has hecho. Es decir, te echaba de menos en la cama. —Veo su rostro normalmente impasible y capto un atisbo de tormento antes de que se pase la mano por la barba bien recortada—. ¿Qué ocurre?

—Ven aquí. —Abre un brazo, y me aprieto contra él. Su aroma adictivo se mezcla con los tonos más fuertes del vodka.

—¿Qué pasa? —insisto, sabiendo que probablemente no lo compartirá por sí mismo.

—¿Estás bien, Kayla? —Vuelve su mirada completamente hacia mí como si yo fuera quien acaba de vaciar cuatro botellas de licor y está de pie fuera con aspecto desolador.

—Sí. ¿Y tú?

—No quiero jugar contigo así otra vez —dice en voz baja.

Mi corazón empieza a latir como si estuviera rompiendo conmigo. Pero no lo está haciendo. No puede ser, me está sujetando cerca contra su cuerpo.

—¿De qué manera?

—Castigarte hasta que llores. Eso estuvo mal. Lo siento.

—No. —Me aprieto aún más contra él, como si pudiera fundir nuestros dos cuerpos, para no separarnos nunca más —. No estuvo mal. *Necesitaba* eso. Me diste la liberación que anhelaba. ¿Por qué estás molesto?

—*Molesto.* —Repite la palabra con una amarga risita, como si a los dominantes no se les permitiera estar molestos.

Empiezo a conectar los puntos. Me ha contado muy poco, pero sí encajan. Me dijo que no podía jugar con el no-consentimiento. Siempre me está diciendo que soy libre de irme. En algún momento de su vida, ha presenciado algo horrible.

El balcón se inclina y gira. Todo el mundo piensa que esto está mal, lo que hacemos. Ahora incluso Pavel también lo cree.

¿Está mal? ¿Es enfermizo?

Pero no puedo creer eso. No con lo cerca que me siento de este hombre ahora mismo, aunque no comparta nada de sí mismo, acaba de decirme que soy su todo.

Él también es mi todo.

—¿A qué tienes miedo, Pavel? ¿A hacerme daño? ¿A que no use mi palabra de seguridad cuando debería?

Se gira para mirarme de frente, y me impacta cuánto dolor hay en sus ojos. Acuna mi rostro entre sus manos. —¿Te estoy haciendo daño, Kayla? Quiero decir, lo hice. Te hice daño esta noche.

—Para —interrumpo antes de que avance más por ese camino—. Me encanta cómo me haces daño. ¿Por qué te preocupa tanto? ¿Alguien te ha dicho algo? —De repente se me ocurre que mis compañeras de piso pueden estar llevando su caso a otro lugar. ¿A Sasha, quizás? ¿Y le ha llegado a él?

—Mi padre... —Pavel se detiene y se pasa la mano por su suave barba otra vez.

Su padre. *Oh.* Instantáneamente siento náuseas.

—¿Era abusivo? —aventuro.

Pavel asiente. —Sí. Casi nos mata. Y finalmente, yo lo maté. —Pavel me mira fijamente, su expresión inundada de vergüenza. Incluso con un toque de alarma. Este es Pavel al desnudo, como nunca me ha dejado, o posiblemente a nadie, verlo antes.

—Oh, Pavel. —Rodeo firmemente su cuello con mis brazos, poniéndome de puntillas para alcanzarlo.

Se queda rígido por un momento, luego un brazo me rodea. —¿No estás impactada?

—Por supuesto que estoy impactada, Pavel. Llevas una carga terrible. Lo siento mucho.

Deja escapar una risa amarga de incredulidad. —¿Lo sientes? ¿Por mí?

—Por supuesto. Pavel... —Me aparto lo suficiente para mirarlo a los ojos—. ¿Pensabas que te juzgaría?

Ladea la cabeza. —¿Por qué no lo harías? —Suena casi suspicaz, como si lo estuviera engañando de alguna manera.

—Pavel, estabas protegiendo a tu madre, igual que me protegiste a mí en aquella tienda. Hiciste lo que tenías que hacer. Te amo por ello.

—Me amas —repite suavemente, negando con la cabeza—. Superpoder.

—¿Qué?

—Tienes la capacidad de... no sé, *aceptación... presencia*, que nadie más tiene. ¿Lo sabes? Eres una entre mil millones, pequeña flor.

—Te amo.

Pavel gime como un animal herido y me estrecha contra su cuerpo. Su respiración suena entrecortada en mi pelo.

Es la tercera vez que le digo que lo amo esta noche. Cada vez parece penetrar más profundamente en él. No lo ha rechazado, pero tampoco me lo ha dicho a mí. Después de lo que acabo de descubrir, puedo ser paciente. Probablemente no ha conocido mucho amor en su vida.

Voy a demostrarle que no es un superpoder. Es algo que ambos podemos hacer, juntos.

# CAPÍTULO 11

*P*avel

A la mañana siguiente, mantengo a mi pequeña esclava al borde del orgasmo durante horas con mi boca entre sus piernas. Ella llora, golpeando con sus puños mis hombros, suplicando por liberación. Es una sumisa tan buena, esperando mi permiso. No es que fuera a castigarla si se corriera.

No después de haberla roto anoche.

Incluso si ella no lo está, yo sigo demasiado afectado por ello. Estoy empezando a pensar que no hay dolor que le inflija que no sienta yo mismo. Extraño para un sádico de corazón frío.

Cuando estoy a punto de morir de necesidad yo mismo, la pongo de rodillas y antebrazos y la follo hasta que solloza. Esta vez no me siento mal por sus lágrimas. Este es el único tipo de llanto que quiero de ella. La variedad de demasiado placer que la deja agotada de felicidad durante horas después.

Espero hasta que mi clímax llega con fuerza, luego ordeno: —Córrete —mientras me entierro hasta el fondo y muero una pequeña muerte. Los músculos de Kayla aprietan alrededor de mi polla, ordeñándola con todo su valor, y luego nos tumbo a ambos de lado mientras ella solloza sin aliento.

Cuando la giro sobre su espalda y limpio las lágrimas de su rostro, me da una sonrisa soñadora.

—Eres hermosa —le digo.

Ella deja escapar un gemido débil.

—He conseguido una reserva en el spa hoy.

Ella parpadea, obviamente tratando de volver a la realidad. Su pelo está esparcido en un halo dorado alrededor de su cabeza, su rostro sonrojado en un bonito tono rosado.

—Tu primera cita es a la una. Necesito ocuparme de algunos asuntos, pero volveré tan pronto como pueda.

Sus labios se entreabren. —Oh.

—Sí, Amo —sugiero para evitar la línea de preguntas que presiento que está a punto de empezar.

—Sí, Amo. Gracias, Amo.

—Voy a darme una ducha rápida antes de irme. —Juro por Cristo que no soy el tipo de tío que habla solo por escucharse a sí mismo, pero la vulnerabilidad de Kayla, especialmente después de una escena, me obliga a comunicarme mucho más.

—Yo también —murmura y se sienta.

Tomo su mano para ayudarla a bajar de la cama y la conduzco al baño donde la lavo de pies a cabeza. Mi suave y dócil muñeca-esclava, a quien vengaré como una maldita pesadilla hoy.

Le envié un mensaje a Dima cuando me desperté esta mañana preguntando por la dirección de Ensign, y él respondió: *Espera hasta el mediodía. Nikolai, Oleg y yo estamos volando para echar una mano. Te enviaré un mensaje cuando aterricemos.*

Me quedé mirando mi móvil por un momento, tratando de identificar el sentimiento desconocido que giraba en mi pecho.

Gratitud. Sabía que mis hermanos de la bratva me respaldaban en los negocios, pero este asunto con Kayla no tiene nada que ver con ellos. Nada en absoluto. Ni siquiera la conocen, y aun así tres de ellos dejaron todo para respaldarme en esto.

Quizá fue solo que vino después de la increíble aceptación de Kayla sobre mi patricidio, pero nunca me he sentido tan… abierto. Mi armadura se cayó anoche, y siento como si ni siquiera la necesitara.

Envío a Kayla fuera de la ducha para poder lavarme. Cuando salgo, está desnuda en la habitación, sosteniendo mi móvil. —¿Dima dice que están fuera? —Gira la pantalla hacia mí.

Mierda.

—¿Deberías estar leyendo mis mensajes, esclava?

Ella no se inmuta por mi tono severo. —No, señor. ¿Por qué están aquí? ¿Puedo conocerlos?

—Te dije que tenemos algunos asuntos de los que ocuparnos.

Ella dobla los dedos bajo su barbilla y pestañea. —¿Por favor? Me muero por conocer a tus compañeros de casa. ¿Quién está aquí? ¿Los dos gemelos?

No sé ni cómo coño sabe que vivo con gemelos. Ah, sí, Sasha, por supuesto. Realmente, lo que no sabía era que tuviera algún interés en mis compañeros de piso.

—Sí, los gemelos. Y Oleg. —Bah. Me paso una mano por el pelo. No hay daño en que los conozca, supongo. No sé por qué me hace sudar. Me gustaba mantener a Kayla para mí mismo, supongo. Mantener nuestra relación en la oscuridad. En una habitación de hotel. Donde el mundo exterior no puede encontrarnos ni afectarnos.

Pero parece que Kayla anhela algo diferente.

—Tienes noventa segundos para vestirte —le digo, principalmente para verla correr mientras me pongo unos vaqueros negros y una camiseta oscura. No querría manchar de sangre ropa más clara.

Ella está lista antes que yo, pasándose rápidamente un cepillo por el pelo mientras abro la puerta.

—Solo un minuto. Para conocerlos. No vamos a quedarnos.

—Vale —dice alegremente.

Algo cambia en mi pecho. Esta chica.

La llevo abajo y afuera, donde diviso una furgoneta blanca de pasajeros con imanes familiares de fontanería en las puertas. —Por aquí. —Tomo su mano, y cruzamos la calle.

Nikolai sale del lado del conductor cuando nos acercamos. —Espera... ¿viene ella?

—No, gilipollas —le digo mientras extiendo la mano para estrechar la suya y golpear su hombro. Es una rara muestra de aprecio por mi parte, y Nikolai lo reconoce devolviéndome el golpe.

Los otros dos tipos salen de la furgoneta.

—Kayla quería conoceros. —Apoyo mi mano en la parte baja de su espalda—. Este es Nikolai.

—¡Nikolai! Encantada de conocerte. —Ella lanza sus brazos alrededor de su cuello.

—No lo toques —gruño.

—Lo siento, soy una abrazadora. —Suelta a Nikolai y va por Dima—. ¡Tú debes ser Dima! —Otro abrazo. Esta es Kayla en compañía normal. Una chica adorable y amigable de Wisconsin que abraza a personas que nunca ha conocido antes.

Está tan lejos de mi mundo que siento como si hubiera entrado en una colorida película romántica en lugar de la oscuridad y las sombras que componen mi vida.

—En serio —murmuro, apretando los dientes—. ¿Quieres que tenga que matar a mis propios hermanos? No lo toques.

Kayla olvida ser mi esclava obediente. Me ignora completamente.

—Así que así es cómo es Pavel enamorado —dice Dima sin expresión mientras acepta mi apretón de manos y palmada en el hombro—. Incluso más gruñón que cuando estaba solo.

—Sí, el amor no te sienta bien, hermano —coincide Nikolai.

Kayla incluso consigue un abrazo de Oleg, nuestro gigante y silencioso ejecutor.

Puto increíble.

—Ese es Oleg —explico mientras el grandullón se inclina y le da un medio abrazo con un brazo gigante y fornido—. No habla. —Hace un mes probablemente ni se habría movido, pero ahora tiene a su novia Story, y ella lo ha cambiado por completo. Donde antes su silencio era como un arma, ahora intenta comunicarse más. Estamos aprendiendo lengua de signos, y él se está uniendo a las conversaciones. Ahora le hace el saludo de la lengua de signos, que significa *hola*.

—Me lo imaginaba. Solía vivir con Sasha —explica ella, aunque ya lo sabían—. Y Pavel no es malo. —Vuelve a mi lado sana y salva, y destenso los puños.

—Permíteme discrepar —bromea Nikolai.

—Muy bien —digo, tirando de ella hacia atrás—. Vamos a llevarte de vuelta al hotel.

—¿Podéis quedaros a cenar? —pregunta Kayla alegremente.

—No —espeto—. No pueden. Vuelven a Chicago. Di adiós.

Kayla levanta una mano y se despide. —Adiós, chicos. Encantada de conoceros.

Acompaño a Kayla de vuelta cruzando la calle y a través

de las puertas principales del Four Seasons. —Pórtate bien. Disfruta del spa.

Un surco se forma entre sus cejas. —¿Vais a...?

La detengo con un dedo sobre sus labios. —Sube, *malysh*. Te veré cuando regrese.

Duda un momento, como si fuera a discutir, así que levanto las cejas. —Sí, señor. —Levanta la cara para un beso. Rozo mis labios sobre los suyos. La oscuridad de lo que estoy a punto de hacer ya me envuelve, me hace querer mantener las distancias con ella. No manchar su brillo con lo que soy.

*Debería dejarla marchar*, me digo a mí mismo por centésima vez.

*Nunca*, responde una nueva voz. Una voz oscura. La que quiere consumir todo lo que Kayla es. Reclamarla y conservarla para siempre. Extraerle todo hasta dejarla seca.

*Nunca.*

¿Qué puedo decir? Se siente bien ser tan malo.

# CAPÍTULO 12

*P* *avel*

—Todas las cámaras de seguridad están en bucle y las cerraduras abiertas —dice Dima, con sus dedos tecleando en su portátil en la parte trasera de la furgoneta.

Nikolai pone la furgoneta en marcha y avanza el medio bloque restante hasta que llegamos a las puertas de hierro que cierran la entrada a la casa de Blake Ensign.

—La puerta está… abierta —informa Dima justo antes de que las puertas se abran de par en par para dejarnos entrar—. He traído pasamontañas. Están en esa bolsa. —Dima no aparta la mirada de su pantalla; sus dedos siguen moviéndose por el teclado, sin parar. Todavía no he visto nada que este tipo no pueda hackear con tiempo suficiente.

Abro la bolsa y miro los pasamontañas. Una parte de mí no quiere ponerse uno. Quiero que este cabrón vea mi cara cuando hablemos. Pero siempre puedo quitármelo. Saco el mío y lanzo el resto a los chicos.

—¿Vive solo? —le pregunto a Dima.

—Sí. ¿De qué otra forma conseguiría mamadas de todas las mujeres a las que contrata?

Se me tuerce el labio, y Dima me lanza una mirada por encima de su portátil antes de cerrar la tapa de golpe.

—Definitivamente eligió a la actriz equivocada esta vez. Lo hizo.

—Le prometí a Kayla que no lo mataría —advierto a mis hermanos—. Así que no me dejéis ir demasiado lejos.

—Te cubrimos la espalda —promete Nikolai, girándose desde el asiento delantero y poniéndose su pasamontañas.

Dima golpea la tapa de su ordenador.

—Tengo formas de hacerle daño que ni siquiera requieren derramamiento de sangre. —Se pone el suyo también.

Oleg ya lleva el suyo puesto; su tamaño y su silencio lo hacen el más aterrador en apariencia de los cuatro.

—*Brat'ya* —me dirijo a mis hermanos en ruso—, *Spasibo*. —Gracias.

—No me lo perdería por nada del mundo —dice Nikolai con naturalidad, saliendo de la furgoneta—. Vamos a hacer esto.

Empuño el revólver que encontré en la bolsa con los pasamontañas. Nikolai también saca uno. Oleg prefiere confiar en sus manos, que son capaces de romper el cuello de un hombre con un solo movimiento. Dima trae el portátil consigo. No puedo esperar a oír qué daño tiene guardado ahí.

Hago lo educado y toco el timbre. Espero que no tenga sirvientes en la casa en este momento; asustar a los inocentes no es lo mío.

Un gilipollas de unos cincuenta y tantos con pelo canoso abre la puerta, luego intenta cerrarla de golpe cuando nos ve. Oleg atrapa la puerta y la empuja hacia dentro.

Apunto mi pistola en el centro de la frente de Ensign.

—Hola, cabrón. Tengo algunas cosas que decirte.

—¿Qué coño es esto? —Todavía no está asustado, está

cabreado. El hombre lleva la prepotencia como si fuera una segunda piel.

Oleg lo agarra por la garganta y lo levanta, usando su altura superior para levantar al bastardo del suelo.

Se ahoga, su cara tornándose morada, los ojos saltando. Oleg sabe exactamente cuánto tiempo mantenerlo así. El suficiente para que empiece a pensar que podría morir aquí mismo en su entrada.

Cuando lo suelta, Ensign se desploma en el suelo. Nikolai cierra la puerta tras nosotros de una patada.

—Qué… —Ensign tose y balbucea, sujetándose la garganta con una mano mientras se arrastra para ponerse de pie otra vez.

—¿Deberíamos llevarlo a algún sitio? —Dima adopta un tono aburrido—. ¿Hay alguna alfombra bonita que podamos arruinar con su sangre?

—¿Q-quiénes sois? ¿Qué coño hacéis en mi casa?

—Ajústale el tono. —Hago que mi voz suene tan fría y aburrida como la de Dima pero no lo consigo del todo. Se nota que parezco interesado en su dolor. *Estoy* interesado en su dolor.

Oleg le propina un par de golpes bien elegidos: uno en el estómago, otro en la mandíbula, tirándolo hacia atrás de culo otra vez.

—Lo llevaremos a la sala de casting. Quiero ver el sofá donde saca su polla. —Le doy una patada fuerte en las costillas—. ¿Dónde está?

—¿Qué? —Todavía está más enfadado que asustado. Su cara se contorsiona con beligerancia.

Apunto mi pistola directamente a su entrepierna.

—¿Quieres conservar esas pelotas? Llévame a la puta habitación donde le pediste a mi chica que te la chupara.

Ahora veo un destello de miedo. Entiende por qué estamos aquí. Lo que queremos. O quizás solo ve que soy un bastardo despiadado. Lo oculta rápidamente. Le concederé eso: el tipo no es un completo cobarde. En realidad pensé que sería más blando. Del tipo que suplica en cuanto ve una pistola.

—Simplemente dispárale ahí —sugiere Nikolai cuando no responde inmediatamente.

—Arriba. —Su actitud cambia rápidamente. Señala hacia una escalera de caracol—. En mi despacho.

Le doy otra patada.

—Llévanos allí.

Gime mientras se pone de pie. Presiono la punta de mi revólver contra la parte posterior de su cabeza mientras se tambalea hacia adelante subiendo las escaleras.

—¿Quiénes sois? —pregunta cuando llegamos a su despacho—. ¿Qué chica?

—*Qué chica* —repite Nikolai la frase incriminatoria—. ¿Cuántas ha habido?

No responde.

—¿Cuántas ayer? —pregunto, justo antes de que Oleg le dé un golpe en la mandíbula que lo envía tambaleándose contra el pesado escritorio de arce.

Dima toma asiento y abre el portátil.

—Parece que viste a cuarenta y cinco mujeres ayer, ¿es correcto?

Ensign le lanza una mirada aterrorizada, como si ese tipo de información no fuera de conocimiento público.

—Sí, estoy en tu correo electrónico, por si te lo preguntabas. También estoy en tu cuenta bancaria. La de Wells Fargo, la de Fidelity, la de Vanguard, y también la cuenta offshore en Barbados. Parece que tu saldo actual es de dos millones ochocientos cincuenta mil y algo de cambio. ¿Suena correcto?

Ensign palidece, lanzando miradas asustadas entre Dima y yo.

—¿Q-qué coño está pasando aquí?

Oleg lo golpea en el estómago.

Me cruzo de brazos. Sinceramente, temo que si le pongo las manos encima, acabaré el trabajo.

—Creía haberlo dejado bastante claro. Le pediste a mi chica que te la chupara. Voy a darte una paliza. También estoy pensando en cortarte la polla para evitar futuros incidentes. Veremos cuánto tardas en pedir perdón.

—¡Lo siento! —Levanta las manos y mira de nuevo a Dima—. ¿Q-qué estás haciendo con mi dinero?

—Parece que está más preocupado por su dinero que por su polla —observo—. ¿Estás listo para vaciarlo?

—Con un clic de un botón —confirma Dima—. ¿Por cuál empiezo?

—¿Cuánto hay en la cuenta de Vanguard? —pregunto.

—Esa es la más pequeña. Doscientos ochenta mil.

—¡Espera, espera, espera, espera, espera! Lo siento por lo de tu novia. ¿Quién es? Le daré el papel. La convertiré en una estrella.

Dudo un momento y luego le asesto un puñetazo en la nariz, rompiéndosela. —¿Crees que dejaría que se acercara a ti?

Él gime, sujetándose la nariz ensangrentada. —Le conseguiré un papel en el estudio… en otro programa. Puedo hacer eso.

—Puedes hacer eso —pronuncio con voz despectiva, pero miro a Nikolai para ver su opinión.

Él se encoge de hombros como si la solución mereciera la pena considerar.

—Puedo hacerlo. —Ensign habla rápido—. Ahora mismo se están repartiendo muchos papeles para la próxima temporada. Podría conseguirle uno en *Bank Bandits* o *Bad Boys*. Un papel continuo. Si tiene talento, le abrirá muchas puertas.

—Si no son tus programas, ¿cómo puedes conseguirle el papel?

—Hablaré con el director de casting. —Ensign se sujeta la nariz que no para de sangrar—. Puedo decir que es una amiga... o mi sobrina... y que necesito este favor. Te garantizo que puedo conseguirle algo.

*Gospodi.* Quiero ayudar a Kayla de esta manera. Pero ¿y si solo está intentando conseguir su nombre para atraparme?

Miro a Dima. —Coge el dinero de sus cuentas de Vanguard —Dima duda un momento porque era un farol. Se suponía que yo debía saber que era un farol. Y ahora le estoy pidiendo a mi hermano de celda que cometa otro delito por mí.

—Tienes cuarenta y ocho horas para hacerlo. Si lo consigues, devolveré el dinero.

Dima hace clic en el botón. —Cuenta vaciada.

—¡Lo haré! —acepta Ensign—. ¿Cómo se llama?

—Kayla Winstead. Y si a esa chica no la tratan como a una joya, volveré para otra visita —Le golpeo la frente de nuevo con la culata de la pistola—. Ella no sabrá que tú le conseguiste el trabajo. ¿Entendido?

—Entendido —balbucea.

—Si vienes a buscarme, eres hombre muerto. Cuarenta y ocho horas.

—Me encargaré de ello. —Coge unos pañuelos del escritorio y usa un montón para taponarse la nariz—. Y tú devolverás mi dinero.

—Ese es el trato. Si no cumples, vaciaremos el resto de tus cuentas.

—No. —Hace un gesto cortante con la mano—. Está hecho.

—Bien. —Miro a Oleg, que asiente y golpea a Ensign con la fuerza suficiente para dejarlo inconsciente.

Los cuatro salimos por la puerta y subimos a la furgoneta.

—Sinceramente, esperaba que fuera más difícil de quebrar —dice Nikolai mientras retrocede rápidamente por el camino de entrada. Dima hace que la verja se abra con su portátil, y salimos.

—Igual —coincido—. ¿Crees que cumplirá? —pregunto.

—Sí, lo creo. Esta es mi teoría —dice Nikolai—. Apostaría a que no es la primera vez que ha tenido que ofrecer esa solución. Probablemente ha habido amenazas de demandas antes.

—Cabrón —murmuro—. Kayla no puede enterarse de esto. Aseguraos de no decir nada delante de Sasha, esas dos no se guardan muchos secretos.

—¿Cuándo hablamos de negocios delante de Sasha? —se burla Dima.

—Lo sé. Por supuesto que no lo haríais. Solo me estoy asegurando.

—Hiciste lo correcto. —Nikolai adivina mis dudas.

Eso espero, joder. Si algo de lo que hice llegara a herir a Kayla, nunca me lo perdonaría.

*KAYLA*

Lara me llama cuando regreso del spa. Al principio, solo miro mi móvil, sin estar segura de si quiero contestar. Sin estar segura de si voy a contarle lo que pasó.

Pero después de pasar dos horas y media recibiendo un masaje de pies, que me pintaran las uñas y me exfoliaran y humectaran la cara, he llegado a una conclusión: Pavel cuida de mí.

Cuida de mí como nadie lo ha hecho en mi vida, y tuve una educación agradable y sana con dos padres que me llevaban a todos los ensayos y nunca se perdieron ni una sola actuación.

Así que voy a rendirme y dejar que Pavel se encargue de Blake Ensign y olvidarme de mis recelos de niña buena sobre lo que está haciendo.

—Hola Lara.

—Solo quería ver cómo te fue en la audición de ayer —pregunta.

Agradezco que se preocupe, aunque sea un día tarde. —Mmm, no muy bien. Pero está bien. Lo consideraré como experiencia. Al menos llegué a la segunda ronda.

Cómo desearía que Blake Ensign no hubiera arruinado ese momento tan importante para mí. Por un momento, había estado muy orgullosa de mí misma. De mi éxito. De haber hecho realmente lo que vine a hacer aquí. Había entrado en esa primera audición como un recipiente vacío, y lo había llenado con el papel que se suponía que debía interpretar. Los había conmovido, tal como Pavel había prometido.

El hecho de que me llamaran para una segunda prueba lo demuestra.

No debería permitir que un capullo de primera como Blake Ensign disminuyera esa pequeña victoria.

Si lo hice una vez, puedo hacerlo de nuevo. Ahora sé lo que hace falta. Desnudarme por completo. Dejar todas las pretensiones. Simplemente *ser*. Todas las cosas que Pavel me ha exigido. Me preocupaba que me estuviera distrayendo de mi carrera, cuando, de hecho, él era la clave.

—Oh. —Lara suena decepcionada—. Está bien, cielo. Te conseguiremos otra. Tengo que irme. Que pases buen fin de semana.

—Tú también —canturreo, aunque sé que ya está colgando.

Me subo a la cama, abro la aplicación de lectura en mi móvil y encuentro una novela romántica para leer, una sexy de hombres lobo porque me encantan los machos alfa, pero Pavel entra antes de que pueda empezarla.

—¡Amo! —Me levanto de un salto de la cama y me arrojo hacia él.

Él me rodea la espalda con el brazo y me deja estrujarme contra su cuerpo. —Eso es… dulce. —Suena sorprendido. Supongo que nunca lo había recibido así antes. Su cuerpo es como una piedra tensa contra el mío, como si lo estuviera preparando. O estuviera conteniéndose.

—Gracias por el día de spa. Fue muy agradable.

Me agarra el pelo y tira de mi cabeza hacia atrás. —Quiero hacerte cosas malas. —Supongo que ya ha superado sus reparos sobre hacerme daño.

—¿Tú… eh… has ido a visitar a Blake Ensign?

—Me he encargado de ello. —Hay una contundencia en su tono, pero aun así insisto.

—¿Qué has hecho?

Se separa de mí y entra en el baño sin responder. Oigo el sonido del agua mientras se lava las manos. Lo sigo. Frota con una toallita una mancha oscura en su camisa verde cazador, y veo los restos de sangre allí.

—Dijiste que no nos mentiríamos —le acuso.

Pavel se gira y levanta las cejas, clavándome una mirada penetrante. —No te mentiré, florecilla. Pero tampoco te convertiré nunca en cómplice de un delito. Mi trabajo es protegerte. Eso es lo que haré.

El aliento se me escapa en un suspiro. Como cada vez que revela esta faceta suya, me siento simultáneamente impactada y excitada. Asustada y embelesada.

Me acerco y me introduzco de nuevo entre sus brazos. —Me gusta lo que haces —murmuro.

Pavel exhala. Su cuerpo se relaja unos grados y me besa la coronilla. —Quítate la ropa, pequeña esclava. Necesito estar dentro de ti.

# CAPÍTULO 13

*K**ayla***
Odio los domingos por la noche después de que Pavel se va, cuando cada centímetro de mi cuerpo aún lo siente, pero él está a cientos de kilómetros de distancia. Mi corazón se sube al avión con él, me abandona y me deja con un agujero enorme en el pecho.

Los lunes por la mañana son aún peores. Cada fin de semana se siente más difícil que el anterior, y el hecho de que ahora sienta que no puedo hablar con mis compañeras de piso sobre ello lo hace todavía peor.

Es una forma de *subdrop*. Las endorfinas del subidón del fin de semana con Pavel se desvanecen y me dejan abatida. No es ese tipo de tristeza que me hace romper a llorar que tanto odio, pero me deja decaída de todas formas.

Me obligo a entrar en la ducha, recordando cada momento del fin de semana, tanto lo bueno como lo malo.

Cuando salgo, suena mi móvil. Lo cojo y deslizo el dedo por la pantalla cuando veo que es Lara.

—Hola, Lara, ¿qué tal?

—Bueno, no estoy segura. La agente de casting de Black

Diamond Studios ha llamado... no conseguiste el papel —añade lo último rápidamente, como si no quisiera que me hiciera ilusiones ni por un segundo—. Pero le gustaría que volvieras a hacer una audición para la próxima temporada de *Bad Boys*.

—¿En serio?

—Sí. Creo que le gustaste mucho. Parece que ahora está de tu lado.

Mi chispa optimista se enciende y empiezo a sentirme más como yo misma. —Eso es increíble. Dios mío, estoy tan feliz. ¿Cuándo es la audición?

—Bueno, sonaba informal... no creo que haya una audición como tal. Quería que fueras al estudio para leer líneas para el papel. Kayla, no quiero gafarlo, ¡pero parece que estás preseleccionada para este papel!

—¿Qué papel es? ¿Lo sabes?

—No. No creo que sea un papel protagónico, pero de todas formas, sería una gran oportunidad.

—¡Por supuesto que lo sería! Estoy entusiasmada. ¿Cuándo me quieren allí?

—Hoy. Dijo que a cualquier horario entre las doce y las tres. Solo tienes que presentarte en Black Diamond y preguntar por Claire Peacock. Es la directora de casting.

—¡Genial! Me prepararé ahora mismo. —Corro hacia mi armario y empiezo a sacar ropa frenéticamente sobre la cama.

—¿A qué hora le digo?

—Mmm... —intento ponerme unas bragas con una sola mano mientras sostengo el teléfono—. A las doce y media. No quiero parecer demasiado ansiosa. ¿O sí?

Lara suelta una risa ronca. —Las doce y media suena bien. Le daré el mensaje. Llámame cuando termines para contarme cómo te fue.

—Lo haré.

Cuelgo con una sonrisa tonta en la cara. Lara no suele pedirme que le cuente cómo me han ido las cosas, así que debe ser una señal de que tiene grandes esperanzas en mí. En esto.

—¡Dios mío, chicas! —salgo corriendo de mi habitación en bragas negras, buscando a mis compañeras de piso—. ¡Me han llamado para otra prueba!

—¡Bieeeen! —grita Kimberly desde la cocina—. Has hecho algo bien.

El nauseabundo recuerdo de la oficina de Ensign intenta agolparse en mi cerebro y amortiguar mi entusiasmo, pero lo aparto. Hice algo bien en la primera audición, y por eso me han vuelto a llamar. Ensign es un capullo que no reconoce el talento cuando lo ve, y por suerte, no tuvo nada que ver con esto.

—Sí. Ni siquiera tuve que chuparle la polla a nadie —digo, intentando tomármelo a la ligera. Mis palabras me ahogan un poco, sin embargo, y Kimberly ladea la cabeza.

No les conté lo que pasó. ¿Cómo podría? Querrían que yo también pusiera un *#MeToo*, pero no quiero ser famosa por haber sufrido acoso sexual. Quiero ser famosa por mi talento.

Además, no creo que pudiera hablar de ello sin soltar la reacción de Pavel. Lo que hizo. Todavía alterno entre sentirme mareada y con las piernas temblorosas por ello. Pavel es un chico malo, sin duda, pero eso es lo que me atrae. Me da toda su atención. Su protección. Su posesiva dominación.

Es un dominante de fantasía. Después de vivir en Los Ángeles durante cinco años intentando que me descubrieran, tratando de llamar la atención de alguien y descubriendo que solo soy otra rubia menuda en todo un mar de ellas, la atención de Pavel me sana.

Me hace sentir especial cuando había empezado a pensar

que no era nadie. Me hace sentir hermosa. Sexy. Atractiva. Cuida de mí.

Y sí, se va a Rusia. Vive en otra ciudad. Así que sé que esto no puede continuar, que no se va a quedar, pero de todos modos me estoy enamorando locamente de él.

—Bueno, ¿cuándo es tu prueba? —pregunta Kimberly.

—¡Hoy! A las doce y media. ¿Me ayudas a elegir un conjunto?

—Ponte tu blusa turquesa con los hombros descubiertos... resalta tus ojos.

Corro de vuelta a mi habitación. —¿Con qué pantalones? —grito desde allí.

—Pantalones negros ajustados. Y tus botas negras de tacón. Vas a arrasar.

VOY a arrasar. Me pongo el conjunto que Kimberly me ha sugerido y empiezo a secarme el pelo. Ya estoy imaginando las llamadas que haré si consigo el papel. La primera será a mi madre. Su apoyo constante es la razón por la que sigo en Los Ángeles intentando triunfar.

En mi escenario, Pavel ya lo sabría. Lo sabría porque ha estado conmigo en cada paso del camino. Cojo el móvil para enviarle un mensaje. *Me han llamado para otra prueba en el estudio. No te preocupes, no es el mismo director.*

El teléfono suena inmediatamente.

—Hola. —De repente me siento tímida. Eso es lo que este hombre me hace. Hace que mi corazón se acelere cada vez que hablamos. Es como una inyección de adrenalina directa en el brazo. Debería haberle llamado esta mañana cuando me sentía abatida, pero no quería ser un desastre dependiente. Ahora tengo algo que compartir.

—Pequeña esclava. —La voz de Pavel es áspera y suave. Me lo imagino, con los párpados pesados y hambriento de mí.

—Voy a volver para leer líneas a las doce y media… para un programa diferente.

—Te van a adorar.

—Creo que todo esto es porque… Pavel, tú me ayudaste.

Se queda callado, así que continúo.

—Cuando fui a esa primera audición, tenía miedo de no tener suficiente confianza y no sabía quién o cómo ser. Cuando me dijiste que fuera abierta… bueno, creo que marcó la diferencia. Por eso esta directora de casting sigue llamándome.

—No hay ser humano en el planeta que no sintiera tu magnetismo. Tienes un don natural. Ve y hazlo de nuevo.

—Ojalá te tuviera aquí para abrirme de nuevo. —Bajo la voz, apoyándome en una cadera, proyectándome a través del teléfono, hasta Chicago.

—¿Dónde estás?

—En mi baño, maquillándome.

—Lávate las manos.

Un pequeño escalofrío me recorre ante la simple orden. La señal de que Pavel está tomando las riendas, incluso a distancia.

Abro el grifo y obedezco. —Vale.

—Ahora quiero que apoyes la espalda contra la pared y cierres los ojos.

Me tambaleo hacia atrás sobre mis tacones hasta que mi trasero toca la puerta. —Vale. —Mi voz suena entrecortada. Excitada.

—Desliza los dedos dentro de tus bragas. ¿Llevas bragas?

—Sí. Bragas negras.

—Bien. Mete los dedos dentro de esas bragas y golpea suavemente tu clítoris para mí. —Golpeo la yema de mi dedo índice sobre mi clítoris una y otra vez.

Pavel espera, así que no me detengo. Los temblores empiezan a recorrerme y el calor florece.

—Ahora haz círculos. Con un toque ligero como una pluma.

—Oh. —Me muerdo el labio inferior mientras apenas trazo un círculo ligero alrededor de mi clítoris—. Mmm. —Otro temblor hace que mis rodillas cedan.

—Frota un poco más fuerte. Hazlo bien, pequeña esclava, o la próxima vez que esté allí, pasaré toda la noche castigándote. Ese coño que estás tocando ahora es mío, y quiero que lo toques correctamente.

—Dios mío —suspiro, mis dedos acelerándose.

—Azotaré esos preciosos pechos con el nuevo flogger que te compré. Y luego tu vientre. Tus muslos internos. Tu espalda. Y finalmente tu trasero. Dejaré tu trasero al rojo vivo, y luego lo lubricaré y lo follaré hasta que tu coño llore. Y no te dejaré correrte, pequeña esclava.

—¿A-ahora? —jadeo.

Afortunadamente Pavel entiende. —Córrete ahora mismo. —Hace que la orden sea tajante, como si pudiera desobedecer, y entonces estallo. Hundo dos dedos en mi canal solo para sentir cómo mis paredes se contraen mientras uso la palma de mi mano para presionar y frotar mi clítoris.

—Ohhhh-*oh*. Vaya. —Suspiro.

—Me has puesto más duro que una piedra, florecilla. Y no tengo esa boca caliente, húmeda y perfecta tuya para que se ocupe de mí.

—L-lo siento, Amo. —Mis extremidades se sienten como si oro líquido corriera a través de ellas, una relajación dichosa empapando todo mi cuerpo.

—Ahora, *malysh*, ve a ese estudio y muéstrales esto. La hermosa, hermosa tú. Y se apresurarán a encontrar el papel que es perfecto para ti.

—Gracias, Amo —susurro. Me siento maravillosa otra vez —. Te quiero.

—Te quiero, Kayla —murmura en respuesta, y la sonrisa más grande me devuelve la mirada desde el espejo—. Mucha suerte.

—Gracias. Te quiero. Adiós.

Termino la llamada sintiéndome como la flor que Pavel ve en mí. Abierta por él. Acercándome a la plena floración.

# CAPÍTULO 14

*P avel*
     Me entero por Kayla el miércoles que consiguió un papel en una serie que mencionó Ensign. Su alegría casi hace que valga la pena el tener que vivir con el conocimiento de que Ensign todavía respira. Hice que Dima devolviera el dinero de Ensign a su cuenta, aunque consideré hacerle sudar unos días más.

Le envié a Kayla tres docenas de rosas multicolores para felicitarla, pero la necesidad de decírselo en persona me volvió idiota. Ya estoy en terreno peligroso por aquí, pero le pregunté a Ravil si podía marcharme temprano para el fin de semana, y se negó rotundamente.

—Toma tu decisión —me dijo.

*Nadie te va a regalar la vida que quieres. Tienes que tomarla.*

Así que elijo.

Joder, elijo a Kayla. Si Ravil quiere matarme por ello, que lo haga. Pero no creo que eso sea lo que tiene reservado para mí. Me está enseñando cómo controlar mi propio destino, como él controló el suyo, incluso bajo el talón de Igor.

Llamo a la puerta de Maxim y Sasha el jueves al mediodía.

—¿Ya has terminado de hacer gritar a Sasha? —pregunto cuando Maxim viene a la puerta sin camisa y con el pelo revuelto.

—No hables de mi mujer si no quieres morir —responde con naturalidad—. ¿Qué quieres?

—Invitaros a comer a los dos.

—Oh, vaya. Presiento que viene una propuesta.

*Sí, soy ese capullo.*

—¿Pavel está haciendo una propuesta? —grita Sasha—. Vaya, no puedo esperar a escucharla. ¿Puedo venir?

—Creo que ya lo has hecho —presume Maxim—. Varias veces, con mi lengua.

—NO he consentido escuchar eso. —Me pongo los dedos sobre los ojos como si fueran anteojeras.

—Claro que puedes venir, es tu dinero, *caxapok*.

—Que tú controlas —hace un puchero ella, apareciendo detrás de Maxim con un albornoz de seda morado, su pelo rojo hecho un desastre enmarañado por sus encuentros amorosos.

—Saldremos en treinta minutos —promete Maxim.

—¿Sí? —Francamente, no puedo creer que no me haya echado todavía. El hecho de que esté considerando mi propuesta me da esperanza.

Maxim sonríe con suficiencia mientras cierra la puerta.
—Claro. Nunca pagas tú la comida.

Noto que mis labios también se curvan un poco. Quizás todo esto podría funcionar.

Sasha y Maxim aparecen en veinte minutos. Sasha lleva un corsé sobre una blusa transparente de manga larga, mostrando su cuerpazo, como siempre. Maxim lo permite porque le da alegría a Sasha. La exuberancia por la vida es parte de su personalidad, pero estoy seguro de que le gustaría matar a cada hombre que la mira, incluido yo. Obviamente, me esfuerzo por no mirarla nunca.

—Ahí está —dice Sasha mientras pasa rápidamente por la cocina y me agarra del brazo—. No puedo esperar a escuchar toda la historia.

—No lo toques —masculla Maxim entre dientes, y Sasha muestra una amplia sonrisa antes de comportarse y soltar mi brazo. Maxim, nuestro solucionador, de alguna manera logró domar a su rebelde esposa, pero apenas.

Nos ponemos las chaquetas. —¿Adónde vamos? —pregunta Sasha.

—Tú eliges —le digo.

—Vamos andando a ese nuevo sitio de gyros. Me muero de hambre. —Abre la puerta de golpe y entra rápidamente en el ascensor.

—Una cita barata —murmuro mientras Maxim y yo la seguimos—. Me gusta.

—No es tu cita —gruñe Maxim.

—Mala elección de palabras —reconozco.

—¿Entonces qué le hiciste al director? —ronronea Sasha cuando estamos dentro del ascensor dirigiéndonos a la planta baja.

—No le preguntes eso —advierte Maxim, no es que yo fuera a contárselo.

—He oído que consiguió un papel. —Sasha levanta las cejas y una oleada de alarma hace que se me ericen los pelos de la nuca. Si Sasha lo ha deducido, ¿cuánto tardará Kayla en hacerlo?

Mi corazón inexplicablemente se acelera como si estuviera en peligro. Quizás lo estoy. Peligro de derrumbar este castillo de naipes que estoy intentando construir con Kayla.

De alguna manera, Sasha lee mi alarma. —Ah, así que tú *fuiste* el responsable. Lo imaginaba. Ella no lo sabe —me asegura—. Cree que lo consiguió por sí misma. Será mejor que te asegures de que siga así.

—*Tú* más vale que… —empiezo, luego modifico mi tono

cuando las fosas nasales de Maxim se dilatan. Me pellizco el puente de la nariz—. Por favor, no se lo digas.

—Vaya, Pavel ha dicho *por favor*. —Sasha lanza una mirada de deleite hacia Maxim—. El amor lo está cambiando.

Quiero negar que estoy enamorado, pero me detengo porque sería una mentira. *Estoy* enamorado. Ese es el objetivo de esta comida. Estoy enamorado e intento averiguar cómo construir una vida con la chica que volvió a coser los jirones de mi alma.

El ascensor se detiene en la planta baja, y salimos caminando junto a Maykl, un brigadier de la bratva, que sirve como portero del edificio. Un portero muy bien armado y protector.

—¿Sasha? —Intento no decirlo gruñendo.

Maykl corre para abrirle la puerta.

—No se lo diré —promete, dándole a Maykl una sonrisa autoritaria y un saludo con la mano mientras pasa—. Estaría devastada. Piensa que lo logró con talento, tal como siempre soñó.

—Gracias, tío —murmuro a Maykl mientras me sujeta la puerta a mí también. Intento alejar la sensación corrosiva de que la he cagado—. *Lo ha* conseguido por su talento —insisto cuando estamos en la calle.

—Claro. Lo sé —dice Sasha rápidamente—. Kayla tiene talento, sin duda. —Oigo la falta de convicción en su voz y quiero estrangularla. Ella también es actriz, y modificó sus sueños debido a su matrimonio forzado con Maxim. Aunque las cosas le han ido bien aquí. Consiguió recientemente el papel principal en el musical de *Anna Karenina*.

Sin embargo, nunca le pediría eso a Kayla. Su corazón está puesto en triunfar a lo grande.

El sol brilla, pero el viento de abril sopla desde el lago y nos atraviesa mientras caminamos unas cuantas manzanas hasta el local de gyros. Maxim y Sasha piden primero, luego yo hago mi pedido, pago y me uno a ellos en una mesa.

—¿Y bien? —Sasha se frota las manos como si estuviera emocionada. Me lo está poniendo fácil, y me siento honrado por el hecho de que estén aquí escuchándome.

Miro de uno a otro. —Las propiedades inmobiliarias en Los Ángeles parecen ser siempre una apuesta segura —empiezo.

Maxim arquea las cejas, no sé si eso significa que está de acuerdo o sorprendido por el tema.

—He estado investigando, y el coste medio de una vivienda en Los Ángeles es de 950 mil. Los precios han tenido una tendencia alcista a un ritmo del 11,8 por ciento año tras año. Creo que eso significa que un gran número de residentes tienen que alquilar. Invertir en un edificio de apartamentos pequeño pero exclusivo podría resultar lucrativo como inversión a largo plazo. Llamé sobre uno cuando estuve allí: doce unidades más un ático por cinco millones trescientos mil. Hay una piscina en la azotea. —Doy un largo y desesperado sorbo a la Dr. Pepper que he pedido. Tengo la boca tan seca.

—¿Qué propones? —pregunta Maxim.

—Tengo ochenta y siete mil dólares ahorrados. No llega ni al diez por ciento, pero me preguntaba si considerarías financiar mi hipoteca o convertirte directamente en mi socio comercial.

Un camarero trae nuestros gyros a la mesa, y empezamos a comer.

—¿Tú gestionarías la propiedad? —quiere saber Maxim.

—Sí. —No está completamente fuera de mi ámbito. He visto cómo Ravil gestiona sus propiedades y le he prestado fuerza o músculo o lo que requiriera cuando lo necesitaba.

—¿A tiempo completo? ¿In situ?

Me contengo para no estremecerme ante la pregunta. —Esa es mi idea.

—¿Has hablado con Ravil?

—Indirectamente. Me dijo que no me dejará marchar. Pero luego dijo que nadie me va a regalar la vida que quiero, que tengo que tomarla. Así que esto es lo que estoy haciendo, tomándola.

Los labios de Maxim se contraen. —Parece que podrías estar en el camino correcto.

Un susurro de alivio me recorre.

—¿Entonces? —Miro de uno a otro.

Maxim se gira para mirar a Sasha.

—¡Sí! —exclama ella, aplaudiendo—. Estoy muy contenta por ti.

Maxim observa a su mujer con diversión. A mí me dice: —Sabes que todo depende de que mantengas a Kayla feliz, ¿verdad? Porque claramente eso es lo único que le importa a Sasha.

Trago saliva. No porque no *quiera* mantener a Kayla feliz. Sino porque nunca ha habido un trabajo para el que esté menos cualificado. Tengo el rango emocional de un carámbano. Nunca he tenido novia. Sé cómo satisfacerla sexualmente, sí. Pero aparte de eso, no sé nada sobre cómo mantener a una mujer. Pero asiento porque eso es lo que esto significa. Por eso necesito estar en Los Ángeles.

Maxim termina su gyro y se limpia los labios con una servilleta. —Trabajaré en los términos.

Apenas logro contener el balbuceo de sorprendido alivio que sale de mi boca. —¿Eso es todo? ¿Estás dentro? ¿Tan fácil?

Maxim sonríe con suficiencia. —Todavía no has visto mis condiciones.

—Cierto.

—Ni las de Ravil —añade—. No caminarás libre, eso lo sé.

Puede que quiera una parte de este negocio. O que montes otro en su nombre.

—Por supuesto. Él es el *pakhan*. —No me resistiría a ninguna condición que Ravil estableciera para mí. Maxim es otra historia, pero en este momento, estoy inclinado a no sentir más que gratitud.

Esta última semana mis hermanos me han demostrado que son hermanos en el sentido más verdadero. No solo en los negocios de la bratva sino más allá. Es más de lo que jamás creí posible.

—¿Lo sabe Kayla? —pregunta Sasha.

Niego con la cabeza. —No digáis nada. No hasta que haya resuelto los detalles… Por favor —añado.

Sasha termina su gyro y arruga el papel en el que venía envuelto. —No lo haré. Y Maxim tiene razón. Todo depende de su felicidad. Si le haces daño, te enterraré. ¿Entiendes? — Coge un tenedor de plástico y lo apunta a mi garganta.

Me siento tan ligero que sonrío mientras se lo quito de la mano. —NUNCA le haré daño.

Herirla es otra cuestión.

Es algo que hago con regularidad, a propósito y por accidente.

Eso es lo que más me aterroriza.

*Kayla*

Sostengo la tarjeta de plástico frente a la puerta de la habitación del hotel y la empujo cuando el cerrojo se ilumina en verde. En cuanto estoy dentro, sigo las órdenes y llamo a Pavel.

Es sábado por la tarde y Pavel aún no está aquí porque su jefe no le permitió venir ayer, supongo que tenía un trabajo que hacer. No lo sé, no pregunté, por supuesto. Los negocios están prohibidos. Me llamó esta tarde para decirme que se estaba subiendo a un avión, y que necesitaba venir al Four Seasons y hacer el check-in por él.

—No quiero que esperes en ese vestíbulo excitando a todos los hombres cada vez que cruces y descruces esas piernas tan sexys que tienes —me dijo—. Y no quiero que lleves tu propio bolso. Deja que lo haga el botones. Tómate tu copa de champán, entra en la habitación y llámame cuando estés allí. Con suerte ya habré bajado del avión para entonces.

Contesta ahora. —¿Estás ahí?

—Estoy aquí, Amo.

—Desnúdate. —Parece que está en un coche. Oh Dios, espero que no haya cogido un Uber hasta aquí y que un conductor pueda escuchar.

—¿Es... estás aquí?

—He dicho desnúdate, pequeña esclava. La única respuesta debería ser *sí, Amo*.

La emoción revolotea en mi estómago ante su tono dominante. No sé por qué me encanta que me manden tanto. Tal vez sí necesito terapia, pero en este momento, no me importa. Estoy desesperada por estar con Pavel otra vez. Que esté a cargo de mí, controlándome, haciendo que me someta.

No es que alguna vez tenga que obligarme. No soy el tipo de sumisa que requiere ser domada. Soy una sumisa de servicio, siempre tratando de complacer.

—Sí, Amo.

—Buena chica.

—Em, ¿te vas a quedar al teléfono?

—Sí. Ponme en altavoz mientras te quitas la ropa.

Obedezco, dejando caer el móvil sobre la cama mientras me quito el vestido de punto ceñido que me había puesto. —¿Todo? —pregunto. Sueno sin aliento.

—¿Llevas tacones?

—Botas de tacón alto.

Gime. —Me estoy mordiendo los nudillos, pequeña esclava. Pero quítatelas. Puedes volver a ponerte todo cuando haya terminado contigo. Necesitaré que me muestres el sexy conjunto que elegiste para mí.

—Sí, Amo. —Desabrocho mis botas y me las quito, luego me deshago de mis bragas rojas y el sujetador—. Estoy desnuda, señor.

—Túmbate en la cama, florecilla.

Me arrastro hasta la cama. —¿Boca arriba o boca abajo, Amo?

—Boca… ¿cómo te tumbas cuando te tocas en casa, pequeña esclava?

—Boca abajo.

—Joder.

Me río un poco. No es propio de Pavel expresar su tortura. Muy pocas veces muestra sus cartas. ¿Podría ser que esté empezando a abrirse? ¿A sincerarse?

—Quiero que te tumbes boca abajo, florecilla. Usa una almohada si la necesitas. Y quiero esos dedos entre tus piernas.

—Sí, Amo. —Deslizo una almohada bajo mi pecho y mis dedos entre mis piernas.

—Dime qué sientes.

—Ya estoy mojada, Amo —confieso. Hace unas semanas, no habría podido responderle, pero ha exigido tanto de mí durante nuestro sexo telefónico que he perdido algunas de mis inhibiciones. No diría que ahora puedo hablar sucio, pero al menos puedo responder a sus preguntas.

—Buena chica. Necesito que te mantengas mojada para mí pero *no te corras.*

—Sí, Amo.

—Mantén el móvil encendido para que pueda oírte. Si te corres antes de que llegue, te azotaré con mi cinturón y dejaré ese precioso coño vacío mientras te follo el culo, ¿lo entiendes?

Gimo porque la amenaza casi me hace correrme.

—*¿Lo entiendes?*

—S-sí, señor. Sí, lo entiendo.

—Dime qué estás haciendo.

—Em, me estoy frotando el clítoris con el dedo corazón, señor.

Escucho un gruñido bajo de aprobación. De nuevo, eso es nuevo.

—Bien. Prepara ese coño para mí porque voy a necesitar estar dentro de ti en el segundo que entre en esa habitación.

Vuelvo a gemir.

—*No te corras.*

—No lo haré —digo rápidamente—. Seré buena, Amo.

—Te eché de menos ayer, pequeña flor. Siento no haber podido estar allí para atender tus necesidades.

—Yo... también te eché de menos —es difícil hablar con lo excitada que estoy. El calor se arremolina en mi pelvis, mi clítoris hinchado palpita. Mis pliegues húmedos están empapados y carnosos, ávidos de mi tacto.

No, ávidos de *su* tacto.

—Por favor —murmuro.

—*No* —su voz es cortante—. No te hagas correr.

—No lo haré. Te necesito —gimo.

Oigo el chirrido de unos frenos y luego el golpe de una puerta al cerrarse. —Ese coño me pertenece, florecilla. Me sentiré muy decepcionado si me desobedeces esta vez. Lo digo en serio.

Dejo escapar un pequeño grito y saco la mano de debajo de mí—. ¡No lo haré!

—¿Has dejado de tocarte?

—¿Cómo haces eso? —pregunto, maravillada.

Deja escapar una suave risa. Oigo el timbre de un ascensor. Gracias a Dios. Está cerca.

—Te dije que te tocaras, y eso es lo que quiero que hagas.

Gimo. —Sí, señor. —Deslizo mi mano entre mis piernas.

Otro timbre del ascensor, pero esta vez lo oigo tanto por el teléfono como por el pasillo.

—Abre la puerta. —Su orden es aún más suave, una costumbre que tiene. Cuanto más intensas se ponen las cosas, más suave habla.

Salto de la cama y abro la puerta de golpe.

Sus labios caen sobre los míos en el momento en que entra. Es un beso castigador, su lengua arremetiendo entre mis labios. Inclina la cabeza hacia un lado, luego hacia el otro, y luego vuelve a la primera dirección.

Me hace retroceder hacia la cama, capturando mis muñecas con sus manos. Las levanta por encima de mi cabeza, inclinándose para chupar un pezón.

—¡Por favor! —grito. Ya estoy tan desesperada por correrme.

—*No.* —Suena tan firme que casi parece enfadado, pero sé por la presión de su gruesa erección contra mi vientre que ahora mismo está tan dolorido como yo.

Chupa mi otro pezón en su boca, raspando sus dientes sobre la carne sensible.

—P-por favor. ¡Pavel!

Sus párpados caen. —*Amo.*

—¡Amo!

Me besa de nuevo, todavía sosteniendo mis muñecas muy por encima de mi cabeza. —Me encanta cuando suplicas, dulce flor. Saca mi polla. —Libera mis manos y se pone a trabajar en mis pezones, apretándolos y haciéndolos rodar entre sus dedos.

Trabajo en la hebilla de su cinturón, con los dedos temblorosos. Al abrirlo, desabrocho sus pantalones y bajo la cremallera. Su polla se abulta a través del hueco, esforzándose por liberarse. Empujo sus bóxers hacia abajo para envolver mi mano alrededor de ella. —Amo, ¿puedo chupar tu polla, por favor?

Me deleito en el escalofrío que lo recorre. El pulso de su polla en mi mano.

—Humedécela. —La orden es áspera y profunda.

Me arrodillo, agarrando la base de su polla. Lamiéndome los labios para humedecerlos, acaricio su polla de la raíz a la punta y luego deslizo su glande en forma de champiñón en mi boca. Lo tomo lentamente, saboreando una gota de su esencia salada mientras giro mi lengua en la parte inferior de su longitud.

Entrelaza sus dedos en mi pelo, más una caricia que dominación, pero luego sus palabras salen ásperas. —*Es suficiente.*

Me aparto inmediatamente, mi mirada volando a su rostro para ver si lo he disgustado.

El hambre que veo allí hace que mi corazón se acelere. Está empezando a mostrarse ante mí. Eso, más que cualquier otra cosa que haya hecho jamás, es lo que más me emociona.

—Muéstrame cómo te tocaste antes de que entrara.

Me levanto, curvando mis dedos entre mis piernas, pero él niega con la cabeza y levanta la barbilla hacia la cama.

—E-estaba así, Amo. —Me arrastro sobre el colchón y me tumbo boca abajo, con la mano bajo mis caderas. Saber que me está mirando convierte esto en un juego diferente. Separo más las piernas para darle una vista, arqueo mi trasero en el aire.

Estoy increíblemente mojada, muriéndome por tenerlo dentro de mí.

—Eso es bonito. *Gospodi*, eso es jodidamente hermoso, Kayla. —Trepa sobre mí—. Paso cada fin de semana memorizando lo *jodidamente hermosa* que te ves cuando obedeces a tu amo.

Mi cuerpo vibra por todas partes con la emoción de su elogio. Muevo mis caderas contra mi mano, mostrándole cuánto me excita complacerlo. Tenerlo mirándome.

Oigo el tintineo de su cinturón y el crujido de su ropa, y luego se sube sobre mí y arrastra la cabeza de su polla a través de mis fluidos. Frota alrededor de mi clítoris y mis dedos literalmente se curvan, los arcos elevándose con placer.

—Gracias por cuidar de mi coño hasta que llegué. —Empuja con un solo movimiento suave, enterrándose profundamente.

Grito, arqueándome con el delicioso placer.

—Voy a pasar el resto de la noche manteniéndola húmeda y satisfecha yo mismo. —Se retira suavemente y luego empuja profundamente de nuevo.

Gimo suavemente. Todo se siente diferente esta noche. Pavel está diferente, menos reservado. Su pasión no está tan contenida ni controlada. Muevo mis caderas hacia atrás para recibirlo más profundamente.

Aumenta la velocidad, su respiración ya entrecortada, su necesidad evidentemente tan desesperada como la mía. Se apoya en una mano junto a mi cabeza y sujeta mi nuca para mantenerme en mi lugar con la otra mientras me monta dura y rápidamente.

—Pavel… Amo —jadeo, precipitándome ya hacia el final.

—Te correrás cuando yo lo haga —gruñe, y puedo notar por su voz áspera lo cerca que está.

—¡Sí! —grito.

Entra y sale de mí rápidamente mientras la habitación da vueltas. Quiero que dure para siempre. Necesito que llegue a su fin. Mis músculos se tensan alrededor de su polla.

—No te corras sin mí —me advierte, embistiendo más rápido.

—No lo haré —prometo, pero no estoy segura de poder cumplirlo. Aunque no importa porque él está casi allí. Sus embestidas se vuelven rudas y salvajes, y entonces empuja profundamente y grita.

Me corro, apretando su polla con mis paredes internas en pequeñas pulsaciones mientras las olas de placer se extienden desde mi centro hasta mis dedos.

Pavel cubre mi cuerpo con el suyo, besando mi nuca, su aliento caliente rozando mi oreja. —Te he echado de menos —dice.

Es la segunda vez que lo dice. El hombre que nunca me comunica nada sobre sus propios sentimientos.

Me estoy enamorando profundamente de este hombre con quien no puedo tener un futuro. Este hombre que vive con Sasha y que va a volver a Rusia.

El dolor cuando esto termine va a ser exponencial.

Espero ser lo suficientemente fuerte para soportarlo.

*PAVEL*

Entierro mi rostro en el cabello de Kayla y respiro su aroma a flores primaverales. Pronto, si todo sale bien, estos momentos con ella no se sentirán como un robo. Como otra ley que he quebrantado. Está empezando a parecer posible que Kayla pueda ser verdaderamente mía. No solo mi sumisa, sino completamente mía.

Cuanto más me permito ver la posibilidad de que eso suceda, más ligero me siento.

Es una locura, esta sensación de flotar.

El teléfono de Kayla suena y ella gime. —Lo siento, Amo, no silencié el timbre.

Le mordisqueo la oreja. —Eso es porque estabas hablando conmigo con él —le recuerdo—. ¿Necesitas revisarlo? —Alargo la mano. Está en algún lugar de la cama cerca de nuestras rodillas. Encontrándolo, compruebo la pantalla mientras se lo doy—. Jagger Mason.

—No —dice ella, deslizando el dedo hacia la izquierda en la pantalla. Me retiro de ella, y se da la vuelta debajo de mí.

—¿Quién es este hombre al que tengo que matar por tener tu número?

La risa ilumina su bonito rostro. —Dios mío, ¿acabas de hacer una broma?

Lanzo el móvil lejos de nosotros. —Depende.

Ella sigue sonriendo. —Él dirige las promociones en las que trabajamos. Ya le dije que no podía trabajar esta noche. No sé por qué está llamando.

—Podría matarlo por ti —ofrezco.

Ella se ríe. El sonido musical entra en mi pecho y rebota, iluminando cada sombra oscura allí.

Le sonrío, absorbiendo toda su dulzura.

Su móvil suena de nuevo.

—Lo mataré ahora —le digo, alcanzándolo. La pantalla muestra: Kimberly.

—Es Kimberly. Tu compañera de piso, ¿no?

Ella frunce el ceño y alcanza el teléfono, así que me levanto y se lo entrego. Se sienta, el surco entre sus cejas profundizándose mientras responde a la llamada. Voy al baño para lavarme las manos y la cara.

—Oh, Dios —gime Kayla al teléfono, caminando hacia la puerta del baño—. No sé, quiero decir, Pavel acaba de llegar y solo tiene una noche. Déjame preguntarle.

Mientras me seco las manos, escucho el sonido metálico de la voz de Kimberly desde el otro extremo del teléfono. —¿Por qué tienes que preguntarle? ¿Es realmente tan controlador? Vamos, eres adulta. Puedes tomar esta decisión por ti misma y *decirle* lo que decidas.

No soy de los que se toman las críticas como algo personal, así que no me importaría una mierda, excepto que veo el efecto de las palabras de Kimberly en la cara de Kayla, y quiero golpear la pared. Se ha puesto pálida, con los ojos muy abiertos. Parece que casi está enferma del estómago. Cristo, *¿ella* piensa que soy demasiado controlador?

Supongo que lo soy porque me acerco a su espacio y le cojo los codos. —Dile que la llamarás más tarde —murmuro.

—Te… te llamaré después —dice ella al teléfono.

Oigo a Kimberly protestando, pero Kayla termina la llamada, mirando el móvil, casi como si le tuviera miedo.

—¿Qué pasa? —Le quito el teléfono y lo dejo en el lavabo del baño.

—Supongo que el evento en el que están trabajando esta noche va a estar abarrotado, y necesitan más ayuda. Kimberly dice que Jagger dijo que si no me presento esta noche, estoy despedida y no podré hacer más promociones con ellas. —Me mira, como evaluando mi respuesta.

Intento evaluar la suya. —Pero tú no quieres trabajar esta noche.

Ella extiende las manos. —Bueno, no. Quiero decir, solo estás aquí una noche. Este es nuestro tiempo juntos.

—Así que no vas —digo. Soy su dominante, y ella me está mirando para que tome esta decisión. Si le ayuda que yo sea el malo, puede hacerlo; definitivamente no me importa una mierda.

Pero su expresión se vuelve más angustiada. Se desploma. —No sé, no quiero defraudar a mis amigas. Quiero decir, creo que una de las razones por las que no les caes bien es porque me echan de menos. Ya nunca trabajo con ellas. — Parpadea conteniendo las lágrimas.

—¿No les caigo bien? —Joder, ¿por qué es la primera vez

que oigo hablar de esto? Por supuesto, es totalmente mi culpa. Nunca hice el más mínimo intento de preguntar por sus compañeras de piso. O conocerlas. Cristo, podría haber hecho un intento. Nunca he visto ni siquiera su apartamento.

De repente me parece una omisión importante. ¿Cuántas más he cometido?

Sacudo la cabeza. —No importa. —Le sujeto los hombros —. ¿Qué quieres hacer, Kayla? Soy un adulto, no me enfurruñaré si necesitas ir a trabajar. Puedo llevarte hasta allí; alquilé un coche esta vez.

Ella me mira con sus grandes ojos. Esos que se clavan en mi cara como si yo fuera el dios que acaba de encender la luna. —¿E-estaría bien? Quiero decir, has volado hasta aquí, y ahora estoy arruinando…

—No está arruinada —la interrumpo, apartándole el pelo de la cara.

La esperanza brilla en sus ojos. —Podrías pasarte por allí… quiero decir, si te apetece. Es un evento privado en una discoteca, pero estoy segura de que podría conseguirte entrada. O, probablemente sería aburrido para ti…

—Claro.

Sus ojos se abren sorprendidos. —¿Vendrías?

—Por supuesto. Quiero verte trabajar.

—¡Genial! —Ahora está feliz. Iluminada como un árbol de Navidad de pura alegría sin filtrar. Alcanza su móvil para llamar a su compañera de piso.

Algo de lo que sé muy poco pero que está empezando a calar. Kayla es feliz por poder ir a trabajar y que yo la acompañe. No, no es eso. Se trata de que le gusta complacer. Está feliz porque no ha tenido que decepcionar ni a mí ni a sus compañeras.

Me pregunto si ella misma sabe lo que *realmente* quiere.

Me propongo averiguarlo. Eso es lo que hace un buen dominante. Eso es lo que hace un *novio*.

Ella y Kimberly hacen los arreglos, y Kayla acepta encontrarse con ellas en el local en cuarenta minutos.

La atrapo con mi brazo alrededor de su cintura cuando se lanza hacia la ducha. —No, florecilla. Si vas a estar sirviendo a otros hombres esta noche, quiero que huelas a mi semen.

Se le corta la respiración.

Le doy una palmada en el culo desnudo. —Quiero que mis huellas estén en tu piel y que tu coño esté lo suficientemente dolorido como para que recuerdes que ya he estado profundamente dentro de ti esta noche y que mañana por la mañana, voy a ponerte del revés.

Deja escapar un suave gemido de deseo, y le mordisqueo la oreja. —Te quiero —murmuro.

Ya está. Lo he dicho. Es la verdad, pero me resultó difícil admitirlo en voz alta la primera vez. Ahora lo he asumido, igual que asumí el poseerla a ella.

Ella gira en mis brazos pero entierra su cara contra mi pecho, como si fuera demasiado intenso mirarme. Me muerde el pectoral, y yo me río con ganas.

Yo.

Riendo.

El amor definitivamente me está cambiando.

—Vístete —le digo, apartándola suavemente. Le doy otra fuerte palmada en el culo porque lo dije en serio cuando mencioné que quería mis marcas en ella.

No es que no las quiera siempre allí.

Pronto, si puedo conseguir que todo encaje, llevará esas marcas todos los puñeteros días y noches.

# CAPÍTULO 15

*K* *ayla*
 Llego a la discoteca, que ha sido reservada para el evento privado, justo a tiempo. La promoción consiste en conseguir inscripciones para consultas de seguros, lo que probablemente explica por qué Chuck no pudo encontrar a nadie para sustituirme. Personalmente, creo que el concepto es deficiente. Vale, puedo convencer a un tío para que se apunte porque soy mona, llevo una camiseta ajustada y le presto atención, pero la probabilidad de que no se presente a la cita que concierta parece muy alta. ¿Qué incentivo tendría para reunirse con ellos?

Pero ese no es mi problema. Nos pagan una tarifa fija más una bonificación por cada cita concertada, así que estos estúpidos eventos pueden ser lucrativos. Simplemente estoy mil veces agradecida de que Pavel estuviera dispuesto a acompañarme. No quiero estar separada de él ni un minuto. No cuando solo tiene veinticuatro horas en la ciudad.

Especialmente no cuando acaba de decirme que me quiere.

*¡Me quiere!*

Todavía estoy flotando.

No es que cambie nuestras circunstancias. Pero aún así hace que mi alma cante, el saber que siente lo mismo que yo.

Pavel aparca su coche de alquiler en el estacionamiento, y salimos. Kimberly, Ashley y Sheri están bajando del Mini Cooper de Ash al mismo tiempo, y Ashley saluda con la mano y grita.

Devuelvo el saludo y corro hacia ellas, luego me detengo, dándome cuenta de que estoy siendo descortés con Pavel.

—Lo siento —digo, volviendo hacia él.

—No necesito que me cuides. —Hay indulgencia en su tono, el tipo que normalmente solo escucho después de que me ha hecho pasar por una larga noche de tortura, y es hora de los cuidados posteriores. Pero ha sido más abiertamente cariñoso desde que llegó esta noche.

Me hace sentir como si pudiera volar.

Le dedico una sonrisa y corro hacia mis amigas, bueno, lo mejor que puedo correr con mis botas de tacón alto.

—Aquí está tu camiseta. —Sheri me lanza un top corto rosa intenso con el nombre de la compañía de seguros en letras negras sobre las tetas—. También te he traído una falda, porque no sabía qué ibas a llevar.

Llevo el vestido de punto, así que es bueno que haya traído la falda. Excepto que veo a Pavel fulminando con la mirada la minifalda corta de cuero sintético negro.

Maldice en ruso en voz baja.

—Este es Pavel —digo alegremente, aunque obviamente ya lo han adivinado—. Pavel, estas son Kimberly, Ashley y Sheri.

Él estrecha la mano de cada una, su mirada fría y evaluadora recorriendo cada uno de sus rostros. Sé que escuchó lo que Kimberly dijo por teléfono antes sobre él, y todavía me estoy encogiendo por ello. No es que Pavel parezca el tipo de persona que se ofende fácilmente, pero deseo... quiero... que se lleven bien. Pero Pavel no es como el marido de Sasha, Maxim, el tipo que encanta a las mujeres con su comportamiento poderoso pero benévolo. Pavel es Pavel: el chico malo con un aire peligroso y una sonrisa que tienes que esforzarte mucho por conseguir.

Puede que mis amigas no vean lo que yo veo al principio.

Con suerte, lo verán eventualmente.

Entramos, y le digo a Chuck que tengo que cambiarme pero estaré lista en unos minutos. En el baño, me quito el vestido de punto y me pongo el top ajustado y la minifalda. Paso las manos por mi trasero, recordando el escozor del azote de Pavel. Las palabras posesivas que gruñó en mi oído sobre oler a su semen.

Mis pezones se endurecen y rozan contra mi sujetador.

En la sala, el lugar ya está empezando a llenarse. Pavel está en la barra con un vaso alto con un líquido transparente, vodka, supongo.

Se me ocurre que no sé cuál es su favorito. Ni siquiera lo que le gusta comer, más allá de la comida del servicio de habitaciones. Hay tantas cosas que no sé sobre él.

¿Llegaré a aprenderlas alguna vez? Esta noche, por alguna razón, tengo la esperanza de que lo haré. Esta noche, todo se siente abierto. Diferente.

Me reúno con Chuck para obtener mi agenda de citas y mi asignación, y salgo a la multitud. Es algún tipo de convención de jóvenes empresarios, quién sabe exactamente qué, pero básicamente el lugar está lleno de tipos blancos que se creen importantes vistiendo trajes, todos parecen recién salidos de la universidad. Por la forma en que están atacando la barra libre, podrían estar todavía en la universidad.

En un par de horas, estos tíos se pondrán muy sobones. Ya he visto este tipo de escenas antes.

Echo un vistazo a Pavel, complacida de encontrar que me está observando con esa intensidad que envía descargas de calor a mi centro. Me dirijo a la multitud, mezclándome con los hombres, charlando con ellos, ingresando sus números de teléfono en mi sistema para las citas. Adondequiera que voy, la atracción inexorable de la mirada de Pavel me sigue, una conexión invisible entre nosotros que él podría usar para atraerme de nuevo a su lado con un suave tirón.

Pero no tira de mi correa. No se enfurruña por el giro de los acontecimientos, aunque yo quiera hacerlo. Ahora que estoy aquí, estoy enfadada con mi decisión de venir. Este trabajo ha sido una gran manera de pagar el alquiler durante el último año, pero no es como si fuera algo para enriquecer el currículum o un lugar para conocer gente influyente. Simplemente me sentí presionada por Kimberly, tal vez porque estaba juzgando mi relación con Pavel.

El hecho de que mis compañeras de piso piensen que estoy en una relación poco saludable me preocupa, pero tampoco entienden el morbo. Sasha lo comprende más, pero está bastante lejos de lo normal. Se crio en la bratva. Su padre era tan medieval que arregló su matrimonio.

Cuando considero cosas como llevar a Pavel de vuelta a Wisconsin para presentarlo a mis padres, es bastante difícil de imaginar.

Lo que tenemos no es normal.

Pero, ¿no está sobrevalorado lo normal?

A la mitad del turno, pierdo mi impulso. Normalmente trabajo en estos eventos como si me estuvieran calificando y tuviera que sacar sobresalientes en toda mi libreta de notas, pero esta noche no veo el sentido. Estos clientes son unos cretinos, y el cliente para el que trabajamos es muy cutre por usar chicas guapas para vender su estúpido producto de seguros. Probablemente sea algún tipo de estafa, de todos modos.

O tal vez es solo que al medir la importancia de hacer bien este trabajo en comparación con la importancia del hombre que pacientemente me espera en la barra, no hay comparación. Además, ahora tengo un trabajo de verdad. Fui a la oficina de Lara y firmé el contrato. Ahora soy oficialmente una actriz profesional. De todos modos, pronto dejaría este trabajo. No tendré tiempo con la grabación del programa.

Cuanto más lo pienso, más me molesta estar aquí. No es que vaya a marcharme esta noche. Tengo una ética laboral demasiado fuerte para eso. Pero ahora sé que tomé la decisión equivocada, y Pavel y yo estamos pagando por ello.

—Eh —oigo la voz cortante de Pavel, y me giro para ver a algún imbécil ebrio apretando el trasero de Kimberly como si fuera masa que necesitara ser amasada. Pavel se apoya contra la barra, con una apariencia engañosamente relajada —. Quita las manos de las mujeres.

Mis tacones resuenan mientras camino rápidamente hacia allí, aunque ni Pavel ni Kimberly necesiten mi apoyo.

—¿Qué eres tú, su chulo? —resopla el idiota, pero ya ha soltado el trasero de Kim.

—Soy el tipo que te va a hacer tragar tus dientes si no le pides disculpas.

Kimberly no es como yo. No huye de las confrontaciones. Se cruza de brazos y ladea la cabeza expectante.

El tipo mira de Pavel a Kimberly.

—Lo siento —dice, sin sonar muy sincero.

Kimberly golpea su mesa con la cadera, derramando la bebida del tipo en su regazo—. Ups. Yo también lo siento. —Camina con contoneo hasta donde estoy junto a Pavel—. Gracias —le dice a Pavel y luego me da un codazo—. Deberíamos traerlo a todos los eventos.

—Sí, creo que este será mi último evento —le digo—. No me siento a gusto.

Kimberly suspira profundamente. —Sí, este es un asco. Siento haberte hecho sentir culpable para que vinieras. —

Señala con el dedo a Pavel—. No vayas a castigarla por esto o lo que sea que hagas.

A mi lado, Pavel se queda muy quieto.

Mi cara se ruboriza. —*Kimberly.*

Ella se encoge de hombros. —Lo que sea. Adultos que consienten y todo eso. —Pone los ojos en blanco y nos deja.

—Lo siento —gimo.

La garganta de Pavel se contrae. Veo ese tormento que vi en sus ojos aquella noche en el balcón.

—Oh Dios. No le hagas caso. Ella no lo entiende, ¿vale? Sabemos que lo que tenemos es perfecto. —Presiono mi cuerpo contra el suyo—. Es increíble.

Él es característicamente difícil de interpretar.

—Me excité cuando la defendiste —murmuro en su oído.

El brazo de Pavel rodea mi espalda. Un músculo se mueve en su mandíbula. —Esto ha sido difícil para ti... nuestra relación.

—No lo ha sido —respondo inmediatamente—. No lo es.

—Hay consecuencias por mentir, florecilla.

Tiene razón. Es difícil, pero no de la forma que él piensa. Lo difícil es la montaña rusa de cercanía y separación. Despegarme del suelo cada lunes después de que él vuelva a casa.

Una casa donde vive con personas que lo conocen infinitamente mejor que yo.

Lo difícil es saber que todo es temporal, incluso lo poco que tenemos. Él se mudará a Rusia y me dejará atrás.

Y por alguna razón, ese final, que parecía lo bastante lejano cuando me lo dijo, ahora siento que se aproxima cada vez más rápido. Porque cuanto más me enamoro, más aterrada estoy por nuestro inevitable final.

# CAPÍTULO 16

*P**avel*

El lunes concerté una cita con un agente inmobiliario en Los Ángeles para ver edificios de apartamentos y pasé todo el día investigando precios de alquiler y haciendo números. Kayla ocupa mi mente todo el tiempo, pero no son las habituales imágenes mentales de Kayla. Todos los momentos del fin de semana en los que quemó mis retinas con su increíble belleza.

Hoy estoy pensando más en la totalidad de Kayla. Sus amigos, su carrera, su vida. Hasta que la vi trabajando en esa promoción y escuché el juicio de su compañera de piso sobre nuestra relación, no había notado lo que no sabía. No me había molestado en insertarme en la vida de Kayla, simplemente la había tomado prestada de la suya.

¿Y ahora pienso que me voy a mudar a Los Ángeles y todo va a salir bien? No, anoche me di cuenta de que tengo trabajo por hacer. Trabajo en áreas de las que no sé una mierda. Pero lo averiguaré. Es lo que hago.

Mi móvil suena y miro la pantalla. Me sorprende ver que es Kayla. No nos llamamos mucho, especialmente durante el día. Normalmente es para sexo telefónico antes de dormir y un arrullo virtual.

Una punzada de preocupación surge en mi mente mientras contesto. —Hola, preciosa.

Kayla sorbe por la nariz. Mis dedos se cierran en un puño, y la mano que sostiene el teléfono casi lo aplasta.

—¿Qué ha pasado? —Si es Ensign, mataré al cabrón antes del anochecer.

—No, no, no es nada de eso. Es solo… un *subdrop*, creo.

Joder. Ni siquiera habíamos jugado tan duro ayer. Después de dormir hasta tarde, la había atado, le había dado unos azotes. La hice correrse una docena de veces, y luego tuve que ir al aeropuerto para volver aquí. Ella no había llorado. No había forzado sus límites de dolor o resistencia.

—Oh, *malysh*. Ojalá estuviera allí para abrazarte. —La desesperación por detener esas lágrimas me hace levantarme y dar vueltas por mi dormitorio—. ¿Te ha pasado esto antes?

Otro sorbo. —Sí. Los lunes son difíciles para mí. Aunque no suele ser tan malo. Por eso te llamé. Solo necesitaba oír tu voz.

Mi pecho arde como si me estuvieran arrancando los pulmones. No tenía ni idea de que estaba pasando por esto.

—¿Dónde estás?

—En mi habitación. Hoy ni siquiera me he levantado de la cama. Pero necesito recomponerme porque se supone que esta noche tengo que ir al estudio para conocer a parte del reparto.

—¿Has comido, florecilla?

Otro sorbo. —No.

—Vale. Tu química cerebral necesita equilibrarse. Levántate de la cama, pequeña flor.

—Sí, señor. —Su voz aún está llorosa, pero la oigo moverse.

—Ve y abre la ducha bien caliente. —Espero hasta que

oigo correr el agua—. Ahora quiero que te duches, te vistas y te prepares algo para comer. Desayuno o almuerzo. Lo que te apetezca. Llámame cuando termines.

—Vale.

—Buena chica.

—Gracias, Amo.

Cuelgo y lanzo mi móvil contra la pared. Rebota y cae al suelo con unos cuantos botes más. Lo ignoro y paseo por la habitación, clavando los dedos en mi pelo.

Maldita sea.

Soy malo para Kayla.

No es de extrañar que sus compañeras de piso piensen que hay algo malo en nuestra relación. Si nuestro tiempo juntos la deja llorando y deprimida después, no puede estar bien. No soy mejor que mi padre. Sí, nuestro juego puede ser consensuado, pero soy un monstruo, de igual manera. Me gusta hacer daño a la mujer que amo. ¿Qué coño me pasa?

Recojo mi teléfono y agarro mi abrigo. Sin hablar con Ravil, sin decirle a nadie que me voy, salgo.

Mi pequeña esclava me necesita, y eso es lo único que importa.

*Kayla*

Me preparo un sándwich de mantequilla de cacahuete y mermelada y me sirvo un vaso de leche. Comida reconfortante total. Me siento a la mesa y me obligo a dar una mordida al sándwich y luego trago el pegajoso bocado con un sorbo de leche.

—¿Estás enferma? —pregunta Ashley, entrando en la cocina.

—No. —Inmediatamente empiezo a llorar de nuevo.

—Oh, mierda —dice, abandonando su incursión en el

refrigerador para volar hasta la mesa y sentarse a mi lado—. ¿Qué ocurre? ¿Has roto con Pavel?

Niego con la cabeza. —No. Solo lo echo de menos.

Me estudia. —Esta relación a distancia te está destrozando, ¿verdad?

—No lo sé. Tal vez. Aunque creo que es solo el *subdrop*.

—¿Qué es eso?

—Bueno, durante una escena intensa de BDSM, se liberan todas estas endorfinas y sustancias químicas que te hacen sentir bien, y experimentas un subidón. Pero a veces causa un gran bajón después. Tu cuerpo tarda un tiempo en reiniciarse y equilibrar las cosas. Pavel suele estar ahí para abrazarme y darme un poco de chocolate o una comida y acurrucarse conmigo hasta que me siento mejor. Pero a veces me golpea después de que se ha ido, y simplemente estoy... deprimida.

—Oh, cariño. Esto no es bueno, Kayla. ¿No tienes tu primera reunión en el estudio esta noche?

—Lo sé —gimo—. Por eso estoy tratando de recomponerme.

—Lo harás —promete, aunque veo la compasión y la preocupación traspasando su expresión—. Estoy segura de que lo harás. Pero... no puedes dejar que esta relación afecte a tu carrera. Ya ha tomado el control de tu vida; quiero decir, ya ni siquiera te vemos por aquí. Cuando estás, te encierras en tu habitación teniendo sexo telefónico con él. Y todo este concepto de cederle todo el control... simplemente no lo entiendo.

Me levanto de la mesa, con el sándwich sin comer. Puede que Ashley no me esté haciendo sentir mejor, pero me está cabreando, lo que es mejor que estar deprimida. —Sé que no lo entiendes. Ninguna de vosotras lo entiende, ¡y eso me está haciendo todo más difícil! —exclamo. Sí, puede que esté revolcándome un poco en la autocompasión en este momento.

—Espera, espera. Lo siento. Te juro que no te estoy criticando. Solo estoy preocupada por ti. Todas lo estamos. —Me atrae de nuevo, y como ya estoy desmoronándome, caigo en sus brazos para un abrazo.

—Estoy bien. Soy feliz con Pavel. Sé que ahora no lo parece, pero lo soy. Nos estamos acercando más. Ahora es más que solo sexo. Creo que en realidad puede ser por eso que esto se está volviendo más difícil.

—¿Porque no puede ser tu novio? —pregunta suavemente.

Me erizo. —Es mi novio. Solo que no puede estar aquí. Y se muda a Rusia. —Mis hombros se hunden.

—No sé, Kay. Desde fuera, parece que esto realmente te está haciendo daño.

Me seco las lágrimas. —No es así. —Respiro entrecortado.

—¿Me prometes algo?

—¿Qué? —pregunto.

—Que pondrás un límite si esto afecta a tu carrera.

—No lo hará.

—Prométemelo ahora. Si lo hace, terminarás la relación. No quiero verte tirar por la borda todo por lo que has trabajado tan duro.

—Te lo prometo. —Pavel nunca interferiría en mi carrera. Sabe cuánto significa para mí.

Mi móvil sobre la mesa suena con un mensaje, y me acerco para mirarlo. Es de Pavel. *Te estoy esperando.*

Oigo las palabras en su voz dominante, esa que me hace estremecer. Cojo mi sándwich y me lo como entero mientras estoy de pie, sin importarme que Ashley siga observándome.

—Pavel dijo que tenía que comer —explico.

—Bueno, me alegro —dice Ashley—. Me alegra que se preocupe por ti.

Asiento, aliviada de haber decidido llamarle. No quería parecer dependiente, desesperada o rara, pero simplemente... lo *necesitaba*. Cuando termino mi sándwich, me bebo la leche de un trago y lo llamo.

—¿Has comido? —pregunta.

—Sí, Amo —murmuro, agachando la cabeza y hablando en voz baja para que Ashley no me oiga, aunque ya me ha escuchado antes.

—Buena chica. ¿Cómo te sientes ahora?

—Un poco mejor.

—Quiero que te pongas unos zapatos y salgas a dar un paseo.

—Em, vale —digo, dirigiéndome a mi habitación para ponerme unas zapatillas. Me pongo mi chaqueta vaquera y me dirijo a la puerta—. Bien, ya salgo.

—Bien. Voy a pasear contigo, florecilla, y quiero que me cuentes lo que ves. ¿Qué hay de bonito ahí fuera en tu paseo, aparte de ti?

Me río suavemente, empezando a sentirme reconfortada. —Oh. Em... vale. Bueno, ahora mismo estoy en el ascensor.

—¿Qué hay de bonito?

¿Qué hay de bonito... en un ascensor? Miro alrededor, viéndolo con una nueva perspectiva. —Bueno, está limpio. Bastante básico. Pero siempre funciona bien. Huele a limones.

—¿A limones?

—Sí. Debe ser el producto de limpieza. Pero es agradable. —Las puertas del ascensor se abren y salgo—. Hay una palmera frente a mi edificio, y ha soltado parte de su corteza. —Me detengo sobre el trozo de corteza y lo miro fijamente —. Tiene forma de corazón. —Inclino la cabeza—. En realidad, se parece un poco a un corsé que ha sido rasgado por un amante.

—Mmm. Un amante brusco.

—Sí. —Sigo caminando, buscando algo más que comentar. Me fijo en las jardineras de hormigón al final de la acera y me acerco para examinar las plantas.

—¿Te gusta que sean bruscos, *malysh*?

—Sí. —Acaricio la hoja verde rayada de la planta colgante que crece dentro, contrastando con las hojas púrpura de una tradescantia. Continúo caminando, observando a una mujer que empuja un carrito al otro lado de la calle. —Veo a una niña pequeña con pantalones rosas y pies inquietos —informo—. Y tiene pequeños zapatos Crocs en los pies.

—Hmm. ¿Qué más?

—Un jacarandá. Mi favorito.

—¿Cómo es?

—Tiene preciosas flores púrpuras. Están floreciendo ahora.

Continuamos nuestro paseo, yo buscando y nombrando todas las cosas bonitas de mi barrio, hasta que doy la vuelta a la manzana frente a mi casa.

—¿Cómo te sientes ahora, florecilla?

—Mejor —digo. Es verdad. Me siento mejor. Estoy tranquila y serena ahora. El acto de buscar la belleza, o quizás simplemente percibir el mundo que me rodea en lugar del tumulto interior, me ha traído paz. Puede que no sea mi habitual yo, activa como un conejito de Duracell, pero ciertamente me siento centrada.

—¿A qué hora tienes que ir al estudio?

—No hasta esta noche. Están grabando hoy pero quieren que pase por allí para una reunión del reparto a las seis.

—¿Qué puedes hacer para sentirte bien esta tarde?

Reflexiono sobre la pregunta buscando una respuesta. —

Creo que iré a comprar comida. Y quizás limpie mi habitación.

—¿Eso te haría sentir mejor?

—Sí.

—De acuerdo. Mándame un mensaje cuando hayas terminado con esas cosas.

Un soplo de calidez llena mi pecho. —Lo haré. ¿Pavel?

—¿Sí, florecilla?

—Gracias.

—*YA lyublyu vas.*

—¿Qué significa eso?

—Te quiero. —Cuelga antes de que pueda responder. Sostengo el móvil contra mi pecho, con los ojos llenos de lágrimas.

Esto que tenemos juntos no puede estar mal.

Sé que no está mal.

*PAVEL*

*¿Dónde estás, Pavel? Estás en un buen lío conmigo.*

Ignoro el mensaje de Ravil y toco el timbre del apartamento de Kayla en el cuarto piso. Debería haber visitado su apartamento antes de hoy. Ese hecho hace que apriete los dientes con autodesprecio mientras espero una respuesta. Es otro indicador más de que no estoy capacitado para ser un buen novio.

Kimberly abre la puerta, y no está impresionada con mi llegada. No es que esperara que lo estuviera. Coloca una cadera y me examina, echándose el largo cabello oscuro sobre un hombro. —Tío, ella no necesita esta distracción ahora mismo.

Paso a su lado y entro en la sala de estar, mirando alrededor del espacio desordenado pero acogedor.

—¿Sabes que se supone que debe ir al estudio esta noche, verdad? Por su nuevo papel.

La ignoro. —Kayla. —No alzo la voz, ni pongo un signo de interrogación al final. Ese no es mi estilo.

Una puerta se abre de golpe. —¡Pavel!

Los dos segundos que tarda en cruzar corriendo la habitación y envolver esas piernas delgadas alrededor de mi cintura quitan todo el oxígeno de la habitación. La abrazo fuerte, cerrando los ojos y respirando su aroma a prado primaveral.

—Florecilla —murmuro.

—¿Qué haces aquí?

—Tenía que asegurarme de que estabas bien. ¿Lo estás?

Levanta la cara de donde la tenía enterrada en mi cuello. —Ahora sí lo estoy.

—Gracias a Dios. —La llevo de vuelta a su dormitorio y cierro la puerta de una patada—. Déjame verte. —La recuesto en la cama. Parece una diosa con su pelo ondulado en suaves ondas y un maquillaje que le da un aspecto fresco y radiante —. Estás preciosa, florecilla. ¿Estás lista para tu reunión de esta noche? —Intento bajarla al suelo, pero sigue aferrada a mí como un koala. Tan adorable.

—Sí.

—¿Cuánto tiempo tienes antes de que tengas que irte?

—El suficiente para que me recuerdes a quién pertenezco.

Me río. Una risa genuina y sincera. Porque esas palabras son como música para mis oídos. Pero no voy a dominarla hoy. Ya ha tenido suficiente de eso. Esta tarde voy a hacer algo que nunca he hecho antes: hacerle el amor.

Me quito los zapatos y me coloco sobre ella, fundiendo mi boca con la suya. —Ya sabes a quién perteneces —susurro, envolviendo suavemente mi mano alrededor de su garganta, acariciándola con el pulgar—. ¿Verdad?

—Sí, Amo.

—No necesito recordártelo. —Trazo un sendero de besos por el lado de su cuello y a través de su clavícula hasta el hueco en la base de su garganta—. Necesito recompensarte.

Ella deja escapar un suave suspiro mientras deslizo una mano bajo su camisa y su sujetador para acariciar su pecho. Rozo suavemente su pezón con el pulgar. —No te he recompensado lo suficiente, ¿verdad?

Ella emite un pequeño sonido de satisfacción.

Le quito la camisa por la cabeza y desabrocho su sujetador por la espalda. —¿Verdad, florecilla?

—N-no lo sé.

—¿Qué tipo de recompensas te gustan? —Le desabrocho los vaqueros ajustados y se los quito, luego agarro los lados de sus bragas y deposito un beso en su monte de Venus antes de empezar a bajarlas lentamente.

—Tú. —Extiende las puntas de sus dedos para rozar los míos antes de que esté fuera de su alcance—. Solo tú, Pavel.

Lanzo las bragas al suelo junto con el resto de la ropa y deslizo mis manos detrás de sus rodillas para levantarlas. —Así que el spa no dio en el blanco.

—Eso también me gustó. Me gusta todo lo que haces.

—No *todo* —desafío mientras bajo la cabeza entre sus piernas y la saboreo con mi lengua.

Ella jadea, apretando las piernas alrededor de mis hombros, levantando la pelvis de la cama. La sujeto y recorro lentamente con la punta de mi lengua el interior de sus labios.

—Todo —insiste. Es mentira, pero dejaré que lo crea por el momento. Es su fantasía, ¿por qué estropearla?

Encuentro su clítoris y lo rodeo con mi lengua, luego uso mi dedo para frotarlo mientras subo a chupar su pezón. —¿Cómo quieres correrte, florecilla? —pregunto mientras dejo un pezón para chupar el otro—. ¿Con mis dedos? ¿Con mi lengua? —Normalmente no le dejo estas opciones, eso es parte de nuestro juego, pero hoy quiero ser yo quien sirva. Oírla llorar esta mañana rasgó un agujero en el tejido con el que he construido esta fantasía nuestra. La necesidad de arreglar lo que he hecho, de sanar lo que está roto, es más importante para mí que cualquier otra cosa. Hoy, solo quiero dar placer a mi hermosa esclava, hacerla sentir bien.

—Con tu polla, Amo.

—¿Necesitas que esté dentro de ti?

—Sí, por favor.

Retraso mi propio placer, acariciando y besando cada centímetro de su piel antes de finalmente liberar mi dura erección y darle lo que necesita. Lo que ambos necesitamos.

Cuando termina, la lleno de más besos, luego cojo una toallita húmeda para limpiarla. —¿Te sientes mejor, florecilla?

—Sí. Mucho mejor.

—Bien. Vamos a prepararte para tu reunión en el estudio. ¿Puedo llevarte allí? ¿Qué puedo hacer para ayudar?

Ella baja de la cama y acepta la ropa que le voy dando, pieza por pieza, del suelo. —¿Te quedas esta noche?

Dudo, con el mensaje de Ravil quemando en mi móvil. Necesito aclarar las cosas con él, averiguar sus condiciones para dejarme mudar. Entonces podré estar con Kayla a tiempo completo. No tendremos la violencia de separarnos y volver a unirnos semana tras semana. —Veré si puedo. Me quedaré hasta después de tu reunión con toda seguridad. Sé que hay un vuelo tarde que sale de aquí.

—Genial —dice suavemente, poniéndose los vaqueros de diseñador y la bonita camisa.

—Ahora, ¿qué hay de la comida? —Inclino la cabeza hacia la puerta—. ¿Puedo invitarte a salir?

Su sonrisa podría iluminar un estadio por la noche. —Sí.

Tendremos que hacerlo rápido, pero sería perfecto. Después podrías dejarme en el estudio.

Ravil puede esperar. Ahora mismo, lo único que importa es Kayla.

# CAPÍTULO 17

*K*ayla
        Una joven y guapa asistente de estudio con enormes gafas de montura negra y una coleta alta me recoge en el vestíbulo principal y me escolta a través del gigantesco edificio que debe tener al menos ochocientos metros cuadrados. La directora de *Bad Boys* es Lottie James, una bellísima mujer afroamericana que irradia tanto calidez como poder.

—Es un honor conocerla. Muchísimas gracias por esta oportunidad —digo entusiasmada—. No puedo expresarle lo gran admiradora que soy del programa. *Enorme*. Lo siento, iba a intentar contener a la fanática que llevo dentro esta noche.

La señora James me dedica una amplia sonrisa.

—No, por favor —me indica con ambas manos—. Cuéntame más. Yo también adoro este programa.

—Bueno, está haciendo todo bien. Es inteligente, sexy, divertido. El hecho de que ya sea un éxito de culto dice mucho.

—Estaba bromeando, pero gracias. —Lottie me guiña un

ojo—. Ya me caes bien, Kayla. Vale, Jenny te dará un recorrido y te presentará al elenco. Todos vienen de un largo día de rodaje, así que no te lo tomes como algo personal si no se quedan más de un minuto. —Sale apresuradamente, dejándome con Jenny.

—Gracias. No lo haré. De nuevo, estoy encantada de conocerla —digo dirigiéndome a su espalda mientras se aleja.

Jenny me muestra el espacio, señalando los diferentes decorados, los camerinos y maquillaje. Conozco al equipo de vestuario, al equipo técnico y finalmente a cada uno de los actores.

La señora James tenía razón, nadie tiene mucho tiempo para mí, pero todos son amables y acogedores. Media hora después, estoy de nuevo fuera en el aparcamiento, esperando a que Pavel venga a recogerme. Todo parece demasiado fácil. Demasiado perfecto.

Debería haber sabido que nada en esta industria funciona así.

Debería haber sabido que a actores guapos, insignificantes como yo no les regalan papeles como si fuera un musical de instituto.

—Espero verte en el plató —dice el actor principal del programa, Brad Lowell, mientras sale con otros dos actores.

—¡Muchísimas gracias! —exclamo.

—¿Qué papel va a interpretar ella? —le pregunta Ryanna Jones mientras se alejan.

—No lo sé. Supongo que crearon un papel para ella. Es la sobrina de Blake Ensign o algo así.

La sobrina de Blake Ensign.

Oh, Dios.

Oh, joder, Dios mío.

No conseguí este papel. No fue mi fantástica audición o mi apertura después de la obra o mi talento lo que me trajo aquí.

Fueron los puños de Pavel.

O su pistola.

Dios, ni siquiera sé qué hizo para conseguirme este papel.

Las lágrimas nublan mis ojos mientras empiezo a caminar rápidamente con mis tacones y vaqueros ajustados fuera del aparcamiento. No sé a dónde voy, solo sé que necesito irme. No puedo estar aquí cuando Pavel llegue. No quiero estar cerca de él ni de este estudio en este momento.

Desearía que el pavimento se abriera y me tragara.

Percibo más que veo un coche detenerse a mi lado.

—*Kayla* —la voz profunda de Pavel muestra alarma.

Cuando sigo caminando, los neumáticos chirrían. Todavía no miro. No puedo hacer esto ahora.

Simplemente. No puedo.

Una puerta se cierra de golpe y entonces Pavel me agarra por la cintura.

—Espera. Kayla, ¿qué ha pasado? —Hay un tono peligroso en su voz, pero ya sé que no va dirigido a mí.

Me giro e intento empujar su pecho.

—¡Tú has pasado! —grito y luego miro alrededor, dándome cuenta de que montar una escena en el aparcamiento no me va a ganar más puntos por aquí. Me doy la vuelta e intento alejarme de nuevo, pero Pavel me agarra otra vez, tirando de mi cintura hasta que mi espalda choca con su pecho.

—Espera. —Su voz es suave en mi oído. Este hombre nunca levanta la voz. Es parte de ese encanto dominante perfecto, pero ahora mismo, me enfurece.

—Suéltame.

—Lo siento.

—Oh, ¿así que sabes lo que hiciste?

Me sujeta con fuerza pero permanece inmóvil.

—¿Qué ha pasado?

—Me dijiste que no nos mentíamos. Me pediste honestidad, pero tú no me diste la tuya.

—No mentí. Nunca te he mentido.

—Me dejaste creer que conseguí este trabajo por una *buena audición*. No me lo dijiste porque sabías que no me gustaría, Pavel.

—Kayla, él *lo ofreció*. Le estábamos presionando y puso un trabajo para ti sobre la mesa. ¿Cómo iba a rechazar eso? Me has contado tus sueños, *malysh*. ¿Cómo podría posiblemente bloquear una oportunidad?

—Suéltame.

El brazo de Pavel a mi alrededor se afloja lentamente y al final cede, y me giro para enfrentarlo.

—Estuvo mal, Pavel. Darle una paliza, o lo que sea que hiciste, estuvo mal. No es así como la gente normal hace negocios. —Es un golpe bajo considerando que prácticamente lo autoricé en su momento, pero ahora todo parece diferente—. No quiero un trabajo que conseguí por mi conexión con la mafia rusa. Quería un trabajo porque era lo suficientemente buena.

Pavel extiende las manos.

—*Eres* lo suficientemente buena, preciosa. Eres veinte veces mejor de lo necesario.

Resoplo y niego con la cabeza.

—¿Cómo lo sabrías? Nunca me has visto actuar.

—Simplemente lo sé. —Suena tan seguro.

—No. No sabes absolutamente nada sobre mi carrera.

Y es entonces cuando recuerdo las palabras de Ashley. La promesa que le hice.

Esta relación *está* interfiriendo con mi carrera. A lo grande.

Definitivamente ha nublado toda mi vida. Me ha puesto patas arriba y del revés. Y mi carrera es demasiado importante para mí, demasiado frágil como para no tener la cabeza en el juego.

—Estoy diciendo "rojo" a lo nuestro. —En el momento en que digo las palabras, todo en mi interior muere. Como si la banda sonora de mi vida se hubiera cortado de repente—. No puedo seguir con esto.

Pavel mete las manos en los bolsillos. No habla.

—Dijiste que cuando acabara, me dejarías ir.

La nuez de Adán de Pavel sube y baja.

—Por supuesto. —Su voz sale áspera y ronca—. Déjame llevarte a casa.

Quiero negarme, pedir un viaje compartido en su lugar, pero está oscuro, y sé que Pavel no me dejará aquí sola. Asiento, ignorando la lágrima que resbala por mi mejilla.

Un capullo de dolor me envuelve durante el trayecto a casa. Ruido blanco retumbando en mis oídos, una pesadez oprimiendo mi pecho. Ninguno de los dos habla.

Pavel se detiene frente a mi apartamento y comienza a salir.

—Déjame ir. —Me sorprende lo clara y firme que sueno.

Cierra su puerta de nuevo.

Abro la mía de golpe y salgo. —Adiós, Pavel.

Está mirando al frente, con ambas manos en el volante. No responde. Al cerrar la puerta, veo que sus labios se mueven y escucho el murmullo de algo suave en ruso.

Más tarde, desearía haber prestado atención. Haberle pedido que lo tradujera. Pero para entonces, ya era demasiado tarde. Él se había marchado hace tiempo. Me dejó libre como prometió, y no iba a volver.

# CAPÍTULO 18

*P*avel

A mis compañeros de piso les toma un par de días darse cuenta de que las luces están apagadas dentro de mi cabeza. Sigo comiendo. Sigo hablando aunque no mucho.

No sería difícil argumentar que ya estaba muerto por dentro antes de conocer a Kayla. Ahora, no hay duda. No me permito pensar. Ni sentir. Ni hacer nada más que las acciones más mecánicas.

Después de dejar a Kayla aquella noche, devolví el coche de alquiler. Volé de vuelta a Chicago.

Encontré a Ravil y le dije que me quedaba. Y luego salí a la azotea para dejar que el frío mordaz de una noche de abril se filtrara en mis huesos. Congelando todos mis órganos exactamente en su lugar.

No es hasta que Sasha me pregunta cómo va la búsqueda del edificio de apartamentos que algo se mueve en mi pecho.

Aunque no es que mi corazón agitándose como un pez en tierra sea algo digno de celebrarse.

—El trato se ha cancelado —le digo, sin apartar la mirada del televisor alrededor del cual estamos todos reunidos.

Ella pausa el episodio de *Juego de Tronos*. —Espera... ¿qué?

Dima mira desde su estación de trabajo, deteniendo su habitual tecleo incesante.

—Vuelve a ponerlo. —Levanto la barbilla hacia el televisor como si realmente me importara alguna reina de los dragones.

—¡Dios mío!, ¿qué pasó? —exclama Sasha.

Ahora todos miran: Nikolai, Oleg, Story, Maxim. Al parecer Ravil no había compartido mi fracaso con el resto del grupo.

—¿Ha roto contigo? Se enteró de lo del papel, ¿verdad?

El dolor que no me había permitido sentir se filtra a través de los cortes que Sasha hace.

—Vuelve a ponerlo.

Maxim se inclina hacia delante, apoyando los codos en las rodillas.

—Lo siento, Pavel —dice Story suavemente. Oleg hace un círculo con el puño sobre su pecho en señal de *lo siento*.

—Espera... ¿Kayla terminó las cosas? ¿Por eso volaste allí el lunes?

Niego con la cabeza, sorprendido por el dolor en mi pecho, mis costillas, mis entrañas. —Yo no era bueno para ella. Fue una mala idea mudarme allí, de todos modos. Esto es lo mejor.

Sasha se levanta y extiende las manos. —¿Así que qué, no vas a luchar por ella? ¿Renuncias así sin más? Bueno, maldita sea, me alegro de no haber entrado en negocios contigo si así es como afrontas los desafíos.

—Sasha —advierte Maxim.

—Pavel no abandona —dice Dima en voz baja desde su estación de trabajo—. Es terco como una mula.

—Yo no retengo a mis mujeres contra su voluntad, a diferencia de vosotros, *mudaks* —espeto.

Maxim se endereza, probablemente ofendido, ya que

mantuvo a su novia prisionera aquí hasta que la domó. Ravil también.

—Hay una gran diferencia entre mantener a una mujer cautiva e intentar arreglar las cosas —rebate Nikolai.

Niego con la cabeza. —No. No era una buena pareja desde el principio. Es mejor así.

—¿En serio, tío? Porque ambos parecíais bastante enamorados cuando os vi juntos —dice Dima.

Un nuevo dolor desgarra mi pecho, tan agudo que apenas puedo respirar.

—Pavel, dale algo de tiempo, pero no te rindas. Está enfadada porque interferiste, ¿verdad?

Dejo caer la cabeza entre mis manos. —Es más que eso, Sasha. —El sonido de la voz entrecortada de Kayla por teléfono se repite en mi cabeza, y de repente me siento completamente agotado—. Por eso no voy a luchar por ella. —Me levanto y me dirijo a la puerta del ático para ir a mi habitación al otro lado del pasillo—. Y no interfieras —advierto, volviéndome y señalando con un dedo a Sasha.

—Eres un imbécil, Pavel —grita Sasha mientras cierro la puerta.

No hay discusión ahí. Me dirijo a mi habitación y me quedo junto a la ventana que da a la ciudad. Definitivamente soy un imbécil. Por qué pensé que podría mantener una relación cuando literalmente no sé nada sobre cómo mantener feliz a una mujer está más allá de mi comprensión.

Todo lo que sé hacer es herir a la gente. Eso es literalmente lo que hago para ganarme la vida. Lo que le hice a Kayla. Lo que teníamos no estaba mal, pero tampoco estaba bien. No sé cómo amar. Cómo sanar las cicatrices que esta vida me ha dado. Pensé que tal vez podría con Kayla, pero eso era solo una fantasía.

Quizás si hubiera aprendido más rápido. Si hubiera hablado más. Si tan solo le hubiera dicho antes que planeaba mudarme allí con ella, tal vez tendríamos una base más sólida cuando rompí su confianza. Tal vez no habría caído tan fuerte cuando me fui al final del fin de semana. Una sumisa necesita sentirse segura, pero no le di mucho a lo que aferrarse. No es de extrañar que a sus compañeras de piso no les gustara la relación. No es de extrañar que arrojara la toalla al primer bache en el camino.

Una cosa sé ahora: mi regreso a Rusia tampoco arreglaría nada para mi madre. Estoy demasiado roto para sanarla. Ya no necesita mi protección física. Nadie la persigue más que sus propias sombras. Necesita ayuda de personas que sí saben cómo amar. Cómo dar y compartir y ser felices.

Tomo mi móvil y reservo un billete. Voy a volver a Rusia para traerla aquí, al Kremlin. Es una cosa que puedo hacer que podría ser correcta.

~

*KAYLA*

El sábado, la oleada de rectitud y determinación que he mantenido desde mi ruptura se disuelve, y me quedo destrozada y vacía. El saber que Pavel no vendrá este fin de semana, ni ningún fin de semana en el futuro, deshace el último vestigio de certeza que tenía de que estaba haciendo lo correcto.

Me obligo a salir de casa por miedo a quedarme en la cama todo el día, pero, por supuesto, cuando salgo a dar un paseo, todo lo que puedo pensar es en la increíble dulzura de Pavel animándome a salir para buscar cosas hermosas.

Ahora lo intento por mí misma para combatir las lágrimas que se aproximan.

El único problema es que cada cosa hermosa que veo quiero contársela a él.

Mi móvil suena, y lo saco bruscamente de mi bolsillo. No

porque espere que sea Pavel. Sé que es mejor no esperar eso. Él dejó claro que me dejaría ir cuando se lo pedí.

Es Sasha. Ha estado llamándome durante los últimos días, pero no he atendido sus llamadas. Ni siquiera he escuchado sus mensajes porque no quería que me hiciera cambiar de opinión.

Ahora, sin embargo…

Ya está cambiando.

Contesto. —Hola, tú —sueno como una anciana. Cansada.

—Kayla, ¿qué demonios? ¿Estás bien? ¿Por qué no me has devuelto las llamadas?

Quiero preguntar por Pavel. Un millón de cosas. Pero no puedo. Así que, en su lugar, aprieto los ojos para evitar que salgan las lágrimas.

—¿Estás bien? —la voz de Sasha es más suave—. ¿Qué pasó? Por favor, háblame. Estoy muy preocupada.

—¿Lo sabías? —pregunto, con las lágrimas atascándose en mi garganta.

—¿Que habíais roto? Sí.

—No, sobre el papel. ¿Lo sabías?

—Oh. Bueno, lo sospechaba, sí. Quiero decir, es Pavel. Hace que los hombres se meen encima y lloren por sus madres.

—¿Te contó lo que hicieron? —mi voz se eleva. No sé por qué estoy enfadada con Sasha ahora mismo, pero lo estoy.

—No, claro que no —dice inmediatamente—. No me cuentan nada. Eso me convertiría en cómplice.

El monstruo de los ojos verdes se calma.

—¿Cómo pude ser tan ingenua? Pensaba que había conseguido ese papel por mí misma.

—¿A quién le importa cómo conseguiste el papel, Kayla? —protesta Sasha—. En el mundo del espectáculo siempre se trata de a quién conoces. Lo sabes. Por eso has estado trabajando en esas promociones, con la esperanza de salir y conocer a las personas adecuadas. Bueno, esta vez la persona correcta te respaldó. No importa por qué.

—Sí importa. Pensaba que era lo suficientemente buena para hacer esto, y ahora... —contengo un sollozo— ...ahora sé que no lo soy.

—Tonterías —dice Sasha, haciendo que la palabra suene linda con su acento—. Eres lo suficientemente buena. Pavel te consiguió el papel, ahora tú haces el resto. Demuéstrales lo genial que eres. Consigue el siguiente papel por ti misma. *Ni se te ocurra* renunciar a ese papel, o volaré hasta allí y te patearé el trasero yo misma.

—No iba a renunciar —sorbo—. Quería ser así de orgullosa, pero no pude obligarme a hacer esa llamada. —Pienso en la otra llamada que me moría por hacer—. Creo que exageré con Pavel.

—Lo hiciste. Quiero decir, seguro que hay muchas cosas que no entiendo sobre vuestra relación, pero sé que el tipo estaba dispuesto a mudarse allí para estar contigo. Es decir, estaba completamente enamorado, Kayla. No entiendo por qué tirarías eso por la borda tan fácilmente.

Mis rodillas flaquean y me dejo caer en un banco del parque. —¿Estaba dispuesto a mudarse aquí?

—¡Sí! Íbamos a financiar su proyecto inmobiliario allí. Estaba trabajando en un plan.

La esperanza resbala por mi pecho y luego se enciende como una cerilla. Toda la desesperación que me ha invadido esta semana comienza a desvanecerse.

Iba a mudarse aquí. Quería estar conmigo a tiempo completo.

Y yo terminé las cosas. Oh Dios, cometí un error terrible. La totalidad del mismo se desploma sobre mí desde todos los ángulos.

—Tengo que irme, Sasha. —Me pongo de pie, con una repentina oleada de adrenalina recorriéndome—. Gracias por llamar. —Cuelgo antes de que pueda contestar y marco a Pavel mientras camino rápidamente hacia mi apartamento.

No contesta.

Maldita sea.

Termino la llamada, luego cambio de opinión y vuelvo a llamar para dejar un mensaje.

—¿Pavel? —grazno al teléfono. He llegado a la entrada de mi edificio y me quedo frente a la jardinera que nunca había notado hasta que él me hizo buscar cosas hermosas.

Eso también pasa con las relaciones. Como en la vida. Sea lo que sea que busques, es lo que ves. Cuando buscas belleza, la encuentras. Cuando buscas problemas, también puedes descubrirlos. Lo que Pavel y yo teníamos era algo inusual. Especial.

Ahora acaricio una de las hojas. —Lo siento. Yo, em, probablemente exageré con lo del papel. ¿Podemos hablar? —Cuelgo, con el corazón latiendo con fuerza.

Subo a mi apartamento, que afortunadamente tengo para mí sola por una vez. Doy vueltas por la sala de estar durante la siguiente hora, pero él no devuelve mi llamada.

*Argh.*

¿Qué hago ahora? Envío el mismo mensaje como texto.

Sigue sin responder.

Espero otra hora e intento llamar de nuevo, sabiendo que estoy actuando con desesperación y sin que me importe. Demonios, estoy desesperada.

Tiré por la borda mi relación con Pavel porque no era normal. No encajaba en una bonita caja que pudiera atarse con un lazo. No era una relación de novela romántica. Mis amigas no la entendían. Desafiaba mi brújula moral.

Nada de eso ha cambiado. No sé cómo arreglar todas esas cosas. Pero lo que sí sé es que quiero recuperarla. Quiero a Pavel en mi vida. Quiero suavizar sus bordes y extraer fuerza de su dureza. Lo quiero de mi lado, respaldándome, protegiéndome, haciéndome derretir con sus suaves órdenes dominantes.

Pavel no contesta, así que intento dejar otro mensaje. —¿Pavel? —No puedo contener las lágrimas, y no lo intento—. Siento haber terminado las cosas. Por favor, ¿podemos hablar? Estaba muy confundida; ese día tenía *subdrop*, así que mis emociones estaban descontroladas, y Sheri me había hecho prometer esa mañana que no dejaría que la relación interfiriera con mi carrera, así que supongo que cuando lo hizo, simplemente exageré. ¿Puedes devolverme la llamada, por favor?

Sigue sin devolverme la llamada.

Lo intento siete veces más y, finalmente, a medianoche hora de Chicago, le mando un mensaje a Sasha para preguntarle si Pavel está por ahí.

Su respuesta me destroza: *Se ha ido. Se fue a Rusia.*

Me derrumbo en el suelo y sollozo.

Lo he perdido.

Lo tenía, iba a mudarse aquí para estar conmigo, y lo arruiné. Estaba tan seguro de que era malo para mí que en el momento en que yo estuve de acuerdo, se apartó. Se alejó tanto que abandonó el país.

Apoyo la frente en mis rodillas y lloro por el hombre que tiene mi corazón. El hombre que amo.

El hombre que perdí.

# CAPÍTULO 19

*P* *avel*

Cuando regreso a Estados Unidos con mi madre, veo todos los mensajes de Kayla, pero no los escucho. No puedo soportarlo.

La conocía lo suficientemente bien para sospechar que volvería a ponerse en contacto una vez que se le pasara el enfado. Una complaciente como ella no soporta la discordia. Terminar las cosas como lo hicimos no le sentaría bien. Volvería a contactarme para tener un cierre.

Y mi plan es darle exactamente lo que necesita. Liberarla emocionalmente. Decirle que me importa. Desearle lo mejor. Prometerle mi protección y ayuda si alguna vez la necesita en el futuro.

Pero estoy aplazando esa conversación porque el dolor de perderla es como un ácido que me corroe desde dentro. No puedo dejar de obsesionarme con ella. Recordando cada momento que pasamos juntos. Viendo todos los momentos en los que podría haberla tratado mejor. Compartido más. Dejado que entrara.

Ella quería venir a Chicago. Debería haberla invitado.

Quería conocerme mejor; estaba celosa de la cercanía de Sasha. Debería haberme asegurado de que nunca volviera a sentir celos. De que guardara todos mis secretos más sagrados.

Sobre todo, lamento no haberle dicho lo que significaba para mí. Que quería conservarla permanentemente. Me pregunto si eso habría marcado la diferencia. Probablemente no, pero estoy lleno de dudas.

Instalo a mi madre en un apartamento de una habitación en el Kremlin y la presento a Svetlana, la comadrona, y a su hija, Natasha, la masajista. Svetlana es muy respetada en el edificio y prometió presentar a mi madre a todos y asegurarse de que se adapte bien. Sorprendentemente, esto es lo más feliz que he visto a mi madre. Nunca. Creo que realmente se ilusionó con la idea de empezar de nuevo una vez que empacamos sus cosas y dejamos su casa. Parece esperanzada desde entonces.

Cuando subo al ático, estoy atontado por el *jet lag* y el agotamiento.

Natasha sale de la habitación de Dima, sonrojada. Estaría contento de que el imbécil por fin haya conectado con ella, pero estoy demasiado muerto para sentir algo.

Entro en la cocina para asaltar el frigorífico, y Sasha se lanza desde el sofá y viene hacia mí.

—¿Qué demonios te pasa? —exige. Se mete en la cocina y se planta justo delante de mi cara—. Kayla está *sufriendo*, y tú ni siquiera le devuelves las llamadas. —Me señala con un dedo en la cara.

Le agarro la muñeca. —¿Qué quieres decir con que está sufriendo? —exijo, mientras la alarma agudiza mi cerebro exhausto.

Maxim entra en la cocina y se coloca detrás de Sasha. —Suelta a mi mujer —gruñe.

Suelto a Sasha antes de que me peguen un puñetazo en la cara.

—Ashley me llamó para decirme que no se levanta de la cama. No ha comido. Llora todo el tiempo. —Sasha me da un golpecito en el pecho—. *Te dije que no la hicieras daño.*

Las alarmas en mi cabeza se han convertido en sirenas a todo volumen.

Solo puedo mirar fijamente a mi furiosa compañera de piso mientras los pensamientos se conectan y desconectan en mi cabeza. Y entonces estoy fuera de la puerta y me dirijo al aeropuerto.

*KAYLA*

Después de que Sheri, Ashley y Kimberly me obligaran a salir de la cama y meterme en la ducha, salí del apartamento para dar un paseo en coche y estar sola.

Anoche, cuando intentaron que comiera tentándome con helado, me derrumbé y les conté toda la historia: lo que hizo Blake Ensign. La solución de Pavel. El papel que conseguí como resultado. Cómo rompí con él y luego descubrí que planeaba mudarse aquí para estar conmigo.

Si no estuviera tan deprimida, me reiría amargamente de la ironía de que se pasaran al Equipo Pavel después de escuchar la historia.

Al menos todas estamos de acuerdo en que la cagué.

No tengo un destino en mente, pero me encuentro en el muelle. Mi lugar para pensar. El lugar al que voy cuando estoy lista para rendirme.

Supongo que eso significa que subconscientemente no quiero renunciar a mi relación con Pavel. Y sin embargo, tengo que hacerlo. Encuentro un lugar para aparcar y camino hasta el final del muelle. Hay un banco libre y me desplomo en él.

Escucho el sonido de las olas y las gaviotas. El murmullo de las voces a mi alrededor. Mi cara se humedece con lágrimas silenciosas.

*Lastimarte siempre fue mi peor temor, florecilla.*

Oigo la voz de Pavel en mi cabeza y me aferro al sonido.

¿Qué está diciendo?

La persona en el banco a mi lado extiende la mano para tocar mi hombro, y levanto bruscamente la cabeza para decirle que estoy bien.

—¿Pavel? —Me limpio las lágrimas, parpadeando rápidamente—. ¿Estás aquí?

Toma mi mano y se la lleva a los labios. —Estoy aquí, preciosa.

—¿Me estás aceptando de vuelta? —Me doy cuenta de lo patética y desesperada que sueno—. Lo siento... yo... ¿qué estás haciendo aquí?

—Ven aquí. —Me agarra por la cintura y me coloca a horcajadas sobre su regazo, mis piernas descansando sobre el banco, mis brazos enredados alrededor de su cuello—. Te dije que no te mentiría, Kayla, pero lo hice. Mentí cuando dije que te dejaría ir. —Niega con la cabeza—. Eres mía, florecilla. Nada puede cambiar eso.

—Pensé... —La falta de comida y sueño durante la última semana está afectando a mi cerebro. No puedo entender lo que está pasando—. ¿Te mudaste a Rusia?

—No, pequeña flor. Mudé a mi madre a Chicago. Lo siento, mi teléfono estuvo apagado todo el tiempo que estuve allí, y no recibí tus mensajes hasta hoy.

—Mudaste a tu madre... —Me tapo la boca con la mano y río histéricamente—. Pensé que te habías ido para siempre.

—Tenía la intención de mantenerme alejado, preciosa, pero simplemente no puedo. Lo decía en serio cuando dije que eres todo para mí. No hay razón para existir excepto por ti.

—Pavel. —Me ahogo con un sollozo y lo estrangulo con mi abrazo.

Él me frota la espalda y me da un beso en el cuello.

—Me equivoqué al dudar de nosotros. Te quiero, Pavel. Me asusta lo mucho que te necesito, pero rechazar tu ayuda donde más la necesitaba fue como cortarme la nariz para fastidiarme la cara. La verdad es que ya ni siquiera me importa mi carrera. Tú eres lo importante para mí.

—No —dice con firmeza—. No lo permitiré. Tu carrera es lo primero. Por eso me mudo aquí, para poder apoyarte mejor.

Ahora lloro como un bebé. —Te quiero aquí —estoy de acuerdo—. Realmente quiero eso.

—Lo tendrás. Tendrás todo lo que quieras de mí. Lo prometo.

—No quiero palabras de seguridad para esta relación —le digo.

Él arquea una ceja.

—Sin salidas. Sin escapatorias. Ninguno de los dos puede decir *rojo*.

Sus labios se estiran lentamente en una sonrisa. —No te dejaré ir otra vez, pequeña flor. Me perteneces, y nunca te liberaré. Ni siquiera en la muerte.

Le beso. —¿Me lo prometes?

Su mirada es una cálida caricia en mi rostro. —Te lo prometo —murmura.

# EPÍLOGO

*P*avel

Cerramos la compra del edificio de apartamentos en un hermoso día de junio. Sasha y Kayla parecen estrellas de cine con sus pantalones cortos, tacones altos y gafas de sol haciéndose un *selfie* frente al edificio para el Instagram de Sasha. Me quedo atrás observándolas, sin poder creer que todo sea real. Que haya sucedido con tanta facilidad.

Así es la vida con Kayla: fácil. Me hace sentir como un dios con su entrega total, su fe en mí, sus brillantes y alegres sonrisas cada vez que estoy cerca.

Maxim está a mi lado, con la mirada dulce puesta en Sasha.

—Gracias, hermano. Todavía no puedo creer que hayas hecho esto por mí.

—Es una inversión que vale la pena —dice Maxim—. Y eres familia.

*Familia.*

En la bratva, se supone que debemos romper todos los lazos con nuestras antiguas familias y jurar lealtad solo a la hermandad. Esa es una de las razones por las que fui desterrado por matar a mi padre. Se suponía que no debía seguir preocupándome por mi madre.

Hasta que Kayla abrió mi ennegrecido corazón, no me permití reconocer ni recibir verdaderamente los beneficios de la hermandad. De hombres que harían cualquier cosa por mí, no solo matar o morir, sino moldearme, formarme y lanzarme de nuevo al mundo con la oportunidad de hacer algo más de mí mismo.

Me siento honrado por el apoyo que me han dado, todos ellos.

Las condiciones de Ravil fueron sencillas. Todavía le pertenezco. Cuando necesite algo de mí, lo haré. Por el momento, no ha hecho ninguna petición, pero cuando lo haga, no dudaré. No vacilaré en servir al *pakhan* que merece todo mi respeto y honor.

—Vamos a abrir esta botella de Dom Pérignon —dice Sasha, levantando la botella agarrada en su puño y agitando dos copas con la otra mano.

Maxim levanta las dos que le encargaron llevar. —Voy justo detrás de ti —dice.

—¡Esperad, esperad! —exclamo, corriendo hacia delante.

Las mujeres me miran como si tuviera dos cabezas. Llego hasta Kayla y la levanto en brazos como en una luna de miel. —¿No es así como se hace? —pregunto, llevándola a través de la puerta.

Ella se ríe y me besa el cuello. —Gracias, Amo —ronronea en mi oído.

Intento controlar la erección que me provoca ese honorífico susurro.

Tomamos el ascensor hasta la azotea porque actualmente todas las unidades están alquiladas, una condición que no queremos alterar por el momento. El próximo mes Kayla y yo podremos mudarnos al ático y comenzar a remodelarlo, pero por ahora, el dinero generado por el alquiler se destinará a las mejoras del edificio. Maxim y Sasha son los propietarios absolutos del edificio y no me exigen pagar ni un céntimo por ese gasto. Yo administraré la propiedad y las mejoras y compartiré los beneficios con ellos. Si deciden venderlo, compartirán las ganancias conmigo. Maxim y yo cerramos el trato con un apretón de manos porque somos hermanos de la bratva. Los hermanos no resuelven las cosas en los tribunales. Si algo sale mal, se solucionará con sangre. Para mí, esto significa que nada saldrá mal. Nos guiamos por el honor, y ambos honraremos nuestros compromisos.

No suelto a Kayla hasta que estamos en la azotea. —Bienvenida a nuestro nuevo hogar —digo.

Ella levanta sus labios para un beso. —Tú hiciste esto posible —murmura—. Haces que lo imposible sea posible.

Mi pecho se tensa y mis ojos arden por un momento. Sé que también está hablando del papel, que ya me ha perdonado. Ha estado filmando para la serie y encontrando su lugar en un mundo nuevo y emocionante en el estudio.

—Tú —es todo lo que puedo decir. Apenas puedo soportar lo hermosa que se ve con esos ojos brillando hacia mí, el sol de California resplandeciendo sobre la piscina detrás de ella.

Maxim hace saltar el corcho del champán, sacándonos de nuestro momento íntimo. Sirve cuatro copas y las reparte.

—Por Pavel y Kayla —dice Sasha—. Mantenla feliz, o eres hombre muerto.

Choco mi copa con la de Kayla, absorbiendo el regalo de su mirada adoradora. —Ella es mi razón para vivir —murmuro.

Los labios de Kayla se entreabren y respira temblorosamente. —Él es mi felicidad —murmura en respuesta, sin romper nuestra mirada.

—Oh —dice Sasha, y escucho el sonido de ella besando a Maxim.

Rodeo a Kayla con mi brazo y la atraigo hacia mí. —Por Maxim y Sasha. Gracias por creer en mí lo suficiente como para hacer posible este nuevo proyecto.

—Sí, por Maxim y Sasha —repite Kayla cálidamente.

Los cuatro entrechocamos nuestras copas y las vaciamos.

—Abrazo grupal —exclama Sasha.

Pongo los ojos en blanco, porque soy la última persona que se uniría a un abrazo grupal, pero Kayla me empuja hacia delante y unimos los brazos en círculo, con las chicas riendo y moviéndonos.

—Os quiero, chicos —dice Sasha cuando nos separamos.

No puedo responderle porque se me cierra la garganta, pero Kayla me aprieta la cintura. —Nosotros también os queremos. Muchas gracias por todo.

Caminamos hacia el borde de la azotea como grupo y observamos cómo el sol desciende en el horizonte hasta que la gigantesca bola pinta el cielo de rojo, rosa y naranja.

Me presiono contra la espalda de Kayla e inhalo su aroma a pradera primaveral, humillado por cuánta belleza hay en mi vida.

Gracias por leer *El soldado*. Si te ha gustado, por favor considera dejar una reseña: marcan una gran diferencia para los autores independientes. Para un epílogo adicional especial que presenta el estreno de la serie de televisión de Kayla, asegúrate de unirte a la lista de correo de Renee.

https://www.subscribepage.com/reneerose_es

Mantente atento a la historia de Dima a continuación: tengo todo tipo de sorpresas preparadas para él y su gemelo.

# ¿QUIERES MÁS?

Lee el siguiente libro de la serie *Chicago Bratva*, **El hacker**

**TRAICIONÓ A MI FAMILIA...HARÉ QUE PAGUE.**
La dulce pelirroja del edificio no es tan inocente como pensábamos.

Metió a un agente federal en nuestro círculo.

Mi hermano gemelo recibió un disparo por su culpa.

Ahora pagará. La pondré a cargo de cuidar de él.

Si él muere, ella muere. O eso le dije.

Claro que no le haría daño de verdad.

Nuestra hermosa vecina ya se me metió bajo la piel.

Pero eso no me impedirá castigarla

y luego tocarla como juré que no lo haría.

Ha arruinado mi paz. Se ha convertido en una distracción que no puedo permitirme.

Quiero mantenerla bajo mi control…

*Necesito* mantenerla fuera de mi corazón.

El hacker

# LIBRO GRATIS DE RENEE ROSE

Quiere un libro gratis de Renee Rose? Suscríbete a mi newsletter para recibir *Padre de la mafia* y otro contenido especialmente bonificado y noticias de nuevos. https://BookHip.com/NCVKLK

# OTROS LIBROS DE RENEE ROSE

**Vegas Clandestina**

*Rey de diamantes*

*Padre de la mafia*

*Sota de picas*

*As de corazones*

*El comodín del Loco*

*Su reina de tréboles*

*La mano del muerto*

*El comodín*

**Serie Chicago Bratva**

Preludio

El director

El solucionador

Poseída

El ejecutor

El soldado

El hacker

El corredor

El limpiador

El jugador

El guardián

**Secundaria Wolf Ridge**

Alfa Bravucón

El caballero alfa

Alfa-nastro

**Alfas peligrosos**
*La tentación del alfa*
*El peligro del alfa*
*El premio del alfa*
*El reto del alfa*
*La obsesión del alfa*
*El deseo del alfa*
La guerra del alfa
La misión del alfa
El tormento del alfa
El secreto de alfa
La presa del alfa
La sangre del alfa
El sol del alfa
La luna del alfa
El juramento del alfa
La venganza del alfa
El fuego del alfa
El rescate del alfa

**Hombres lobo de Wall Street**
Un Gran Jefe Malvado: Medianoche
Un Gran Jefe Malvado: Lunático
Un Gran Jefe Malvado: Marcada
Un Gran Jefe Malvado: Su pareja

**Osos malvados**
El reclamo del alfa

# SOBRE RENEE ROSE

RENÉE ROSE, LA AUTORA BESTSELLER EN USA TODAY, ama los héroes dominantes, ¡los machos alfa que saben hablar sucio! Ha vendido más de un millón de copias de tórridas novelas románticas con diferentes niveles de sexo no convencional. Sus libros han sido presentados en el Happily Ever After de USA Today y en Popsugar. Nombrada en el Eroticon de los Estados Unidos como la Próxima Autora Erótica Top en 2013, ha ganado también como Autora Preferida en Ciencia Ficción y Antología Valiente y Atrevida y con la mejor novela romántica histórica en The Romance Reviews. Figuró catorce veces en la lista de USA Today con su serie Rancho Wolf y varias antologías.

    \*\*Suscríbete a mi newsletter para recibir contenido especialmente bonificado y noticias de nuevos lanzamientos en Español.

https://www.subscribepage.com/reneerose_es

facebook.com/reneeroseromance
x.com/reneeroseauthor
instagram.com/reneeroseromance